Thomas Harris, nacido en el estado norteamericano de Mississippi, se inició como escritor cubriendo sucesos criminales en Estados Unidos y México. Trabajó como reportero y redactor en jefe para la Associated Press en la ciudad de Nueva York. En 1975 publicó su primera novela, *Domingo Negro*, seguida de *El Dragón Rojo*, *El silencio de los inocentes* y *Hannibal*, todas ellas llevadas al cine.

Biblioteca

THOMAS HARRIS

Hannibal
El origen del mal

Traducción de
Verónica Canales

DEBOLS!LLO

El papel utilizado para la impresión de este libro ha sido fabricado a partir de madera procedente de bosques y plantaciones gestionadas con los más altos estándares ambientales, garantizando una explotación de los recursos sostenible con el medio ambiente y beneficiosa para las personas.

Hannibal
El origen del mal

Título original: *Hannibal Rising*

Tercera edición en México: septiembre, 2023

PERMISOS
El editor agradece a las siguientes instituciones el permiso concedido para reproducir el material que se cita:

Farrar, Straus y Giroux, LLC y Faber and Faber Limited: «This is the first thing» de Collected Poems de Philip Larkin, copyright © 1988, 2003, herederos de Philip Larkin. Derechos fuera de Estados Unidos concedidos por Faber and Faber Limited, Londres. Reproducido con el permiso de Farrar, Straus and Giroux, LLC, y de Faber and Faber Limited.
Vintage Books: «No way to see him» de The Ink Dark Moon: Love Poems de Ono no Komachi y de Izumi Shikibu, traducido por Jane Hirshfield y Mariko Aratani, copyright © 1990 de Jane Hirshfield. Reproducido con licencia de Vintage Books, división de Random House, Inc.
Herederos de Lawrence P. Spingarn: Extracto de «Definition» de Rococo Summer and Other Poems de Lawrence P. Spingarn, copyright © 1947 de E. P. Dutton & Co., Inc. Reproducido con el permiso de Judith Gregg Rosenman y de David Sheffner, en nombre de Sylvia Wainhouse Spingarn por los herederos de Lawrence P. Spingarn.
New Directions Publishing Corp.: «From The Tale of Genji» de Murasaki Shikibu de Women Poets of Japan, traducido por Kenneth Rexroth e Ikuko Atsumi, copyright © 1973 de Kenneth Rexroth e Ikuko Atsumi; «Amidst the notes…» de Akiko Yosano from One Hundred More Poems from the Japanese, traducido por Kenneth Rexroth, copyright © 1976 de Kenneth Rexroth. Reproducido con permiso de New Directions Publishing Corp.

penguinlibros.com

Diseño de portada: Penguin Random House / La Fe Ciega
Composición de portada a partir de imágenes de ©iStockphotos

ISBN: 978-607-383-492-6

Impreso en México – *Printed in Mexico*

PRÓLOGO

La puerta del palacio de los recuerdos del doctor Hannibal Lecter se encuentra entre las sombras que pueblan su mente, y su picaporte sólo puede encontrarse a tientas. Este curioso pórtico conduce a espacios vastos y bien iluminados de principios del Barroco, a pasillos y cámaras que rivalizan en número con las del Palacio Topkapi.

Las vitrinas lo ocupan todo, espaciosas y bien iluminadas, guardan bajo llave recuerdos que evocan otros recuerdos en progresión geométrica.

Los espacios dedicados a los primeros años de Hannibal Lecter difieren de los demás apartados en que están incompletos. Algunos son escenas estáticas, fragmentarias, como restos de frisos atenienses unidos por yeso blanco. Otras habitaciones albergan sonidos y movimientos, enormes sierpes que luchan y cabecean en la oscuridad y desprenden fogonazos. Ruegos y gritos llenan ciertos rincones del sótano, al que Hannibal no puede bajar. Sin embargo, el eco de los chillidos no llega a los pasillos; en ellos, si uno lo prefiere, resuena la música.

El palacio es una construcción iniciada en la primera etapa de la vida estudiantil de Hannibal. Durante sus años de encierro, lo mejoró y agrandó, y sus tesoros lo mantuvieron durante los largos períodos en que los celadores le confiscaron sus libros.

Busquemos juntos el picaporte aquí, en la calurosa oscuridad de su mente. Una vez lo encontremos, escojamos la música de los pasillos y, sin mirar ni a derecha ni a izquierda, dirijámonos a la Sala del Principio, donde las vitrinas contienen, en su mayoría, piezas fragmentarias.

Las completaremos con lo que hayamos averiguado en otros lugares, en archivos de guerra e informes policiales, en entrevistas y gracias a los forenses y la callada postura de los muertos. Las cartas de Robert Lecter, desenterradas recientemente, pueden ayudarnos a esclarecer los detalles esenciales sobre la existencia de Hannibal, quien manipuló las fechas para confundir a las autoridades y a sus biógrafos. En nuestra empresa contemplaremos cómo se desteta la bestia que Hannibal alberga en sus entrañas y cómo, luchando por avanzar a contracorriente, penetra en nuestro mundo.

I

Esto es lo primero que he entendido: el tiempo
es el eco de un hacha hendida en la madera.

PHILIP LARKIN

CAPÍTULO 1

Hannibal el Macabro (1365-1428) construyó el castillo Lecter en cinco años y utilizó como mano de obra a los soldados que había hecho prisioneros durante la batalla de Zalgiris. El primer día en que su banderín ondeó en las torres, ya terminadas, reunió a los prisioneros en la huerta situada justo detrás de las cocinas y, dirigiéndose a ellos desde lo alto del patíbulo, les concedió la libertad para que regresaran a sus hogares, tal como había prometido. Muchos decidieron quedarse en el castillo y permanecer al servicio de su señor, debido a la calidad de sus prebendas.

Cinco siglos más tarde, Hannibal Lecter, de ocho años de edad y el octavo Hannibal de su linaje, se encontraba en la huerta situada justo detrás de las cocinas, en compañía de su pequeña hermana Mischa, tirando pedazos de pan a los cisnes negros que nadaban en las negras aguas del foso. Mischa permanecía agarrada a la mano de su hermano para mantener el equilibrio y ni una sola vez acertó en el interior del foso, pese a los numerosos intentos. Una enorme carpa agitaba las hojas flotantes de los nenúfares y provocaba el revuelo de las libélulas.

En un momento dado, el cisne que lideraba la manada salió del agua y avanzó con sus cortas patas hacia los niños, graznando al enemigo. El ánade conocía bien a Hannibal, pero seguía acercándose a él con las negras alas desplegadas, eclipsando parte del cielo.

—¡Ayyy, Anniba! —gritó Mischa, y fue a esconderse tras la pierna de su hermano.

Hannibal extendió los brazos a ambos lados y a la altura de los hombros, como su padre le había enseñado, y aumentó su alcance con unas ramas de sauce que sostenía en las manos. El cisne se detuvo, consideró la superior envergadura de las alas del niño y regresó al agua para comer.

—Todos los días la misma historia —le dijo Hannibal al cisne.

No obstante, ese día no era como los demás, y el niño se preguntó dónde podrían ir a refugiarse los cisnes.

Mischa, emocionada, tiró el pan al húmedo suelo. Cuando su hermano se agachó para ayudarla, la pequeña tuvo la alegre ocurrencia de embadurnarle de barro la nariz con una manita en forma de estrella. Él le puso una gota de fango en la punta de la nariz, y ambos rieron al verse reflejados en el foso.

Los niños notaron tres fuertes golpes en la tierra y un temblor en el agua, y sus rasgos infantiles se desdibujaron. El estruendo de las explosiones lejanas atravesó los campos. Hannibal levantó en brazos a su hermana y echó a correr hacia el castillo.

El carro usado en las cacerías estaba en el patio, enjaezado a César, el corpulento percherón. Berndt, con su delantal de palafrenero, y el mayordomo, Lothar, cargaban tres pequeños baúles en la parte trasera del carro. El cocinero sacó el almuerzo.

—Señorito Lecter, la señora lo reclama en sus aposentos —informó el cocinero.

Hannibal dejó a Mischa a cargo de la niñera y subió los gastados escalones a todo correr.

El niño adoraba la habitación materna, con sus múltiples aromas, los rostros tallados en los muebles de madera, las pinturas del techo... La señora Lecter pertenecía a la familia de los Sforza por una parte y a la de los Visconti por otra, y había hecho traer al castillo la habitación que tenía en Milán.

La embargaba la emoción, y la luz se reflejaba en sus ojos de color granate con destellos rojizos. Hannibal sostenía el joyero mientras su madre encajaba los labios de un querubín en la moldura para abrir un compartimiento secreto. Sacó las joyas del cofre y un legajo de cartas; no había sitio para todo.

El niño pensó que su madre se parecía al rostro del camafeo de su bisabuela materna que cayó al interior del joyero.

Nubes pintadas en el techo. Cuando era un niño de pecho abría los ojos y veía el busto de su madre fundido con las nubes. El roce de su blusa en la cara. Lo mismo que con el ama de cría: su crucifijo de oro relucía como el sol entre las prodigiosas nubes y se le pegaba a la mejilla cuando ella lo tenía en brazos. Luego le frotaba el moflete para borrar la marca antes de que la señora pudiera verla.

Su padre apareció en la puerta con los libros de contabilidad en las manos.

—Simonetta, debemos irnos.

La ropa de cama de Mischa estaba dentro de su tina de cobre, y la señora ocultó el cofre entre sus pliegues. Echó un vistazo a la habitación. Retiró un pequeño cuadro de Venecia de un trípode situado sobre la cómoda, se quedó pensativa durante un instante y se lo pasó a Hannibal.

—Llévale esto al cocinero. Agárralo por el marco —le sonrió—. No manches la parte de atrás.

Lothar sacó la tina para cargarla en el carro del patio, donde Mischa empezaba a inquietarse, incómoda por el ajetreo que la rodeaba.

Hannibal levantó a su hermanita para que le acariciase el hocico a César. La pequeña dio un par de apretones al morro del caballo para ver si sonaba como un claxon. Hannibal cogió un puñado de grano y esparció las simientes sobre el suelo del patio hasta darles forma de «M». Las palomas se abalanzaron sobre ella y formaron una letra viviente. El niño dibujó la letra con el dedo en la palma de la mano de su hermana, ella ya tenía tres años y él estaba impaciente por que aprendiera a leer.

—¡Eme de Mischa! —exclamó Hannibal.

La pequeña correteaba entre los pájaros riendo, y las palomas levantaron el vuelo a su alrededor, rodearon las torres y ascendieron hasta el campanario.

El cocinero, un hombre corpulento ataviado con un delantal blanco, salió con el almuerzo. El caballo lo miró de reojo y siguió sus pasos moviendo una oreja; cuando César era un potrillo, el cocinero lo había echado de la huerta en numerosas ocasiones profiriendo insultos y golpeándolo en la grupa con una escoba.

—Me quedaré para ayudarle a cargar lo que queda en la cocina —le dijo el señor Jakov al cocinero.

—Vaya con el chico —respondió el cocinero.

El conde Lecter agarró a su hijo por la cara con una mano. Sorprendido por el temblor que notó en su padre, el niño lo miró directamente a la cara.

—Tres aviones han bombardeado las vías. El coronel Timka dice que nos queda al menos una semana, si es que llegan hasta aquí. Más adelante, la contienda llegará a las principales carreteras. En el refugio del bosque estaremos bien.

Era el segundo día de la Operación Barbarossa, el rápido avance de Hitler a través de Europa del Este en dirección a Rusia.

CAPÍTULO 2

Berndt caminaba delante del carro por el sendero del bosque, atento a la cabeza del caballo, y apartaba con una media pica suiza las ramas demasiado largas que se interponían en el camino.

El señor Jakov iba a la zaga, montado a lomos de una yegua con las alforjas repletas de libros. No estaba acostumbrado a la monta y se abrazaba al cuello del caballo al pasar por debajo de las ramas. Cuando el sendero era demasiado escarpado, desmontaba para caminar junto a Lothar, Berndt y el mismísimo conde Lecter. Las ramas restallaban tras ellos y volvían a cerrar el paso.

Hannibal olía la crujiente vegetación que aplastaban las ruedas y, bajo su barbilla, el cálido cabello de Mischa, que viajaba sentada en su regazo. Observó con atención el paso de los bombarderos alemanes que surcaban el cielo. Sus estelas formaron una especie de pentagrama, y Hannibal canturreó para su hermana las notas que las volutas negras del fuego antiaéreo habían dibujado en el éter. No resultó una melodía satisfactoria.

—No —replicó Mischa—. Anniba, ¡canta *Das Männlein*!

Juntos cantaron la historia del misterioso hombrecillo del bosque. La niñera se unió al coro del carro traqueteante, y el señor Jakov los acompañó desde la grupa de su caballo, aunque hubiera preferido no cantar en alemán.

Ein Männlein steht im Walde ganz still und stumm,
Es hat von lauter Purpur ein Mäntlein um,

Sagt, wer mag das Männlein sein,
Das da steht im Wald allein
Mit dem purpurroten Mäntelein…

Luego de dos horas de penoso recorrido llegaron a un claro situado bajo la bóveda de árboles majestuosos.

Tras sus tres siglos de existencia, el refugio de caza había pasado de ser un albergue rudimentario a una cómoda vivienda, con una fachada de entramado de madera y un techo de inclinación pronunciada que la protegía de las nevadas. Tenía un pequeño granero equipado con dos casillas y un anexo que hacía las veces de caseta para los jornaleros. Además, detrás del refugio había un retrete de estilo victoriano con filigranas talladas en la madera, cuyo techo asomaba justo por encima del seto que servía de separación.

En los cimientos de la casa todavía podían verse los restos de las piedras de un altar construido por los adoradores de culebras durante la Alta Edad Media.

Hannibal vio que una culebra escapaba de ese lugar ancestral cuando Lothar cortó unas cuantas enredaderas para que la niñera pudiera abrir las ventanas.

El conde Lecter acariciaba al poderoso caballo mientras el animal bebía del cubo del pozo toda el agua que podía.

—El cocinero ya habrá cargado lo que quedaba en la cocina cuando regreses, Berndt. César puede pasar la noche en un establo para él solo. Regresad con la primera luz del alba, no más tarde. Os quiero bien lejos del castillo cuando haya salido el sol.

Vladis Grutas entró en el patio del castillo Lecter con una complacida expresión en el rostro y escrutó con detenimiento todas las ventanas.

—¡Hola! —saludó agitando una mano.

Grutas era un hombre espigado de cabello pajizo, vestía de paisano y sus ojos eran de color azul claro, como dos círculos de cielo despejado.

—¡Ah del castillo! —volvió a gritar. Al no recibir respuesta se dirigió hacia la entrada de la cocina y encontró cajas de víveres amontonadas en el suelo. Metió a toda prisa paquetes de azúcar y café en la bolsa que llevaba. La puerta de la despensa estaba abierta. Miró escalera abajo y vio una luz encendida.

Profanar la guarida de otra criatura es el tabú más antiguo. A ciertos espías, como era el caso, el entrar en un lugar a hurtadillas les provoca excitación.

Grutas descendió por la escalera hasta la gélida y cavernosa atmósfera de las mazmorras abovedadas del castillo. Se asomó por detrás de una arcada y vio que la verja de acero que daba a las cavas estaba abierta.

Se oyó un crujido. Grutas vio los estantes que se alzaban desde el suelo hasta el techo, llenos de botellas de vino, y la corpulenta sombra del cocinero moviéndose por la habitación mientras trabajaba a la luz de dos faroles. En la mesa de catas, situada en el centro de la estancia, había una serie de paquetes cuadrados y, junto a ellos, un pequeño cuadro con un abigarrado marco.

Grutas enseñó los dientes cuando vio al gordo hijo de puta del cocinero. Estaba trabajando sobre la mesa, con la ancha y blanca espalda hacia la puerta. Se oía el crujir del papel.

El intruso se pegó a la pared, oculto a la sombra de la escalera.

El cocinero envolvió el cuadro con papel, lo ató con hilo de bramante e hizo un paquete idéntico a los demás. Sosteniendo un farol con la mano que le quedaba libre, estiró la otra y tiró de una araña de hierro forjado que colgaba justo encima de la mesa de catas. Se oyó un clic y, al fondo de la bodega, un extremo de la estantería llena de botellas se separó unos centímetros de la pared. El cocinero apartó el estante y se oyó el gemido de unas bisagras; detrás había una puerta.

Entró en la habitación oculta detrás de la bodega y colgó uno de los faroles en la pared. A continuación metió los paquetes en su interior.

Estaba empujando la estantería de las botellas de vino para cerrar la entrada secreta, dando la espalda a la puerta, cuando

Grutas aprovechó para subir los escalones. Oyó un tiro en el exterior y, luego, la voz del cocinero procedente de abajo.

—¿Quién anda por ahí? —preguntó, y salió a perseguir al intruso, subiendo la escalera a una velocidad increíble para un hombre corpulento.

—¡Alto ahí! ¡Usted no debería estar aquí!

Grutas atravesó la cocina a todo correr hasta llegar al patio, donde empezó a agitar una mano y a silbar.

El cocinero agarró la duela de un tonel que había en un rincón y cruzó corriendo la cocina hacia el patio. Entonces vio una silueta en la puerta: el inconfundible casco. Tres paracaidistas alemanes armados con metralletas entraron en la habitación. Grutas estaba tras ellos.

—¡Hola, cocinillas! —saludó el intruso. Agarró un jamón en salmuera de uno de los cajones del suelo.

—Suelte la carne —ordenó el cabo alemán, y apuntó a Grutas con su arma con la misma presteza con la que había apuntado al cocinero—. Salga, vaya con la patrulla.

El camino de bajada para regresar al castillo resultaba más llevadero. Berndt avanzaba a buen ritmo con el carro vacío y se enrolló las riendas en un brazo para encender la pipa. Cuando se acercaba a la linde del bosque, creyó ver una gran cigüeña alzando el vuelo desde un árbol alto. Al acercarse se dio cuenta de que el supuesto aleteo era una tela blanca, un paracaídas atrapado entre unas ramas altas, con el arnés cortado. Se detuvo en seco. Posó una mano en el hocico de César y le susurró unas palabras al oído. Siguió avanzando a pie, con precaución.

De una rama más baja colgaba un hombre vestido de paisano, recién asfixiado por un cable que se le hundía en el cuello, con la cara amoratada y las botas embarradas a treinta centímetros del suelo. Berndt se volvió a toda prisa hacia el carro al tiempo que buscaba un sitio donde dar la vuelta en ese camino angosto. Sus propias botas se le antojaron extrañas al verlas pisando tierra firme.

En ese momento salieron de entre los árboles tres soldados alemanes a las órdenes de un sargento y seis civiles. El sargento permaneció un momento pensativo y descorrió el seguro de su metralleta. Berndt reconoció a uno de los hombres vestidos de paisano.

—Grutas —dijo.

—Berndt, el bueno de Berndt, siempre tan aplicado —comentó Grutas, y se dirigió hacia su conocido con una sonrisa bastante amigable—. Sabe manejar el caballo —informó al sargento alemán.

—Puede que sea tu amigo —respondió el sargento.

—Puede que no —replicó Grutas, y escupió a Berndt en la cara—. He colgado al otro, ¿no? A ése también lo conocía. ¿Por qué tenemos que seguir a pie? —y añadió en voz baja—: Si me devuelve el arma, le pegaré un tiro al llegar al castillo.

CAPÍTULO 3

La *Blitzkrieg,* la guerra relámpago de Hitler, fue más rápida de lo que nadie había imaginado. En el castillo, Berndt encontró una unidad Totenkopf de las Waffen-SS. Había dos tanques Panzer aparcados cerca del foso, junto con un cazacarros y algunos camiones semioruga.

El jardinero, Ernst, yacía boca abajo en el suelo de la cocina, con la cabeza cubierta de moscardas.

Berndt lo vio desde detrás del carro. Sólo los alemanes viajaban en él. Grutas y los demás tuvieron que ir andando a la zaga. Ellos no eran más que *Hilfswillige,* o *Hiwis,* habitantes de la localidad que ayudaban voluntariamente a los invasores nazis.

En lo alto de una torre del castillo, Berndt divisó a dos soldados que retiraban el estandarte del jabalí de Lecter y colocaban en su lugar una antena de radio y una bandera con la esvástica.

Un comandante con el uniforme negro de las SS y la insignia con la calavera de la unidad Totenkopf salió del castillo y se quedó mirando a César.

—Muy bonito, pero tiene la grupa demasiado ancha para montarlo —comentó con desprecio; llevaba los pantalones de montar y las espuelas para salir a dar un paseo. El otro caballo le serviría.

Detrás del comandante, dos miembros de las tropas de asalto salieron del edificio empujando al cocinero.

—¿Dónde está la familia?

—En Londres, señor —respondió Berndt—. ¿Puedo cubrir el cuerpo de Ernst?

El comandante se dirigió hacia su sargento, quien colocó el cañón de su Schmeisser bajo el mentón de Berndt.

—¿Y quién cubrirá el tuyo? Huele el cañón. Todavía está humeante. Con esto puedo volarte la tapa de los sesos a ti también, hijo de puta —amenazó el comandante—. ¿Dónde está la familia?

Berndt tragó saliva.

—Han huido a Londres, señor.

—¿Eres judío?

—No, señor.

—¿Gitano?

—No, señor.

El interrogador se fijó en un atado de cartas que había encontrado en un cajón de la casa.

—Hay correo para un tal Jakov. ¿Eres tú el judío Jakov?

—Es un profesor, señor. Se marchó hace tiempo.

El comandante le miró los lóbulos de las orejas para ver si los tenía perforados.

—Enséñale la polla al sargento —luego añadió—: ¿Tengo que matarte o vas a trabajar?

—Señor, estos hombres se conocen—informó el sargento.

—¿Es verdad eso? Tal vez sean amigos —se volvió hacia Grutas—. ¿Sentís más aprecio por vuestros compatriotas judíos que por nosotros, *Hiwis*? —el comandante se volvió hacia su sargento—: ¿De verdad cree que los necesitamos?

El sargento apuntó con su arma a Grutas y a sus colegas.

—El cocinero es judío —informó Grutas—. Le revelaré un secreto local muy útil: si le dejan cocinar para ustedes, morirán una hora después por el veneno judío —empujó a uno de sus hombres—. Cazuelas sabe cocinar, conseguir víveres y luchar.

Grutas avanzó hacia el centro del patio con lentitud, seguido por el cañón de la metralleta del sargento.

—Comandante, usted tiene las cicatrices y el anillo de Heidelberg. Aquí hay historia militar, como la que ustedes están escribiendo. En este lugar estaba el patíbulo de Hannibal el Macabro. Algunos de los caballeros teutones más osados murieron aquí. ¿No es hora ya de bañar la piedra con sangre judía?

El comandante enarcó las cejas.

—Si quiere pertenecer a las SS, tendrá que ganárselo —hizo un gesto de asentimiento a su sargento. Éste sacó una pistola de su cartuchera de cuero. Descargó todas las balas menos una y le pasó el arma a Grutas. Dos soldados llevaron al cocinero a rastras hasta el patíbulo.

El comandante parecía más interesado en echar un vistazo al caballo. Grutas levantó la pistola hasta la cabeza del cocinero y esperó, quería que el comandante lo viera. El cocinero le escupió a la cara.

Cuando se oyó el disparo, las golondrinas salieron en desbandada de las torres.

Berndt fue destinado al traslado de muebles al cuarto de oficiales del segundo piso. Comprobó si se había orinado encima. Podía oír al radio operador instalado en un pequeño cuarto bajo los aleros, tanto transmisiones en código Morse como mensajes de voz con interferencias. El radio operador bajó la escalera con su libreta en la mano y regresó minutos después para destruir el equipo. Se trasladaban al este.

Desde la ventana de un piso superior, Berndt contempló a la unidad de las SS mientras descargaban una radio de campaña del Panzer para la pequeña guarnición que dejaban atrás. Grutas y sus desaliñados compañeros civiles, que ahora portaban armas alemanas, sacaron cuanto había en la cocina y apilaron los víveres en la parte trasera de un camión semioruga, donde también viajaba parte del personal de apoyo. Los soldados montaron en sus vehículos. Grutas salió del castillo a todo correr para alcanzarlos. La unidad avanzaba hacia Rusia y llevaba consigo a Grutas y a los demás *Hiwis*. Al parecer, se habían olvidado de Berndt.

En el castillo se quedó un regimiento de granaderos Panzer, equipado con una ametralladora y la radio de campaña. Berndt esperó en la letrina de la vieja torre hasta el anochecer. Los soldados que formaban la reducida guarnición alemana comieron en la cocina, con un centinela apostado en el patio. Habían encontrado algunos licores en la despensa. Berndt salió de la letrina de la torre, agradecido de que los suelos de piedra no crujieran.

Se asomó a la habitación de la radio. La radio se hallaba en el vestidor de la señora, sus botellas de perfume estaban desparramadas por el suelo. Se quedó mirando el panorama. Pensó en Ernst, muerto en el suelo de la cocina, y en el cocinero escupiéndole a Grutas con su último suspiro. Se coló en la habitación. Tenía la sensación de que debía disculparse con la señora por la intromisión. Bajó por la escalera de servicio en calcetines y, con el calzado en una mano y la radio con su batería en la otra, salió a hurtadillas por una portezuela secreta. La radio y el generador, con manivela manual, pesaban mucho, más de veinte kilos. Berndt llevó su carga al bosque y la escondió. Lamentaba no haber podido llevarse el caballo.

Cuando la familia se reunió en torno a la chimenea, las luces y las sombras del hogar iluminaban las vigas pintadas del refugio de caza y se reflejaban en los ojos polvorientos de los animales disecados como trofeo. Las cabezas llevaban mucho tiempo colgadas, hacía años que les habían salido calvas en el pelaje a causa de las muchas generaciones de niños que las habían toqueteado colando la mano por el tramo de barandilla de los escalones más altos.

La niñera había dispuesto la tina de cobre de Mischa en un rincón del hogar. Había añadido agua de la tetera en el baño para regular la temperatura, había hecho espuma y había sumergido a la pequeña. Mischa jugaba alegremente con el jabón. La niñera puso las toallas a calentar delante del fuego. Hannibal soltó el nomeolvides de la muñeca de su hermanita, hundió la joya en la espuma e hizo burbujas soplando a través de los eslabones. Las burbujas, en su breve vuelo impulsado por la corriente, reflejaban los rostros de todos los presentes antes de explotar sobre el fuego. A Mischa le gustaba atraparlas, pero quería que le devolvieran su pulsera, y no se quedó tranquila hasta que volvió a tenerla puesta.

La madre de Hannibal interpretaba un contrapunto barroco al piano.

Una delicada música, las ventanas cubiertas con mantas al caer la noche y las alas negras del bosque envolviéndolos.

Berndt llegó agotado, y la música paró. El conde Lecter escuchó el relato de su empleado con el rostro empapado en lágrimas. Su esposa agarró a Berndt de la mano y le dio unas palmaditas.

Desde el primer momento, los alemanes llamaron Ostland a Lituania, colonia alemana de segunda fila que, con el tiempo, tras eliminar a la raza inferior eslava, podría ser repoblada con arios. Las columnas de los alemanes marchaban por los caminos; los trenes alemanes avanzaban hacia el este cargados de artillería.

Los bombarderos rusos acribillaron y ametrallaron a las columnas. Los cazas Ilyushin, procedentes de Rusia, las redujeron a añicos pese al intenso fuego de las ametralladoras antiaéreas alemanas montadas en los trenes.

Los cisnes negros volaban a la máxima altitud que podían alcanzar con comodidad. Cuatro ánades negros en formación, con el cuello extendido, intentaban dirigirse hacia el sur, con el rugido de los aviones sobre ellos al despuntar el alba.

Se oyó la detonación del fuego antiaéreo. El cisne que iba en cabeza se desmoronó en pleno vuelo e inició su interminable caída. Los otros tres se volvieron, graznaban hacia el suelo sin dejar de aletear e iban perdiendo altitud al tiempo que describían amplios círculos. El cisne herido cayó como un peso muerto en medio del campo y se quedó inmóvil. Su compañera voló en picada a su lado. Lo golpeaba con el pico y andaba a su alrededor emitiendo graznidos desesperados.

El cisne no se movía. Se oyó un estallido en el campo, y la infantería rusa hizo acto de presencia avanzando entre los árboles del lindar de la pradera. Un Panzer alemán salvó una fosa y avanzó a campo traviesa con la ametralladora coaxial apuntada hacia los árboles. Se acercaba, se acercaba... La hembra de cisne desplegó sus alas y permaneció junto a su compañero, aunque el tanque tenía una envergadura mucho mayor y su motor rugía como el corazón desbocado del ánade. El cisne se quedó sobre su compañero, graznaba, golpeaba el tanque con los poderosos empellones de sus alas. El conductor del tanque los aplastó a los dos, sin proponérselo, y en las huellas de las ruedas chirriantes fue dejando un rastro de carne y plumas.

CAPÍTULO 4

La familia Lecter sobrevivió en el bosque durante los terribles tres años y medio que duró la campaña de Hitler en Europa del Este. El largo sendero forestal hasta el refugio de caza permanecía cubierto de nieve en invierno e invadido por la vegetación en primavera. En verano, el terreno cenagoso era demasiado blando para los tanques.

El refugio contaba con un buen aprovisionamiento de harina y azúcar para pasar el primer invierno, pero lo más importante era la sal almacenada en cubas. El segundo invierno encontraron un caballo muerto y congelado. Lo despedazaron con un par de hachas y salaron la carne. También conservaron en salmuera truchas y perdices.

Algunas noches aparecían hombres vestidos de paisano por el bosque, sigilosos como fantasmas. El conde Lecter y Berndt hablaban con ellos en lituano, y en una ocasión llevaron al interior de la cabaña a un hombre con la camisa empapada en sangre. Murió sobre un jergón del rincón mientras la niñera le secaba el sudor de la cara.

Los días en que nevaba demasiado para salir en busca de alimento, el señor Jakov impartía sus lecciones. Enseñaba inglés y un francés macarrónico, e historia de Roma, con gran insistencia en los asedios a Jerusalén, y todos prestaban atención. Relataba los hechos históricos y las parábolas del Antiguo Testamento como dramáticas narraciones, y en ocasiones las embellecía para su público más allá de la estricta frontera del academicismo.

Daba clases particulares de matemáticas a Hannibal, puesto que las lecciones habían alcanzado un nivel inaccesible para los demás.

Ente los libros de Jakov había un ejemplar de cubiertas de piel del *Tratado de la luz* de Christiaan Huygens, y a Hannibal le fascinaba, le apasionaba seguir las cavilaciones de Huygens, sentir que avanzaba hacia el descubrimiento. Relacionaba el *Tratado de la luz* con el fulgor de la nieve y los reflejos irisados en los viejos cristales de las ventanas. La elegancia del pensamiento de Huygens era como los nítidos y sencillos trazos invernales, el esqueleto de las hojas. Una caja que se abría con un clic y que atesoraba en su interior un principio siempre infalible. Era una emoción fiable, y la sentía desde que había aprendido a leer.

Hannibal Lecter sabía leer desde que tenía uso de razón, o eso creía la niñera. Ella le leyó durante un breve período, cuando el pequeño tenía dos años; solía leerle un cuento de los hermanos Grimm ilustrado con xilografías en las que todo el mundo tenía las uñas de los pies puntiagudas. Hannibal la escuchaba leer con la cabeza recostada sobre su regazo mientras miraba las palabras de la página. Un día, la niñera vio que Hannibal acercó la cabeza al libro, la separó luego para poder enfocar las letras, y leyó en voz alta con la misma entonación que lo hacía ella.

Una emoción caracterizaba al padre de Hannibal mejor que ninguna otra: la curiosidad. Debido a la curiosidad que sentía por su hijo, el conde Lecter ordenó al mayordomo colocar en las baldas más bajas de la biblioteca del castillo los voluminosos diccionarios. De inglés, de alemán y los veintitrés volúmenes del diccionario lituano. De esta forma, Hannibal podía quedarse a solas con sus libros.

A los seis años le ocurrieron tres cosas importantes.

En primer lugar, descubrió los *Elementos,* de Euclides, en una edición antigua con ilustraciones dibujadas a mano. Repasaba las imágenes con el dedo y posaba la frente sobre ellas.

Ese otoño le trajo una hermanita, Mischa. Pensó que era como una ardilla roja arrugada. Se lamentó para sí de que no hubiera heredado la belleza de su madre.

Marginado de todos los frentes, imaginó lo conveniente que sería que el águila que a veces sobrevolaba el castillo atrapara a su hermana y la llevara, con cuidado, hasta la casa de algún amable campesino de un país lejano cuyos habitantes fueran todos como ardillas y ella no se sintiera fuera de lugar. Al mismo tiempo, descubrió que la amaba de una forma inevitable, y, cuando la pequeña tuvo edad suficiente para razonar, quiso enseñarle lo que él sabía, quería transmitirle su avidez por el descubrimiento.

Asimismo, cuando Hannibal tenía seis años, su padre lo encontró calculando la altura de las torres del castillo a partir de la longitud de sus sombras, siguiendo las instrucciones que, según afirmaba el niño, le había dado el mismísimo Euclides. Entonces el conde Lecter buscó a mejores tutores, y seis semanas después llegó el señor Jakov, un académico muerto de hambre procedente de Leipzig.

El conde hizo las presentaciones entre el señor Jakov y su alumno en la biblioteca y los dejó a solas. La biblioteca, con tibia atmósfera, desprendía un ligero aroma a humo que impregnaba las piedras del castillo.

—Mi padre dice que va usted a enseñarme muchas cosas.

—Si quieres aprender muchas cosas, puedo ayudarte.

—Dice que es usted un gran erudito.

—Soy un estudiante.

—Le ha dicho a mi madre que lo expulsaron de la universidad.

—Sí.

—¿Por qué?

—Porque soy judío; judío asquenazí, para ser más exactos.

—Entiendo. ¿Eso le entristece?

—¿Ser judío? No, me alegra.

—Me refiero a que si le entristece que lo hayan expulsado de la universidad.

—Me alegro de estar aquí.

—¿Se pregunta si vale la pena perder su tiempo conmigo?

—Todo el mundo vale la pena, Hannibal. Si a primera vista una persona parece torpe, hay que mirar con más atención, mirar en su interior.

—¿Le han dado la habitación que tiene unos barrotes de acero en la puerta?

—Sí, así es.

—No puede cerrarse con llave.

—Me alegra oírlo.

—Allí es donde tenían al tío Elgar —dijo Hannibal mientras alineaba sus estilográficas delante de sí—. Fue en la década de 1880, antes de que yo naciera. Fíjese en el cristal de la ventana de su habitación. Tiene una fecha que él grabó con un diamante. Éstos son sus libros.

Una serie de inmensos tomos forrados de piel ocupaban toda una balda de la estantería. El último libro de la hilera estaba chamuscado.

—La habitación huele a humo cuando llueve. Las paredes estaban forradas con balas de paja para insonorizar sus peroratas.

—¿Has dicho «peroratas»?

—Eran sobre religión, pero… ¿sabe qué significa «lascivo» o «lascivia»?

—Sí.

—Yo no lo tengo muy claro, pero creo que significa algo que uno no diría delante de su madre.

—Yo también creo que es así —respondió el señor Jakov.

—Si se fija en la fecha grabada en el cristal, verá que es el día en que la luz del sol da directamente en su ventana todos los años.

—Esperaba el sol.

—Sí, y ese mismo día ardió allí dentro. En cuanto le dio la luz del sol, encendió la paja con su monóculo mientras ordenaba estos libros.

Hannibal siguió poniendo a su tutor al corriente de las anécdotas del castillo Lecter con un recorrido por sus dominios.

Atravesaron el patio, con su enorme bloque de piedra. En el bloque había una anilla y, sobre su superficie plana, las hendiduras de unos hachazos.

—Tu padre me ha contado que has calculado la altura de las torres.

—Sí.

—¿Qué altura tienen?

—La torre sur, cuarenta metros, y la otra es medio metro más baja.

—¿Qué utilizaste como gnomon?

—La piedra. Calculé la altura de la piedra y la longitud de su sombra, y luego calculé la longitud de la sombra del castillo a la misma hora.

—El perfil de la piedra no es exactamente vertical.

—Utilicé mi yoyó como plomada.

—¿Conseguiste hacer ambas mediciones al mismo tiempo?

—No, señor Jakov.

—¿De cuánto era el margen de error en la medición de las sombras?

—De un grado cada cuatro minutos, por la rotación terrestre. La piedra se llama Patíbulo. La niñera la llama Rabenstein. Me ha prohibido que me siente encima.

—Entiendo —dijo el señor Jakov—. Su sombra es más alargada de lo que creía.

Adquirieron la costumbre de discutir mientras paseaban, y Hannibal, siguiendo con paso enérgico al señor Jakov, observaba cómo su profesor se adaptaba a hablar con alguien mucho más bajito. A menudo, el tutor volvía la cabeza hacia un lado y hablaba al aire que Hannibal tenía por encima, como si hubiera olvidado que estaba conversando con un niño. Hannibal se preguntó si añoraría pasear y hablar con alguien de su misma edad.

El niño estaba interesado en ver cómo se llevaba su profesor con el mayordomo, Lothar, y con Berndt, el mozo de cuadras. Ambos eran hombres campechanos, bastante hábiles y diestros en sus ocupaciones. Sin embargo, la suya era una línea de pensamiento distinta. Hannibal se fijó en que el señor Jakov no pretendía ocultar lo que pensaba ni alardear de ello, aunque nunca se refería a nadie en particular. Dedicaba su tiempo libre a enseñar a ambos empleados a realizar mediciones con un teodolito de fabricación casera. Además, comía con el cocinero, con quien logró intercambiar algunas palabras en un rudimentario yídish, para sorpresa de la familia.

Las piezas de una antigua catapulta que Hannibal el Macabro había utilizado contra los caballeros teutones estaban guardadas en un granero de la propiedad, y, para el cumpleaños del niño, el señor Jakov, Lothar y Berndt reconstruyeron la máquina. Sustituyeron el viejo brazo lanzador por un robusto tronco, y con él catapultaron un tonel de agua a una altura superior a la del castillo. Al caer, el proyectil produjo una magnífica explosión de agua en la lejana orilla del foso, y las aves que flotaban en su superficie salieron volando despavoridas.

Durante esa semana, Hannibal sintió el placer más intenso de su infancia. Como regalo de cumpleaños, el señor Jakov le enseñó a probar de forma no matemática el teorema de Pitágoras: calcando tejas sobre un lecho de arena. Hannibal lo observaba con detenimiento, dio una vuelta a su alrededor. El profesor levantó una de las tejas y, sin mediar palabra y enarcando las cejas, preguntó al niño si quería volver a ver la demostración. Hannibal lo entendió. Lo entendió y le embargó una sensación similar a la de ser propulsado por la catapulta.

El señor Jakov no solía llevar libros de texto para sus discusiones, y rara vez se remitía a uno de ellos. Cuando tenía ocho años, Hannibal le preguntó el porqué.

—¿Te gustaría recordarlo todo? —le preguntó el señor Jakov.

—Sí.

—Recordar no es siempre una bendición.

CAPÍTULO 5

Invierno, 1944-1945

Cuando cayó el frente del este, el ejército ruso avanzó como la lava por Europa del Este dejando a su paso una estela de humo y cenizas, un panorama desolador de hambruna y muerte.

Los rusos llegaban del este y del sur, y ascendían en dirección al mar Báltico desde los frentes bielorrusos segundo y tercero, precedidos por unidades de las Waffen-SS desintegradas que se batían en retirada, ansiosas por llegar a la costa, donde esperaban ser evacuadas por mar hasta Dinamarca.

Ése fue el fin de las ambiciones de los *Hiwis.* Después de haber perpetrado asesinatos y expolios para sus amos nazis, de haber acribillado a judíos y a gitanos, ninguno de ellos había conseguido entrar en las SS. Los llamaban *Osttruppen,* y ni siquiera los consideraban soldados. Miles de ellos se convirtieron en esclavos de batallones de trabajos forzados y fueron explotados hasta la muerte.

Sin embargo, unos cuantos desertaron y emprendieron un nuevo negocio por su cuenta…

Lituania, en las proximidades de la frontera con Polonia. Una hermosa residencia abierta como una casa de muñecas por el derrumbamiento de una de las fachadas laterales durante un bombardeo. Los miembros de la familia, que salieron huyendo del sótano con la primera explosión y murieron sorprendidos por la segunda, yacían sin vida en el suelo de la cocina. Soldados muertos, alemanes y rusos, yacían en el jardín. En un lateral de la casa había un vehículo militar alemán partido en dos por un proyectil.

Un comandante de las SS se encontraba tendido en un diván enfrente de la chimenea del salón con las perneras de los pantalones cubiertas de sangre congelada. El sargento retiró la manta de una cama, lo tapó y avivó el fuego, pero el techo de la estancia no era más que un recuerdo. Le quitó una bota; tenía los dedos de los pies ennegrecidos. El sargento oyó un ruido en el exterior. Se descolgó la carabina del hombro y se dirigió hacia la ventana.

Una ambulancia militar, un camión semioruga ZiS-44 de fabricación rusa aunque con la insignia de la Cruz Roja Internacional, se aproximaba traqueteando por el camino de grava.

Grutas bajó del vehículo semioruga agitando un pañuelo blanco.

—Somos suizos. ¿Hay algún herido? ¿Cuántos hombres son?

El sargento volvió la vista.

—Son médicos, comandante. ¿Quiere irse con ellos, señor?

El comandante asintió en silencio.

Grutas y Dortlich, que le sacaba una cabeza de altura a su jefe, descargaron una camilla de la ambulancia.

El sargento salió para hablar con ellos.

—Tengan cuidado, le han herido en las piernas. Tiene los dedos de los pies congelados. Puede que sea gangrena por congelación. ¿Tienen un hospital de campaña?

—Sí, claro, pero puedo operarlo aquí mismo —dijo Grutas, y le descerrajó dos tiros en el pecho que hicieron saltar el polvo del uniforme de la víctima. Al hombre se le vencieron las rodillas, Grutas pasó por encima de él y disparó al comandante a través de la manta.

Milko, Kolnas y Grentz salieron en tropel de la parte trasera del semioruga. Sus uniformes eran una mezcolanza de diversas prendas —de policías y doctores lituanos, de médicos militares estonios y de miembros de la Cruz Roja Internacional—, pero todos llevaban un brazalete con la vistosa insignia propia de los médicos.

Desplumar a un muerto requiere agacharse mucho; los saqueadores gruñían y blasfemaban por el esfuerzo mientras iban dejando desparramados por el suelo los documentos y las fotos que había en las carteras. El comandante seguía vivo, y levantó una mano hacia Milko. Éste le quitó el reloj y se lo metió en el bolsillo.

Grutas y Dortlich sacaron una alfombra enrollada de la casa y la metieron en el camión semioruga.

Colocaron la camilla de lona en el suelo y tiraron encima los relojes, los anillos y las gafas con montura de oro.

Un tanque, un T-34 ruso con camuflaje de invierno, salió de entre los árboles del bosque con el cañón de través y el artillero asomado por la escotilla.

Un hombre oculto en el cobertizo de detrás de la alquería salió de su escondite y atravesó el campo, a todo correr, en dirección a los árboles; llevaba un reloj de similor entre los brazos e iba saltando sobre los cadáveres.

El cañón del tanque tableteó, y el saqueador a la fuga tropezó y cayó de bruces junto al reloj. Tanto su cara como la esfera del reloj quedaron estampadas contra el suelo; corazón y maquinaria latieron una vez al unísono y se pararon.

—¡Coged un cuerpo! —ordenó Grutas.

Tiraron un cadáver sobre el botín cargado en la camilla. La torreta del tanque se volvió hacia ellos. Grutas agitó una bandera blanca y señaló la insignia médica del camión. El tanque prosiguió su avance.

Un último vistazo alrededor de la casa. El comandante seguía vivo y cogió a Grutas por la pernera del pantalón cuando pasó junto a él. Se le abrazó a la pierna y no lo dejaba ir.

El jefe de los *Hiwis* se agachó y lo agarró por las insignias del cuello de la camisa.

—Se suponía que nosotros también teníamos que lucir estas calaveras —dijo—. ¿Sabes? A lo mejor los gusanos pueden convertir tu cara en una de ellas —disparó al comandante en el pecho. El hombre soltó la pernera de su verdugo y se miró la muñeca como si tuviera interés en conocer la hora exacta de su muerte.

El camión semioruga se alejó traqueteando por el campo, triturando los cuerpos bajo sus ruedas. Al llegar al bosque, los hombres sacaron la camilla por la parte trasera y Grentz tiró el cadáver.

Un Stuka alemán, o bombardero en picado, sobrevoló el tanque ruso, cuyo cañón estaba en llamas. Refugiados bajo la bóveda del bosque, agazapados en el tanque, los miembros de la tripulación oyeron la explosión de la bomba entre los árboles, y las astillas y la metralla resonaron al chocar contra el casco blindado.

CAPÍTULO 6

—¿Sabe qué día es hoy? —preguntó Hannibal a su tutor mientras desayunaba gachas en el refugio de caza—. Es el día en que el sol entra por la ventana del tío Elgar.

—¿A qué hora será eso? —preguntó el señor Jakov como si no lo supiera.

—Se asomará por la torre a las diez y media —respondió el niño.

—Eso ocurría en 1941 —aclaró el señor Jakov—. ¿Crees que el momento de su llegada al punto indicado será el mismo?

—Sí.

—Pero el año tiene más de trescientos sesenta y cinco días.

—Pero, señor Jakov, el año pasado fue bisiesto, y lo mismo ocurría en 1941, la última vez que observamos el fenómeno.

—Entonces, ¿el calendario se ajusta a la perfección o acaso vivimos según burdas rectificaciones de los cómputos?

Una rama de espino crepitó al arder en la chimenea.

—Creo que son cuestiones distintas —respondió Hannibal.

El señor Jakov estaba encantado, aunque su respuesta fue una nueva pregunta.

—¿El año 2000 será bisiesto?

—No... Sí, sí, será año bisiesto.

—Pero es divisible por cien —arguyó el señor Jakov.

—También es divisible por cuatrocientos —replicó Hannibal.

—Exacto —afirmó el profesor—. Será la primera vez que se aplique la norma gregoriana. Quizá ese año, tras sobrevivir a todas esas burdas rectificaciones, recuerdes nuestra charla. En este extraño lugar —alzó su taza—. El año que viene, en el castillo Lecter.

Lothar fue el primero que lo oyó al volver de buscar agua: el rugido de un vehículo que avanzaba con una marcha corta y el crujido de las ramas. Dejó el cubo sobre el pozo y, con las prisas, entró en el refugio sin limpiarse los zapatos.

Un tanque soviético, un T-34 con camuflaje de invierno hecho de nieve y paja, cruzó con estrépito el camino de herradura y se adentró en el claro. En la torreta había algo escrito en ruso: VENGAD A NUESTRAS MUJERES RUSAS Y ACABAD CON LOS INDESEABLES FASCISTAS. Dos soldados vestidos de blanco viajaban en la parte trasera, sobre los radiadores. La torreta giró para apuntar el cañón a la casa. Se abrió una escotilla, y un artillero con capucha blanca de invierno se situó detrás de la ametralladora. El comandante del tanque estaba de pie en la otra escotilla, llevaba un megáfono. Repetía su mensaje en ruso y en alemán, vociferando para hacerse oír a pesar del rugido del motor diésel.

—Queremos agua, no les haremos daño ni les quitaremos la comida si no nos disparan desde la casa. Si lo hacen, morirán todos. Ahora, salgan. Artillero, cargue y apunte. Voy a contar hasta diez, si no vemos a nadie, dispare —se oyó un fuerte tableteo al descorrerse el seguro de la ametralladora.

El conde Lecter salió de la casa y permaneció erguido a la luz del sol, con las manos en alto.

—Cojan el agua. No somos una amenaza para ustedes.

El comandante del tanque se apartó el megáfono de la boca.

—Quiero a todo el mundo fuera, donde pueda verlos.

El conde y el comandante del tanque se miraron durante largo rato. El militar enseñó las palmas de las manos, el conde hizo lo propio.

El padre de Hannibal se volvió hacia el refugio.

—Salid.

Cuando el comandante vio a la familia, dijo:

—Los niños pueden quedarse en el interior, protegidos del frío —dio una orden al artillero y al resto de la tripulación—: Vigílenlos. Ojo a las ventanas de arriba. Enciendan la bomba de agua. Pueden fumar.

El artillero se quitó las gafas protectoras y encendió un cigarrillo. Tenía la piel más blanca alrededor de los ojos y no era más que un muchacho. Vio a Mischa asomada por la puerta y le sonrió.

Entre los bidones de agua y gasolina amarrados al tanque había una pequeña bomba con una cuerda para arrancarla; funcionaba con combustible.

El conductor del tanque metió una manguera con un filtro protector en el pozo y, tras dar varios tirones a la cuerda, la bomba traqueteó, rechinó y se cebó.

El ruido ensordeció el chillido del Stuka que caía en picado hasta que estuvo casi encima de ellos. El artillero del tanque giró la torreta, se oyó un fuerte crujido cuando elevó el cañón, y disparó mientras la artillería del avión agujereaba el suelo. Las ráfagas salían silbando del tanque; el artillero fue alcanzado, aunque siguió disparando con el brazo que le quedaba sano.

El parabrisas del Stuka se hizo añicos, las gafas protectoras del piloto se anegaron en sangre, y su nave, que todavía llevaba cargado uno de los misiles, chocó contra las copas de los árboles, fue a estrellarse contra el jardín, y el combustible explotó. Tras el impacto, el cañón montado en una de las alas seguía disparando.

Hannibal, que se encontraba en el suelo del refugio con Mischa cobijada casi por completo bajo su cuerpo, vio a su madre tendida en el jardín, ensangrentada y con el vestido en llamas.

—¡Quédate aquí! —le gritó a Mischa, y corrió hacia su madre. La munición del avión explotaba con el calor de las llamas, primero con ráfagas lentas y más rápidas a continuación. Los fragmentos del casco salían disparados hacia atrás e impactaban contra la nieve, las llamas lamían la bomba que había debajo de una de las alas. El piloto estaba en la cabina, muerto, con la cara achicharrada, y la bufanda y el casco ardiendo; detrás de él yacía el artillero sin vida.

Lothar, el único que quedaba vivo en el jardín, levantó un brazo ensangrentado hacia Hannibal. Entonces Mischa salió corriendo hacia su madre; Lothar intentó interceptarla y la derribó, pero una bala del cañón del avión en llamas lo atravesó; la sangre salpicó a la pequeña, que levantó los brazos al aire y gritó hacia el cielo. Hannibal sofocó con montones de nieve el fuego que prendía las ropas de su madre, se levantó, salió corriendo hacia Mischa entre el caótico tiroteo, la llevó al refugio y la metió en la despensa. Los tiros del exterior fueron espaciándose hasta que cesaron, mientras las balas se fundían en la recámara del cañón. El cielo se ennegreció, y la nieve volvió a caer e hizo chirriar el metal caliente.

Oscuridad, y de nuevo la nieve. Hannibal entre los cadáveres. No supo en qué momento empezaron a caer los blancos copos que cubrieron las pestañas y el cabello de su madre. Ella era el único cuerpo que no había quedado ennegrecido ni chamuscado. Hannibal intentó tirar de ella, pero su cuerpo estaba congelado y pegado al suelo. Apretó la cara contra su pecho. Tenía el busto congelado y endurecido, el corazón roto. Su hijo le cubrió el rostro con una servilleta y la enterró bajo la nieve.

Las negras sombras bailaban en el lindar del bosque. La luz de su linterna se reflejó en los ojos de los lobos. Hannibal les gritó y agitó una pala en el aire para ahuyentarlos. Mischa insistía en salir del refugio para ir junto a su madre; su hermano tuvo que tomar una decisión. Se llevó a la niña de vuelta al interior y dejó a los muertos a merced de la oscuridad. El libro del señor Jakov seguía intacto junto a su mano ennegrecida, hasta que un lobo devoró la cubierta de piel del *Tratado de la luz* y los sesos del profesor, desparramados entre las páginas maltrechas de la obra de Huygens, que quedaron desperdigadas sobre la nieve.

Hannibal y Mischa oían bufidos y gruñidos en el exterior. El niño avivó el fuego. Para amortiguar el ruido intentó que Mischa cantara y él tomó la iniciativa. La niña se agarró con los puños al abrigo de su hermano.

—*Ein Männlein…*

Copos de nieve en las ventanas. En la esquina del cristal apareció un círculo oscuro hecho con la punta de un dedo enguantado; en el círculo oscuro, un ojo de color azul celeste.

CAPÍTULO 7

La puerta se abrió de golpe, y Grutas entró con Milko y Dortlich. Hannibal agarró una lanza de la pared, y Grutas, por su certero instinto, apuntó con la pistola a la niña.

—Suéltala o disparo. ¿Me entiendes?

Los saqueadores empezaron a pulular en torno a los niños.

Los saqueadores estaban dentro; Grentz, en el exterior. Hizo una señal con la mano para que el camión semioruga se acercara, los faros de éste parpadearon y sus luces se reflejaron en los ojos de los lobos que se encontraban en la linde del claro; uno de los cánidos llevaba algo a rastras.

Los hombres se reunieron alrededor de Hannibal y de su hermana, junto al fuego; el calor del hogar hizo que la ropa de los saqueadores desprendiera el hedor a sudor de varias semanas pasadas a la intemperie y la sangre reseca pegada en los cordones de las botas. Los maleantes se acercaron más. Cazuelas atrapó un pequeño insecto que se escapó de entre sus ropas y le reventó la cabeza con la uña del pulgar.

Tosían en la cara de los niños. El aliento de los depredadores —característico de la cetosis que sufrían por la dieta carroñera consistente en carne cruda, en parte escarbada de las ruedas del camión— hizo que Mischa enterrase la cara en el abrigo de su hermano. Él la acogió en el interior de la prenda y sintió su pequeño corazón desbocado. Dortlich agarró el cuenco de gachas de Mischa, hundió las narices en él y arrebañó el fondo del recipiente con sus dedos magullados y cuarteados. Kolnas tendió su cuenco, pero Dortlich no le dio nada.

Kolnas era achaparrado y fornido, y le brillaban los ojos cuando miraba algún metal precioso. Le quitó el nomeolvides a Mischa y se lo guardó en el bolsillo. Cuando Hannibal lo agarró por la mano, Grentz le dio un apretón en el cuello y le adormeció el brazo.

Las bombas atronaban a lo lejos.

—Si llega una patrulla, no importa de qué bando, hemos levantado aquí un hospital de campaña. Hemos salvado a estos mocosos y estamos encargándonos de proteger las pertenencias de su familia metiéndolas en el camión. Sacad una bandera de la Cruz Roja y colgadla en la puerta. ¡Ahora!

—Los otros dos se congelarán si los dejamos en el camión —dijo Cazuelas—. Se han creído que somos de la patrulla, pueden volver a sernos útiles.

—Mételos en esa caseta —ordenó Grutas—. Enciérralos con llave.

—¿Y adónde van a ir? —preguntó Grentz—. ¿Con quién van a hablar?

—¡Joder! ¡Por mí, como si te cuentan sus tristes vidas en albano, Grentz! Muévete ya y hazlo.

En medio de la ventisca, Grentz sacó a dos seres enclenques del camión y los llevó a rastras hacia la caseta de los jornaleros.

CAPÍTULO 8

Grutas sostenía una fina cadena, helada contra la piel de los niños, y se la enrolló al cuello. Kolnas la aseguró con dos enormes candados. Grutas y Dortlich encadenaron a Hannibal y a Mischa a la barandilla del tramo más alto de la escalera, donde no entorpecían el paso pero quedaban a la vista. El que llamaban Cazuelas les llevó un orinal y una manta de una habitación.

A través de los barrotes de la barandilla, Hannibal vio cómo lanzaban el taburete del piano al fuego. Arremetió el cuello del vestido de Mischa por debajo de la cadena, para protegerle el cogote.

La nieve se apiló en grandes montículos junto al refugio; sólo los cristales más altos de las ventanas dejaban pasar una luz verdosa. Con la nieve cayendo de lado y el silbido del viento, la casa parecía un enorme tren en marcha. Hannibal abrazó a su hermana, y ambos se hicieron un ovillo envueltos con la manta y la alfombra del rellano. De esta forma, las toses de la pequeña se silenciaron. Hannibal notó en la mejilla que la niña tenía la frente caliente. Se sacó un mendrugo de pan seco del abrigo y se lo llevó a la boca. Cuando el pan se ablandó, se lo dio a su hermana.

Cada pocas horas, Grutas ordenaba a uno de sus hombres que saliera a retirar la nieve de la puerta con una pala; contaban así con un sendero despejado hasta el pozo. En una de esas ocasiones, Cazuelas llevó una sartén con restos de comida a la caseta de los jornaleros.

Atrapados por la nieve, el tiempo pasaba con lenta agonía. No tenían comida y, entonces, la encontraron. Kolnas y Milko colocaron la tina de Mischa sobre la estufa y la taparon con un panel de madera, que se chamuscó por el borde que sobresalía del rudimentario recipiente. Cazuelas avivó el fuego con los libros y los cuencos de madera para la ensalada. Con un ojo puesto en la estufa, Cazuelas actualizó su diario y sus cuentas. Iba apilando sobre la mesa pequeños objetos del botín, para clasificarlos y contarlos. Con una caligrafía de trazos delgados e irregulares escribió el nombre de cada uno de ellos en la parte superior de una hoja:

Vladis Grutas
Zigmas Milko
Bronys Grentz
Enrikas Dortlich
Petras Kolnas

En último lugar escribió el suyo: Kazys Porvik.

Debajo del nombre de cada uno estaba su parte del botín: monturas de gafas, relojes, pendientes, anillos y dientes de oro que iba repartiendo con ayuda de una copa de plata robada.

Grutas y Grentz registraron el refugio de forma compulsiva, sacando cajones y desgarrando el fondo de todas las cómodas.

Cinco días después, el tiempo mejoró. Todos se calzaron raquetas para la nieve y llevaron a Hannibal y a Mischa al granero. El niño vio una voluta de humo que salía de la chimenea de la caseta de los jornaleros. Se quedó mirando la enorme herradura de César clavada encima de la puerta como amuleto de la buena suerte y se preguntó si el caballo seguiría vivo. Grutas y Dortlich empujaron a los niños al interior del granero y cerraron la puerta con un candado. Por la ranura de la puerta de doble hoja, Hannibal los vio abrirse en abanico para adentrarse en el bosque. En el granero hacía muchísimo frío. Había prendas infantiles amontonadas sobre la paja. La puerta que daba a la caseta contigua estaba cerrada, pero no con llave. Hannibal la abrió de un empujón. Sacó todas las mantas de los catres y vio a un niño de no más de ocho años pegado tan cerca como era posible al hornillo. Tenía el rostro exangüe y los ojos hundidos. Llevaba varias capas de ropa, y algunas prendas eran de niña. Hannibal colocó a su hermana tras de sí. El chico se quedó apocado al verlo.

Hannibal lo saludó. Repitió el saludo en lituano, alemán, inglés y polaco, pero el chico no respondió. Tenía las orejas y los dedos cubiertos de sabañones rojos. Durante el transcurso de aquel largo y gélido día había logrado indicar que era albanés y sólo hablaba en ese idioma. Dijo que se llamaba Agon. Hannibal dejó que le toqueteara los bolsillos en busca de comida; no le permitió tocar a Mischa. Cuando Hannibal le indicó gesticulando que su hermana y él querían la mitad de las mantas, el niño no opuso resistencia. El pequeño albanés se sobresaltaba con cada ruido, dirigía la mirada hacia la puerta y no paraba de gesticular con la mano como si estuviera cortando algo.

Los saqueadores regresaron justo antes del ocaso. Hannibal los oyó y miró a través de la ranura de la puerta de doble hoja del granero.

Tiraban de un cervatillo famélico, aún vivo y tambaleante, al que habían colgado del cuello una guirnalda de borlas robada en alguna mansión y que tenía una flecha clavada en el costado. Milko levantó un hacha.

—No dejes que pierda mucha sangre —le advirtió Cazuelas con autoridad culinaria.

Kolnas llegó corriendo con su cuenco y los ojos vidriosos. Se oyó un berrido en el jardín, y Hannibal le tapó los oídos a Mischa para que no oyera los hachazos. El chico albano lloraba y daba gracias.

Más adelante, ese mismo día, cuando los demás hombres ya habían comido, Cazuelas dio a los niños un hueso para roer, que conservaba pegados algo de carne y unos tendones. Hannibal lo royó un poco y masticó el alimento hasta formar un puré para Mischa. El jugo se habría perdido de haberla alimentado con los dedos, así que le daba el puré directamente de la boca.

Volvieron a trasladar a Hannibal y a la niña al refugio, los encadenaron a la barandilla del segundo piso y dejaron al niño albano solo en el granero. Mischa ardía por la fiebre, y Hannibal la abrazaba con fuerza bajo la polvorienta alfombra.

Todos cayeron enfermos de gripe; los hombres permanecían tendidos, tan pegados al fuego moribundo como podían; tosían unos encima de los otros. Milko encontró el peine de Kolnas en el suelo y chupó la grasa que tenía en las púas. El cráneo del cervatillo estaba dentro de la bañera seca, sin rastro de carne, pues lo habían hervido hasta pelarlo.

Después volvió a haber carne, y los hombres la engulleron emitiendo sonidos guturales, sin mirarse entre sí. Cazuelas alimentó a Hannibal y a Mischa con cartílago y caldo. No llevó nada al granero.

El mal tiempo no amainaba, las nubes estaban bajas y el cielo tenía un color gris plomizo; la nieve amortiguaba todos los ruidos del bosque salvo el romper y el caer de las ramas que cedían bajo el peso del hielo.

La comida se terminó mucho antes de que el cielo se despejara. Las toses parecían más violentas en la tarde luminosa en que el viento cesó. Grutas y Milko salieron dando tumbos con sus raquetas de nieve.

Tras un prolongado sueño febril, Hannibal oyó que volvían. Una discusión en voz alta y una escaramuza. A través de los barrotes de la barandilla vio que Grutas chupaba el plumaje ensangrentado de un pájaro, se lo tiró a sus hombres y ellos se abalanzaron sobre el ave muerta como perros hambrientos. Grutas tenía la cara cubierta de sangre y plumas. Volvió su sangriento rostro hacia los niños y dijo:

—O comemos o morimos.

Ése era el último recuerdo consciente que tenía Hannibal del refugio de caza.

Debido a la escasez del suministro ruso de caucho, el tanque avanzaba con ruedas de acero que transmitían una vibración ensordecedora a través del casco y dificultaban la visión por el periscopio. Era un enorme KV-1 que atravesaba penosamente el sendero del bosque, con un tiempo gélido, a medida que el frente avanzaba hacia el oeste varios kilómetros al día gracias a la retirada de los alemanes. Dos soldados de infantería, vestidos con camuflaje de invierno, viajaban en la parte trasera del tanque, acurrucados sobre los radiadores, oteando los alrededores en busca de un chiflado de los Werewolf —los «Hombres Lobo» de la organización paramilitar homónima de las SS—, un fanático al que habían dejado por esos lares armado con un misil Panzerfaust para intentar destruir un tanque. Detectaron movimiento entre la maleza. Desde el interior del tanque, el comandante oyó que los soldados que estaban en la parte de arriba abrían fuego y volvió el tanque hacia su objetivo para disparar con la ametralladora coaxial. En la imagen magnificada del periscopio distinguió a un chico, un niño que salía de entre los matorrales, al tiempo que las balas impactaban contra la nieve a su alrededor mientras los soldados disparaban desde el tanque en movimiento. El comandante emergió por la escotilla y ordenó el alto el fuego. Ya habían matado a unos cuantos niños por error —eran cosas que ocurrían— y les alegró no haber matado también a ése.

Los soldados vieron a un niño delgado y pálido con una cadena atada al cuello; del extremo de ésta colgaba una lazada vacía. Cuando lo colocaron cerca de los radiadores y le quitaron la cadena, le arrancaron pedacitos de piel que habían quedado pegados a los eslabones. El niño tenía unos prismáticos bastante buenos en la bolsa que llevaba aferrada al pecho. Lo zarandearon, le hicieron preguntas en ruso, polaco y un rudimentario lituano, hasta que comprendieron que era mudo.

Los militares no tuvieron el valor de quitarle los prismáticos, le dieron media manzana y permitieron que viajara con ellos detrás de la torreta, donde le daba el aire caliente de los radiadores, hasta que llegaron a una población.

CAPÍTULO 9

Una unidad soviética motorizada compuesta por un cazacarros y un pesado lanzamisiles se había refugiado en el abandonado castillo Lecter para pernoctar. Lo dispusieron todo para reemprender la marcha antes del amanecer, y dejaron manchas de gasolina en la nieve que cubría el patio. Un camión ligero se encontraba en la entrada del castillo con el motor al ralentí.

Grutas y sus cuatro compañeros supervivientes, vestidos con uniformes de médicos, observaban los preparativos desde el bosque. Habían pasado cuatro años desde que Grutas matara al cocinero en el patio del castillo, y catorce horas desde que los saqueadores huyeran del refugio de caza en llamas y dejaran a sus muertos atrás.

Las bombas retronaban a lo lejos y los proyectiles antiaéreos con trazador describían arcos en el cielo.

El último soldado salió por la puerta caminando de espaldas y soltando mecha de un carrete.

—¡Joder! —exclamó Milko—. Va a caer una lluvia de pedruscos grandes como furgones.

—Vamos a entrar de todas formas —dijo Grutas.

El soldado desenrolló la mecha hasta el último escalón, la cortó y se agachó junto a ella.

—De todas formas, ya han vaciado el sótano —dijo Grentz—. *C'est foutu.*

—*Tu débandes?* —preguntó Dortlich.

—*Va te faire enculer* —respondió Grentz. Habían aprendido algo de francés cuando los Totenkopf iban a por aprovisionamientos cerca de Marsella, y les gustaba insultarse en ese idioma en los momentos tensos previos a la acción. Los tacos les recordaban sus buenos momentos en Francia.

El soldado soviético abrió una pequeña brecha en la cuerda de detonación y encajó la cabeza de un fósforo en su interior.

—¿De qué color es la mecha? —preguntó Milko.

Grutas tenía los prismáticos.

—Está muy oscuro, no lo veo.

Desde el bosque vieron el fulgor de una segunda cerilla que iluminó la cara del soldado cuando éste encendió la mecha.

—¿Es naranja o verde? —preguntó—. ¿Tiene rayas?

Grutas no respondió. El soldado se dirigió hacia el camión con parsimonia, reía mientras sus compañeros le gritaban que se diera prisa, la mecha refulgía tras él sobre la nieve.

Milko contaba entre dientes.

En cuanto perdieron el vehículo de vista, Grutas y Milko corrieron hacia la mecha. El fuego cruzó el umbral en el preciso instante en que llegaron a los escalones. No distinguieron las rayas hasta que estuvieron ahí mismo. *«Arde unmetrocadadosminutos, unmetrocadadosminutos unmetrocadadosminutos.»* Grutas cortó la mecha con su navaja automática.

—A la mierda con la granja —murmuró Milko, y subió a toda prisa la escalera hacia el castillo, siguiendo la mecha, buscando otras mechas, otras cargas. Cruzó el gran vestíbulo en dirección a la torre, iba siguiendo la mecha y encontró lo que estaba buscando: el empalme con un gran rollo de mecha detonadora. Regresó al gran vestíbulo y gritó—: Tiene una mecha principal. Sólo hay una. Tenías razón.

Y había cargas atadas y apiladas en torno a la base de la torre para derribarla, unidas por una única vuelta de mecha detonadora.

Los soldados soviéticos no se habían molestado en cerrar la puerta de entrada, y el fuego que habían encendido todavía ardía en la chimenea del gran vestíbulo. Habían herido las paredes desnudas con sus pintadas, y el suelo próximo al hogar estaba cubierto de los excrementos y el papel higiénico de su último acto al abrigo del castillo.

Milko, Grentz y Kolnas registraron los pisos superiores.

Grutas hizo un gesto a Dortlich para que lo siguiera y descendió por la escalera hacia la mazmorra. La verja del fondo de la bodega estaba abierta, habían reventado la cerradura.

Grutas y Dortlich compartían una linterna que sostenían entre ambos. El fulgor amarillo de su luz se reflejaba en los cascos de vidrio. La bodega estaba sembrada de botellas vacías de afamadas cosechas, con los cuellos partidos a manos de bebedores ansiosos. La mesa de catas, derribada por las refriegas de los saqueadores, yacía contra la pared del fondo.

—¡Mierda! —exclamó Dortlich—. No queda ni una gota.

—Ayúdame —pidió Grutas.

Juntos apartaron la mesa de la pared, y los cristales que había debajo quedaron machacados. Encontraron la vela para la decantación detrás de la mesa y la encendieron.

—Ahora tira de esa araña —ordenó Grutas a Dortlich—. Dale sólo un tironcito hacia abajo.

La estantería de botellas se separó de la pared del fondo. Dortlich se llevó la mano a la pistola cuando se movió. Grutas entró en la recámara secreta de la bodega, su compañero lo siguió.

—¡Por Dios santo! —exclamó Dortlich.

—Ve por el camión —ordenó Grutas.

CAPÍTULO 10

Lituania, 1946

Hannibal Lecter, a la sazón de trece años, se encontraba solo entre los escombros apilados junto al foso del antiguo castillo Lecter, tirando mendrugos de pan al agua negra. La huerta que quedaba justo detrás de las cocinas, con los setos sin podar, se había convertido en la huerta del Orfanato de la Beneficencia, con un cultivo mayoritario de nabos. El foso y su superficie eran importantes para el chico. El foso era inmutable; como siempre había ocurrido, sobre su superficie negra se reflejaba el paso de las nubes más allá de las torres almenadas del castillo Lecter.

Sobre su uniforme del orfanato, Hannibal llevaba una camisa de castigo con la frase NADA DE JUEGOS. Como ya le habían prohibido jugar el partido de fútbol de los huérfanos en el campo de los extramuros del hospicio, no se sentía marginado. El partido quedó interrumpido cuando César, el caballo de tiro, y el conductor ruso del carro que tiraba cruzaron el campo con un cargamento de leña. César se alegraba de ver a Hannibal, cuando el niño podía visitar el establo, aunque no le gustaban los nabos.

Hannibal contemplaba a los cisnes que nadaban en el foso. Una pareja de ánades negros habían sobrevivido a la guerra, les acompañaba dos crías de plumaje todavía esponjoso; una de ellas viajaba a lomos de su madre, otra nadaba detrás. Tres niños mayores que se encontraban en lo alto del terraplén junto al foso apartaron un seto para mirar a Hannibal y los cisnes.

El macho de cisne salió del agua para retar al niño.

Un chico rubio llamado Fedor susurró algo a sus compañeros.

—Mirad, ese cabroncete negro va a darle una buena tunda al mamarracho, lo dejará hecho un guiñapo, como hizo con vosotros cuando intentasteis robarle los huevos. Vamos a ver si el mamarracho sabe llorar.

Hannibal levantó las ramas de sauce, y el cisne volvió a meterse en el agua.

Decepcionado, Fedor se sacó de la camisa un tirachinas hecho con goma roja de cámara neumática y se metió la mano en el bolsillo en busca de una piedra. El proyectil impactó contra el fango de la orilla del foso, que salpicó a Hannibal en las piernas. El chico alzó la mirada, vio el rostro inexpresivo de Fedor y sacudió la cabeza. La siguiente piedra que tiró el huérfano rubio dio en el agua, justo al lado de las crías de cisne; Hannibal levantaba las ramas al tiempo que silbaba para espantar a los cisnes y conseguir así que salieran del ángulo de tiro.

Se oyó el tañido de una campana en el castillo.

Fedor y sus secuaces dieron media vuelta, muertos de risa por lo bien que se lo habían pasado. Hannibal se alejó del terraplén y formó una enorme bola de hierbajos y fango. La bola le dio en toda la cara a Fedor, y Hannibal, que era una cabeza más bajo que el niño rubio, se abalanzó sobre él y lo tiró rodando por el escarpado terraplén al agua. Bajó la cuesta tras el chico aturdido y arremetió contra él en las negras aguas; le hundió la cabeza en el foso y le golpeó en la nuca, una y otra vez, con el mango del tirachinas. Hannibal tenía expresión de enajenado, sus ojos inyectados en sangre eran la única parte del rostro que reflejaba vida. Hannibal tiró de Fedor para darle la vuelta y colocarlo boca arriba. Los compañeros del niño atacado bajaron a trompicones hasta la orilla, no querían luchar en el agua, y gritaban para pedir ayuda a un monitor. El monitor jefe Petrov los siguió profiriendo blasfemias mientras bajaba; sus relucientes botas habían quedado hechas una porquería y se le había embarrado la cachiporra.

Había caído la noche en el gran vestíbulo del castillo Lecter, despojado de su antiguo refinamiento y gobernado por un enorme retrato de Iósif Stalin. Tras la cena, un centenar de niños uniformados permanecían alineados en formación ante las alargadas mesas cantando *La Internacional.* El director, algo achispado, dirigía el cántico con un tenedor.

El monitor jefe Petrov, recién ascendido, y el monitor adjunto, ataviados ambos con pantalones y botas de montar, se paseaban entre las mesas para asegurarse de que todos los niños cantaban. Hannibal no lo hacía. Tenía una mejilla amoratada y un ojo entrecerrado. Fedor lo miraba desde otra mesa, con el cuello vendado, arañazos en la cara y un dedo entablillado.

Los monitores se detuvieron delante de Hannibal. El chico seguía el ritmo con un tenedor.

—¿Se cree usted superior para cantar con nosotros, señorito? —le preguntó el monitor jefe Petrov en un tono lo bastante alto para que se le oyera por encima del cántico—. Aquí ya no eres un señorito, no eres más que un huérfano cualquiera, ¡y por Dios que cantarás! —el monitor jefe estampó su carpeta en la cara de Hannibal con todas sus fuerzas.

El niño no demudó la expresión, ni cantó; le caía un hilillo de sangre por una de las comisuras de los labios.

—Es mudo —dijo el monitor adjunto—. No se saca nada pegándole.

La canción finalizó, y la voz del monitor jefe atronó en el silencio.

—Será mudo, pero bien que grita por las noches —comentó con sorna el monitor jefe, y le propinó una bofetada con la otra mano.

Hannibal interceptó el golpe empuñando el tenedor y le clavó las puntas en los nudillos. El herido salió corriendo tras él alrededor de la mesa.

—¡Alto! No vuelva a golpearle. No quiero que le queden marcas —el director podía estar borracho, pero todavía era el que mandaba—. Hannibal Lecter, persónese en mi despacho.

El despacho del director tenía un escritorio de campaña, archivadores metálicos y dos catres. Era en ese lugar donde más sorprendía a Hannibal el cambio de olores del castillo. En vez de oler a abrillantador con aroma a limón y perfumes, había un fuerte hedor a orines que provenía de la chimenea. Las ventanas no tenían cortinas, el único adorno que quedaba era la carpintería tallada.

—Hannibal, ¿era ésta la habitación de tu madre? Tiene cierto aire femenino —el director era voluble, podía ser amable, o cruel, si lo irritaban sus fracasos. Tenía sus maliciosos ojos enrojecidos y esperaba una respuesta.

Hannibal asintió.

—Tiene que ser duro para ti vivir en esta casa.

No hubo respuesta.

El director tomó un telegrama de su mesa.

—Bueno, no seguirás aquí por mucho tiempo. Tu tío viene para llevarte a Francia.

CAPÍTULO 11

La única luz de la cocina era la que irradiaba el fuego de la chimenea. Hannibal, oculto entre las sombras, contemplaba al pinche, estaba dormido y babeaba, sentado en una silla junto al hogar, con un vaso vacío al lado. El niño quería el farol de la estantería que se encontraba justo detrás del hombre. Desde su posición, podía ver la incandescencia de las llamas de la chimenea reflejada en la puertecilla de cristal del farol.

El hombre respiraba honda y rítmicamente, con un ronquido acatarrado. Hannibal se arrastró por el suelo de piedra y penetró en el círculo iluminado que rodeaba al ayudante de cocina —apestaba a vodka y a cebolla— y se situó junto a él.

El asa metálica del farol podía chirriar, mejor sería levantarlo por la base y sujetarlo por arriba, aguantando la puertecilla de cristal para que no traqueteara. Lo levantó de la estantería y lo agarró con ambas manos.

Se oyó la fuerte crepitación de un tronco, acompañada por un bufido de vapor; chispas y pequeños fragmentos de carbón salieron disparados desde la chimenea, y un ascua aterrizó a un centímetro de las polainas de ante que llevaba el ayudante de cocina.

¿Qué herramienta estaba más a mano? Sobre la encimera había una lata, un casco de bala de cañón lleno de cucharas y espátulas de madera. Hannibal bajó el farol y, con una cuchara, empujó el ascua hasta el centro de la habitación.

La puerta que llevaba a la escalera de la mazmorra estaba en un rincón de la cocina. Se abrió lentamente cuando Hannibal la tocó; el niño pasó por ella y se adentró en la más absoluta oscuridad, visualizó el tramo de escalera superior y cerró la puerta tras de sí. Prendió fuego a una cerilla rascándola contra la pared de piedra, encendió el farol y empezó a bajar por los familiares escalones; la atmósfera se enfriaba a medida que descendía. La luz del farol pasaba de una bóveda a otra cuando atravesaba las arcadas bajas de la bodega. La verja seguía abierta.

El vino, robado hacía mucho tiempo, había sido sustituido en las estanterías por hortalizas, sobre todo nabos. Hannibal no se olvidó de meterse un poco de azúcar de remolacha en el bolsillo: a falta de manzanas, César se la comería, aunque le pusiera los morros rojos y le diera aspecto de habérselos pintado con carmín.

Durante los años que había pasado en el orfanato, tras ver cómo irrumpían en su hogar y robaban, confiscaban y destrozaban todo, jamás había echado un vistazo a aquel lugar. Hannibal puso el farol en lo alto de una estantería y sacó un par de sacos de patatas y cebollas de los primeros estantes que se encontraban al fondo. Se subió a la mesa, se agarró de la araña y tiró de ella. La soltó y volvió a tirar. Al final se colgó de ella con todo su peso. La araña descendió un par de centímetros con una sacudida que hizo saltar el polvo que la cubría, y el niño oyó el rugido de las estanterías al final de la habitación. Bajó de la mesa con dificultad. Consiguió meter los dedos en la ranura abierta y tiró de ella.

Las estanterías se separaron de la pared con un estruendoso chirrido de los goznes. El niño volvió atrás a por su farol, listo para apagarlo de un soplido en caso de que oyera algún ruido. No se oía nada.

Fue allí, en esa habitación, donde había visto por última vez al cocinero, y, durante un instante, su enorme rostro redondeado le vino a la memoria con gran nitidez, sin la amargura que el tiempo imprime a la imagen de los difuntos.

Cogió el farol y entró en la recámara secreta de la bodega. Estaba vacía.

Quedaba un enorme marco dorado con hilachas de lienzo donde había estado la pintura que alguien había rajado. Había sido el cuadro de mayores dimensiones de la casa, una representación romántica de la batalla de Zalgiris que enfatizaba los logros de Hannibal el Macabro.

Hannibal Lecter, el último de su linaje, se encontraba en el castillo saqueado de su infancia contemplando el marco vacío con la certeza de que pertenecía a ese linaje aunque no era de ese linaje. Los recuerdos que atesoraba los había heredado de su madre, una Sforza, y del cocinero y el señor Jakov, miembros de una tradición distinta a la suya. Los veía a todos en el marco vacío, reunidos ante la chimenea del refugio de caza.

Él no era Hannibal el Macabro, de ninguna manera. Viviría la vida bajo los frescos que decoraban la bóveda de su infancia. Sin embargo, ese techo era delgado como el cielo y prácticamente igual de inservible. Eso pensaba.

Todos habían desaparecido, los cuadros con aquellos rostros que eran tan cercanos para él como su propia familia.

En el centro de la habitación había un calabozo, un pozo seco de piedra en el que Hannibal el Macabro había tirado a sus enemigos y los había dejado allí, olvidados. Hannibal puso el farol encima, y la luz iluminó parte del agujero. Su padre le había contado que cuando él era niño todavía quedaba un revoltijo de esqueletos en el fondo del pozo.

Una vez, como concesión especial, bajaron a Hannibal en un cesto por el pozo. Cuando estaba a punto de llegar al fondo vio una palabra labrada en la pared. A la luz del farol no la distinguió, pero sabía que estaba ahí, con letras irregulares rayadas en la oscuridad por un hombre moribundo: POURQUOI?

CAPÍTULO 12

Los huérfanos dormían en el alargado dormitorio. Estaban distribuidos por edades. El ala más joven de la habitación olía a ese aroma agridulce de las guarderías. Los más pequeños dormían con los brazos cruzados sobre el cuerpo, y algunos llamaban entre sueños a los difuntos de sus recuerdos; en los rostros de los durmientes se apreciaba cierta preocupación y una ternura que nadie volvería a sentir por ellos.

Mucho más allá, algunos chicos mayores se masturbaban bajo las mantas.

Cada uno de los niños tenía una taquilla, y en la pared que quedaba encima de la cama había un espacio vacío donde colgaban dibujos y, rara vez, alguna fotografía familiar.

Sobre la hilera de catres hay una serie de burdos dibujos hechos con carboncillo. En la plaza que ocupa Hannibal Lecter hay una representación perfecta, a carboncillo y lápices de colores, de la mano y el brazo de un bebé. Cautivador e interesante por su postura, el bracito rechoncho está escorzado como si se dispusiera a dar una palmadita. Lleva una pulsera en la muñeca. Debajo del dibujo duerme Hannibal, y le tiemblan los párpados. Tiene los músculos de la mandíbula en tensión, se le abren las aletas de la nariz y las cierra cuando le llega un onírico tufo a cadáver.

En el refugio de caza del bosque. Hannibal y Mischa envueltos por el adusto olor a polvo de la alfombra en la que están enrollados. En el hielo de las ventanas se refleja una luz verdirroja. El viento sopla racheado y, durante un rato, la chimenea no tira. El humo azulado se acumula a distintos niveles bajo los aleros del tejado inclinado que quedan a la altura de la barandilla, y Hannibal oye el portazo de la entrada y mira a través de los barrotes. La tina de Mischa está en el fuego, donde Cazuelas hierve el cráneo del cervatillo con un par de tubérculos marchitos. El bullir del agua hace que los cuernos golpeen contra las paredes de metal de la bañera, como si el cervatillo hiciera un último esfuerzo para dar un cabezazo. Ojos Azules y Manos Palmeadas entran con una ráfaga de aire frío, se quitan las raquetas de nieve y las dejan apoyadas contra la pared. Los demás se reúnen en torno a ellos. Hombre Cuenco se acerca a trompicones, con los pies congelados, desde el rincón. Ojos Azules se saca del bolsillo los cuerpos muertos de hambre de tres pajarillos. Mete a uno, con plumas y todo, en el agua hirviendo hasta reblandecerlo lo suficiente para poder despellejarlo. Lame el pellejo ensangrentado, se llena la cara de sangre y plumas; los hombres se apiñan a su alrededor. Les tira el pellejo, y ellos se abalanzan sobre él como perros hambrientos.

Vuelve su rostro manchado de sangre hacia la barandilla de la escalera, escupe una pluma y habla:

—O comemos o morimos.

Echan al fuego el álbum de familia de los Lecter y los juguetes de cartón troquelado de Mischa, su castillo y sus muñecas de papel. Hannibal está delante de la chimenea, de pronto, sin saber cómo ha bajado. Luego se encuentran en el granero, donde hay ropa amontonada sobre la paja, prendas infantiles empapadas de sangre que Hannibal no reconoce como suyas. Los hombres se acercan, toquetean su carne y la de Mischa.

—Coged a la niña, de todas formas va a morir. Vamos, pequeña, ven a jugar, ven.

Empiezan a canturrear y se la llevan.

—Ein Männlein steht im Walde ganz still und stumm…

Hannibal se cuelga del brazo de su hermanita; alguien tira de la niña hacia la puerta. Hannibal no suelta a su hermana, y Ojos Azules cierra de golpe la pesada puerta del granero y le pilla el brazo; el hueso cruje, la puerta vuelve a abrirse. Ojos Azules regresa hacia

Hannibal blandiendo un tronco y se oye un ruido sordo cuando golpea al niño en la cabeza: una terrible lluvia de varapalos, destellos de luz tras sus ojos, golpes, y Mischa grita: «¡Anniba!».

Los golpes se convirtieron en la porra del monitor jefe contra la estructura metálica de la cama mientras Hannibal gritaba en sueños:

—¡Mischa! ¡Mischa!

—¡Cállate! ¡Cállate! ¡Arriba, cabroncete!

El monitor jefe retiró las mantas y sábanas, y se las tiró a la cara. Dándole empellones con la porra, lo llevó al exterior, hasta el gélido terreno junto al cobertizo de las herramientas. Lo empujó hasta el interior del cobertizo con una pala. Allí estaban colgadas las herramientas de jardinería, una cuerda y un par de utensilios de carpintería. El monitor jefe colgó el farol de un gancho y levantó la porra, también levantó la mano vendada.

—Ha llegado la hora de que pagues por esto.

Hannibal se encogió y se alejó de la luz con una sensación que era incapaz de describir. El monitor jefe olió el miedo y se volvió para seguirlo, alejándose de la luz. Consiguió abrirle una buena brecha en el muslo. El niño se situó bajo el farol, agarró una hoz y lo derribó de un golpe. Permaneció tumbado en el suelo, a oscuras, tenía la hoz sujeta con ambas manos y levantada por encima de la cabeza. Oyó las pisadas torpes que pasaron junto a él, sesgó la negra atmósfera con fuerza, pero no chocó con nada. Al final oyó un portazo y el traqueteo de la cadena.

—La ventaja de pegarle a un mudo es que no puede echártelo en cara —dijo el monitor jefe. El monitor adjunto y él estaban mirando un Delahaye aparcado en el patio de grava del castillo: un hermoso ejemplar de carrocería francesa, azul metalizado, con banderines diplomáticos en los guardabarros delanteros, soviéticos y de la RDA. El coche resultaba en cierta forma exótico, por ser de esos automóviles franceses de la preguerra, voluptuoso para los ojos acostumbrados a los tanques y los todoterreno. Al monitor jefe le hubiera gustado escribir «mierda» en el lateral del coche con su navaja, pero el conductor era corpulento y estaba ojo avizor.

Desde el establo, Hannibal vio cómo llegaba el coche. No corrió hacia él, se limitó a mirar a su tío mientras entraba en el castillo en compañía de un oficial soviético.

El niño puso la palma de la mano sobre la mejilla de César. El animal volvió hacia él su rostro alargado, sin parar de rumiar los granos de avena. El mozo de cuadra soviético lo cuidaba muy bien. Hannibal acarició el cuello del equino y apoyó la cara sobre la oreja en rotación, pero no pronunció palabra. Besó al caballo entre los ojos. En el fondo del henil, que pendía en el espacio que quedaba entre las paredes dobles, se encontraban los prismáticos de su padre. Se los colgó al cuello y cruzó la ajada plaza de armas.

El monitor adjunto estaba buscándolo desde la escalera. Las pocas posesiones de Hannibal se hallaban empaquetadas en una bolsa.

CAPÍTULO 13

Desde la ventana del despacho del director, Robert Lecter vio a su chófer cambiar un paquete de cigarrillos en la cocina por una salchicha pequeña y un pedazo de pan. Robert Lecter se había convertido en el conde Lecter desde el presunto fallecimiento de su hermano. Ya estaba acostumbrado al título, pues hacía años que lo utilizaba de forma ilegítima.

El director no contó el dinero, sino que se lo metió directamente en el bolsillo de la pechera al tiempo que le echaba una mirada al coronel Timka.

—Conde… camarada Lecter, sólo quiero decirle que vi dos de sus cuadros en el palacio de Catalina antes de la guerra, y en el *Gorn* publicaron unas cuantas fotos. Soy un gran admirador de su obra.

El conde Lecter asintió en silencio.

—Gracias, director. ¿Sabe algo de la hermana de Hannibal?

—No se puede hacer mucho con una simple foto —respondió el director.

—Estamos haciéndola circular por los orfanatos —añadió el coronel Timka. Llevaba el uniforme de la Policía Fronteriza Soviética y sus lentes de montura metálica brillaban tanto como su dentadura de oro—. Lleva tiempo. Hay demasiados hospicios.

—Además, debo decirle, camarada Lecter, que ese bosque está lleno de… Hay restos que siguen sin identificar —comentó el director.

—¿Hannibal no ha dicho ni una palabra en todo este tiempo? —preguntó el conde.

—A mí no. No tiene ningún impedimento físico para hablar, grita el nombre de su hermana en sueños: «Mischa, Mischa» —el director hizo una pausa mientras pensaba en cómo expresarse—. Camarada Lecter, yo me andaría con… Yo en su lugar tendría ciertas precauciones con el niño hasta que lo conozca mejor. Sería conveniente que no jugara con otros pequeños hasta que esté mejor. Siempre hay alguien que sale malparado.

—¿Quiere decir que es un matón?

—Los matones son los que acaban heridos. Hannibal no se rige por la ley del más fuerte. Siempre habrá alguien más corpulento, pero él se encargará de machacarlo con todas sus fuerzas en menos de lo que canta un gallo. Hannibal puede ser peligroso para las personas de mayor envergadura que él. Con los pequeños nunca ha tenido problemas, ni aunque se hayan mofado de él. Algunos de ellos creen que es sordomudo y le dicen a la cara que está loco, y él siempre les regala las recompensas que recibe en las raras ocasiones que eso ocurre.

El coronel Timka miró el reloj.

—Debemos irnos. ¿Nos vemos en el coche, conde Lecter?

El coronel esperó hasta que el conde hubo salido de la habitación. Tendió una mano, el director suspiró y le pasó el dinero.

El coronel Timka se acomodó la montura metálica de las gafas y su dentadura destelló, se chupó el pulgar y empezó a contar los billetes.

CAPÍTULO 14

Un chaparrón disipó el polvo mientras recorrían los últimos kilómetros hasta el palacio. La grava húmeda producía un sonido metálico bajo las ruedas del embarrado Delahaye, y el olor a hierba y a tierra mojada llegaba en vaharadas al interior del coche. Pasado un rato dejó de llover y la luz vespertina proyectó un destello anaranjado.

El palacio tenía un aspecto más grandioso bajo esa curiosa luz naranja. Los parteluces de sus numerosas ventanas eran arqueados, parecían telas de araña sobrecargadas de rocío. Para Hannibal, que buscaba señales en todo lo que veía, la logia curva del palacio se extendía desde la entrada como una onda de Huygens.

Cuatro caballos de tiro, cuyos cuerpos desprendían vapor tras la lluvia, estaban enjaezados a un tanque alemán averiado que asomaba por el zaguán. Los caballos eran percherones, como César. Hannibal se alegró de verlos; albergaba la esperanza de que ese animal fuera su tótem. El tanque estaba levantado sobre unas ruedas. Los caballos tiraron de él poco a poco hasta sacarlo a la entrada, como si estuvieran extrayendo una muela. El conductor los guiaba, y los animales movían las orejas cuando les hablaba.

—Los alemanes volaron la puerta de un cañonazo y escondieron el tanque aquí dentro para ocultarlo a los aviones —explicó el conde a Hannibal cuando se detuvieron. Ya se había acostumbrado a hablarle al chico sin esperar una respuesta—. Lo dejaron aquí al batirse en retirada. No habíamos podido moverlo, así que lo decoramos con unas jardineras, y hemos estado cinco años rodeándolo al cruzar el zaguán. Ahora ya puedo volver a vender mis cuadros «subversivos» y hemos podido pagar para que se lo lleven. Vamos, Hannibal.

Un mayordomo había visto llegar el coche y acudió con la gobernanta de la casa al encuentro del conde, ambos equipados con paraguas por si eran necesarios. Una perra mastín les iba a la zaga.

A Hannibal le gustó el detalle que tuvo su tío al hacer las presentaciones en el camino de entrada, con la cortesía de mirar de frente a su personal, en lugar de entrar a toda prisa a la casa y hablar dando la espalda a los empleados.

—Éste es mi sobrino, Hannibal. Ahora es miembro de esta familia y todos nos alegramos de tenerlo entre nosotros. Te presento a madame Brigitte, el ama de llaves. Y a Pascal, que es el encargado de conseguir que todo funcione.

Madame Brigitte había sido una hermosa doncella en su juventud. Era una buena fisonomista y se hizo una idea de Hannibal por su porte.

La mastín recibió al conde con entusiasmo y con cierta reserva a Hannibal, al que se quedó mirando. La perra resopló y sacudió los carrillos. El niño le tendió una mano abierta y, mientras se la olisqueaba, el animal lo observaba bajo el parapeto de sus pobladas cejas.

—Habrá que buscarle algo de ropa —le dijo el conde a madame Brigitte—. De momento eche un vistazo en mis viejos baúles del colegio, los del ático, y ya encontraremos algo mejor más adelante.

—¿Y la pequeña, señor?

—Todavía no, Brigitte —respondió el conde, y zanjó el tema con un movimiento de la cabeza.

Imágenes que vio Hannibal a medida que se aproximaba a la casa: el destello de los adoquines húmedos del patio, el lustroso pelaje de los caballos tras el chaparrón, el lustroso plumaje de un hermoso cuervo que bebía de los charquitos acumulados en los canalones del tejado, el movimiento de una cortina en una de las ventanas del piso de arriba, el lustroso cabello de lady Murasaki, y, a continuación, su silueta.

Lady Murasaki abrió la ventana. La luz vespertina tocó su rostro, y Hannibal, alejándose de la yerma tierra de las pesadillas, dio el primer paso hacia el puente de los sueños...

Pasar de un hospicio a un hogar familiar es un dulce alivio. El mobiliario del palacio era peculiar y acogedor, estaba compuesto por una mezcla de piezas de diversas épocas que el conde Lecter y lady Murasaki habían rescatado del desván tras el saqueo perpetrado por los nazis. Durante la ocupación, los muebles más caros habían salido de Francia en dirección a Alemania, cargados en un tren.

Hacía tiempo que Hermann Goering y el mismísimo Führer codiciaban la obra de Robert Lecter y de otros importantes artistas franceses. Tras la conquista nazi, una de las primeras actuaciones de Goering fue detener a Robert Lecter, bajo la acusación de «artista eslavo subversivo», e incautar tantos cuadros «decadentes» como pudo encontrar para «proteger al público» de su vista. Las obras estaban secuestradas en las colecciones privadas de Goering y Hitler.

Cuando los aliados liberaron al conde, lady Murasaki y él recuperaron todas las pertenencias que pudieron, y el personal de palacio trabajó a cambio de su manutención hasta que el conde volvió a coger los pinceles.

Robert Lecter lo dispuso todo para instalar a su sobrino en una habitación propia. El dormitorio, de dimensiones e iluminación generosas, estaba decorado con tapices y láminas que daban un toque alegre a la fría piedra de las paredes. En uno de los muros había colgadas una máscara y unas espadas cruzadas de bambú para la práctica del kendo.

De haber hablado, Hannibal habría pedido reunirse con la señora de la casa.

CAPÍTULO 15

Hannibal llevaba menos de un minuto a solas cuando alguien llamó a su puerta.

Allí se encontraba la dama de compañía de lady Murasaki, Chiyo, una muchacha japonesa, más o menos de la misma edad que Hannibal, con el pelo cortado a lo *garçon*. Chiyo se quedó mirándolo durante un instante, luego, una bruma cubrió sus ojos, como la membrana nictitante de un águila.

—Lady Murasaki le envía sus más cordiales saludos y le da la bienvenida —anunció—. Si es tan amable de acompañarme —sumisa y seria, Chiyo lo condujo al baño situado en la antigua sala que albergaba la prensa del vino, en una de las dependencias del palacio.

Para complacer a su esposa, el conde Lecter había convertido la prensa en una tina japonesa: la cuba estaba llena de agua caliente por obra de un ingenioso artefacto de fabricación casera, hecho con un alambique de cobre para el coñac. La habitación olía a humo de leña y a romero. Los candelabros de plata, enterrados en el jardín durante la guerra, estaban dispuestos alrededor de la cuba. Chiyo no encendió las velas. Hasta que la jerarquía de Hannibal estuviera clara, sería suficiente con una bombilla.

La muchacha le pasó unas toallas y un batín, y le señaló una ducha situada en un rincón.

—Dúchese primero ahí, frótese con fuerza antes de sumergirse en el agua —le aconsejó—. El chef le preparará una tortilla después del baño, y luego debe reposar —le dedicó una mueca que bien podría haber sido una sonrisa, lanzó una naranja al agua de la tina y esperó en el exterior del baño a que el chico le pasara la ropa. Cuando él asomó la mano por la puerta con sus prendas de vestir, ella las agarró, llena de aprensión, con dos dedos, las enrolló en un palo que tenía en la otra mano y desapareció.

Había caído la tarde cuando Hannibal se despertó sobresaltado, como se despertaba en el hospicio. Hasta que no supo dónde se encontraba, se limitó a mover los ojos. Se sentía limpio en una cama limpia. A través de las ventanas entraban los rayos del último de los más largos crepúsculos franceses. Había un kimono de algodón doblado sobre la silla que se encontraba junto a la cama; se lo puso. El suelo de piedra le transmitió su agradable frescor a través de la planta de sus pies descalzos; los escalones de piedra estaban desgastados como los del castillo Lecter. En el exterior, bajo el cielo morado, oyó los ruidos de la cocina: los preparativos para la cena.

La mastín lo vio y meneó la cola dos veces, sin levantarse.

Desde el baño llegaba el sonido de un laúd japonés. Hannibal se dirigió hacia la música. El cristal polvoriento de una ventana relumbraba a la luz de las velas del interior. Hannibal echó un vistazo. Chiyo estaba sentada junto a la tina tañendo las cuerdas de un alargado y elegante *koto.* Esta vez sí había encendido los candelabros. El calentador de agua emitía unos sofocados resoplidos. El fuego que ardía debajo crepitaba, y las chispas salían volando hacia el techo. Lady Murasaki estaba en el agua. En el agua estaba lady Murasaki, como los nenúfares del foso donde los cisnes nadaban y no cantaban. Hannibal se quedó mirando, callado como los cisnes, y extendió los brazos como alas.

Se apartó de la ventana y regresó, en pleno crepúsculo, hacia su habitación. Con una extraña pesadumbre, volvió al refugio de su cama.

En la habitación del señor quedan ascuas suficientes para que su fulgor se refleje en el techo. El conde Lecter, en la penumbra, busca con premura el tacto y la voz de lady Murasaki.

—Te echaba de menos, me sentía igual que cuando estabas en la cárcel —dijo ella—. He recordado el poema de una antepasada de hace miles de años, Ono no Komachi.

—Mmmm...

—Era muy apasionada.

—Ardo en deseos de saber qué decía.

—*Hito ni awan tsuki no naki yo wa / omoiokite / mune hashiribi ni / kokoro yaki ori.* ¿Has captado la musicalidad?

El oído occidental de Robert Lecter no percibió la música poética, pero, como sabía dónde se encontraba, se mostró entusiasmado.

—¡Oh, pues claro! Dime qué significa.

—Es imposible verle en esta noche sin luna / permaneceré en vela, anhelante, ardiendo / con los pechos encendidos y el corazón en llamas.

—Dios mío, Sheba.

Ella procuró por todos los medios que él no hiciera esfuerzos.

En el vestíbulo del palacio, el carillón del espigado reloj da cuenta de lo avanzado de la hora, sus campanadas resuenan tenues por los pasillos de piedra. La perra se agita en su caseta, y con trece aullidos breves da al reloj su réplica. Hannibal, en su lecho de limpias sábanas, se revuelve en sueños. Y sueña.

En el granero, el aire es frío, los niños tienen la ropa bajada hasta la cintura mientras Ojos Azules y Manos Palmeadas les toquetean la carne de los brazos. Los que están detrás sueltan risitas y se arremolinan como hienas expectantes. Ahora llega el que siempre tiende su cuenco. Mischa tose y arde por la fiebre, y aparta su carita del aliento apestoso de los hombres. Ojos Azules agarra las cadenas del cuello de los niños. Tiene la cara llena de la sangre y las plumas de un pájaro cuyo pellejo ha rechupeteado.

Se oye la voz distorsionada de Hombre Cuenco:

—Coged a la niña, de todas formas va a morir. El niño se conservará freeesco durante un tiempo.

Ojos Azules se dirige a Mischa con espantosa falsedad:

—Vamos, pequeña, ven a jugar, ven…

Ojos Azules empieza a cantar y Manos Palmeadas se une a él:

Ein Männlein steht im Walde ganz still und stumm,
Es hat von lauter Purpur ein Mäntlein um

Hombre Cuenco saca su cuenco. Manos Palmeadas agarra el hacha, Ojos Azules coge a Mischa, y Hannibal se abalanza sobre él gritando; le clava los dientes en una mejilla, Mischa queda suspendida en el aire agarrada por los brazos, retorciéndose para poder ver a su hermano.

—¡Mischa! ¡Mischa!

Los gritos recorren los pasillos de piedra y el conde Lecter y lady Murasaki irrumpen en la habitación de Hannibal. Ha desgarrado la almohada con los dientes y hay plumas revoloteando en el aire. Hannibal gruñe y grita, destruye, se agita y aprieta los dientes. El conde Lecter lo ataja con el peso de su cuerpo, envuelve al chico metiéndole los brazos bajo las mantas y se arrodilla sobre la ropa de cama.

—Tranquilo, tranquilo.

Por temor a que Hannibal se trague la lengua, lady Murasaki se arranca el cinturón del batín, le aprieta la nariz con los dedos hasta que el chico se ve obligado a abrir la boca para respirar y le mete el cinto entre los dientes.

El chico se estremece hasta quedarse quieto, como un pájaro agonizante. A lady Murasaki se le ha abierto el batín, y sostiene al niño presionándolo sobre su cuerpo, lo acoge entre sus pechos; el pequeño tiene el rostro anegado en lágrimas de rabia, y plumas pegadas a las mejillas.

Con todo, es el conde a quien ella pregunta:

—¿Te encuentras bien?

CAPÍTULO 16

Hannibal se levantó temprano y se lavó la cara con el agua de cántaro de su mesilla de noche. Una pequeña pluma flotaba en el interior. No tenía más que un vago y borroso recuerdo de lo ocurrido.

Detrás de él oyó el roce de un papel deslizándose por el suelo de piedra; un sobre que alguien había echado por debajo de la puerta. Junto con la nota había una ramita de sauce cabruno. Hannibal se llevó la tarjeta a la cara y la acunó entre sus manos antes de leerla.

> Hannibal:
> Me sentiría muy halagada si te reunieras conmigo en la sala de estar a la hora de la cabra. (En Francia eso quiere decir a las diez de la mañana.)
>
> MURASAKI SHIKIBU

Hannibal Lecter, de trece años, con el pelo mojado y repeinado hacia atrás, permanecía de pie frente a la puerta cerrada de la sala de estar. Oyó la música del *koto.* No era la misma melodía que había oído en el baño. Llamó a la puerta.

—Entra.

Entró en una estancia, mezcla de escritorio y salón, con un bastidor de costura cerca de la ventana y un caballete para la caligrafía.

Lady Murasaki estaba sentada frente a una mesa baja de té. Tenía el pelo recogido en un moño y sujeto con horquillas de ébano. Oyó el frufrú de las mangas de su kimono mientras disponía un arreglo floral.

La escena constituía un tapiz multicultural de buenas costumbres con un objetivo común.

Lady Murasaki realizó una parsimoniosa y grácil inclinación de cabeza para indicar que se había apercibido de su presencia.

Hannibal respondió con una reverencia, doblándose desde la cintura, como su padre le había enseñado. Vio que una madeja del humo azulado del incienso cruzaba por delante de la ventana como una lejana bandada de pájaros; la vena zafírea del antebrazo de lady Murasaki, que se le traslucía mientras sostenía una flor; el sol rosado a través de la piel de su oreja. El *koto* de Chiyo tañía con dulzura desde detrás del biombo.

Lady Murasaki lo invitó a sentarse frente a ella. Su voz era un agradable contralto con unas cuantas notas que no existían en la escala occidental. Para Hannibal, sonaba como una melodía accidental interpretada por un móvil de campanillas movido por el viento.

—Si no quieres hablar ni en francés, ni en inglés, ni en italiano, podemos utilizar un par de palabras en japonés, como *kieuseru*. Significa «desaparecer» —colocó un tallo en el jarrón, se apartó del arreglo floral y lo contempló a cierta distancia—. Mi mundo de Hiroshima desapareció tras un resplandor. A ti también te despojaron de tu mundo. Ahora, tú y yo tenemos que construirnos uno nuevo, juntos, en esta habitación.

Cogió otras flores de la alfombrilla que tenía a su lado y las colocó sobre la mesa, junto al jarrón. Hannibal pudo oír el roce de las hojas y el frufrú de las mangas del kimono cuando ella le pasó unas flores.

—Hannibal, ¿dónde las colocarías para que destacaran más? Donde tú quieras.

El chico miró las flores.

—Cuando eras pequeño, tu padre nos enviaba los dibujos que hacías. Tienes un talento prometedor. Si quieres dibujar el arreglo floral, utiliza el cuaderno que tienes junto a ti.

Hannibal se lo pensó. Agarró dos flores y el cuchillo. Miró el arco de las ventanas, la curva de la chimenea, donde la tetera colgaba sobre el fuego. Recortó los tallos y colocó las flores en el jarrón, obteniendo así un vector en armonía con el arreglo y con la habitación. Depositó los tallos cortados sobre la mesa.

Lady Murasaki parecía complacida.

—¡Muy bien! Eso se llama *moribana,* o estilo inclinado —agarró una sedosa peonía—. Pero ¿dónde pondrías ésta? Es más, ¿la utilizarías siquiera?

En la chimenea, el agua de la tetera de barro borboteó y rompió a hervir. Hannibal lo oyó, oyó el borboteo, miró la superficie del agua hirviendo y se le demudó el rostro; la habitación se esfumó de golpe.

La tina de Mischa sobre la estufa del refugio de caza, el golpeteo del cráneo astado del cervatillo contra las paredes metálicas de la bañera en el agua hirviendo, como si intentara arremeter contra ellas para escapar. El traqueteo de los huesos en el agua turbulenta.

Cuando volvió en sí, de regreso en la habitación de lady Murasaki, el capullo de la peonía, ahora ensangrentado, estaba sobre la mesa, y el cuchillo, junto a la flor. Hannibal logró dominarse, se puso en pie y se llevó la mano ensangrentada a la espalda. Hizo una reverencia a lady Murasaki y se dispuso a abandonar la estancia.

—Hannibal.

El chico estaba abriendo la puerta.

—Hannibal —se levantó y se acercó a él a toda prisa. Le tendió una mano, buscó su mirada, no lo tocó, le hizo una seña con los dedos. Tomó su mano sangrante y observó, por el leve cambio en el tamaño de las pupilas, que el chico percibía su tacto—. Necesitas que te den unos puntos. Serge puede llevarnos al pueblo.

Hannibal sacudió la cabeza y señaló con la barbilla el bastidor de costura. Lady Murasaki le miró a la cara hasta que estuvo segura de cómo proceder.

—Chiyo, hierve una aguja e hilo.

Junto a la ventana, donde había buena luz, Chiyo le llevó a lady Murasaki una aguja e hilo enrollado en una horquilla de ébano; la habían hervido en el agua para el té y desprendía vapor. Lady Murasaki le inmovilizó la mano y le cosió la herida del dedo con seis puntos certeros. Cayeron unas gotas de sangre sobre la seda blanca de su kimono. Hannibal la contemplaba con la mirada fija mientras ella le daba los puntos. No manifestó reacción alguna al dolor. Se diría que estaba pensando en otra cosa.

Contemplaba el hilo tenso, desovillado de la horquilla. Calculó que la curvatura del ojo de la aguja era una función del diámetro de la horquilla... Páginas de Huygens desparramadas sobre la nieve con pegotes de sesos humanos.

Chiyo le aplicó una compresa de hojas de aloe vera en la mano y lady Murasaki se la vendó. Cuando lo soltó por fin, Hannibal se dirigió hacia la mesa de té, levantó la peonía y le cortó el tallo. Añadió esa flor al jarrón y completó el elegante arreglo. Miró de frente a lady Murasaki y a Chiyo.

En su rostro se registró un temblor parecido al estremecimiento del agua, e intentó decir «gracias». Lady Murasaki recompensó el esfuerzo con las más dulce y amable de sus sonrisas, aunque no permitió que siguiera intentándolo durante mucho tiempo.

—¿Quieres acompañarme, Hannibal? Podrías ayudarme a traer más flores.

Juntos ascendieron por la escalera del ático.

En un pasado, la puerta del desván pertenecía a otro lugar de la casa; tenía un rostro tallado en la superficie, una máscara de la comedia griega. Lady Murasaki, que portaba un candelabro, iba delante cuando cruzaron el vasto espacio del ático y fueron pasando junto a una colección de objetos de tres siglos de antigüedad: baúles, adornos navideños, ornamentos de jardín, muebles de mimbre, disfraces del teatro kabuki y noh, y una hilera de marionetas de tamaño natural colgadas de una barra.

Una tenue luz penetraba por la persiana cerrada de una ventana alejada de la puerta. La vela iluminó un pequeño altar: una cómoda dedicada a los dioses justo enfrente de la ventana. Sobre el altar había fotos de los antepasados de lady Murasaki y de los de Hannibal. Alrededor de los retratos había una bandada de grullas de papel, muchas grullas, hechas según el arte de papiroflexia japonés, el origami. También había una foto de los padres de Hannibal el día de su boda. El muchacho miró a sus padres de cerca, a la luz de la vela. Su madre parecía muy feliz. La única llama era la del candil que él sostenía; las ropas de su progenitura ya no estaban en llamas.

Hannibal sintió una presencia mucho más alta que él a su lado, y miró hacia la oscuridad con los ojos entrecerrados. Cuando lady Murasaki levantó la persiana, la luz del alba iluminó a Hannibal y a la oscura presencia junto a él: unos pies acorazados, un abanico de guerra japonés sujeto por unos guantes de piel curtida con protectores metálicos, una coraza y, por último, una máscara de hierro y un casco astado de un comandante samurái. El cuerpo de la armadura estaba colocado sobre una plataforma elevada. Las armas del samurái, las espadas largas y cortas, un cuchillo *tanto* y un machete de guerra, reposaban sobre un caballete delante de la armadura.

—Vamos a dejar las flores aquí, Hannibal —dijo lady Murasaki, despejando el lugar del altar que quedaba justo delante de las fotos de los padres del chico—. Aquí es donde rezo por ti, y te recomiendo de todo corazón que tú también lo hagas, que pidas sabiduría y fuerza a los espíritus de tu familia.

Permaneció con la cabeza inclinada ante el altar durante un instante, pero su interés por la armadura lo atraía como un imán, la sentía junto a él en toda su envergadura. Se dirigió hacia el caballete para tocar las armas. Lady Murasaki lo detuvo con una mano en alto.

—Esta armadura estaba en la embajada de París cuando mi padre era embajador de Japón en Francia, antes de la guerra. La escondimos de los alemanes. Yo sólo la toco una vez al año.

El día del cumpleaños de mi tatarabuelo tengo el honor de pulir esta armadura y sus armas, y de engrasarlas con aceite de camelia y clavo, de delicioso perfume.

Destapó un frasquito y se lo ofreció para que lo oliera.

Había un pergamino sobre el estrado de delante de la armadura. Estaba desenrollado lo suficiente como para que se viera la primera de sus representaciones: el samurái con la armadura durante una recepción de sus criados. Mientras lady Murasaki disponía los objetos en el altar, Hannibal desenrolló el manuscrito hasta llegar a la siguiente ilustración, donde el personaje de la armadura presidía la presentación de las cabezas cortadas de otros samuráis. Cada una de las cabezas enemigas tenía una etiqueta con el nombre del fallecido atada al pelo, y si la víctima era calva, atada a la oreja.

Lady Murasaki le quitó el pergamino con amabilidad y volvió a enrollarlo hasta que sólo quedó a la vista el antepasado con la armadura.

—Eso ocurrió después de la batalla por el castillo de Osaka —le informó—. Hay otros pergaminos más apropiados para un muchacho de tu edad que podrían interesarte. Hannibal, a tu tío y a mí nos encantaría que llegaras a ser un hombre como tu padre, como tu tío.

El chico contempló la armadura con mirada interrogante.

Ella interpretó la pregunta de su rostro.

—¿Como él, también? En ciertos aspectos, sí, pero más compasivo —lady Murasaki miró la armadura como si ésta pudiera oírles, y sonrió al chico—. Aunque no repetiría eso delante de él en japonés.

Se acercó más al sobrino de su esposo con el candelabro en la mano.

—Hannibal, puedes abandonar la tierra de las pesadillas. Puedes ser cualquier cosa que imagines. Vamos a cruzar el puente de los sueños. ¿Me acompañas?

Era muy distinta a su madre. No era su madre, pero él la sentía en su pecho. La intensa mirada del chico la incomodó; decidió dar un giro radical a la situación.

—El puente de los sueños conduce a todas partes, pero primero pasa por la consulta del médico y el aula de clase —aclaró—. ¿Vendrás?

Hannibal la siguió, pero primero agarró la peonía ensangrentada, perdida entre el resto de las flores, y la colocó sobre el estrado que había delante de la armadura.

CAPÍTULO 17

El doctor J. Rufin pasaba consulta en una casa del pueblo con un modesto jardín en la parte de delante. Una discreta placa junto a la verja de entrada mostraba sus titulaciones: *DOCTEUR EN MÉDECINE*, MÉDICO DE CABECERA Y PSIQUIATRA.

El conde Lecter y lady Murasaki estaban en la sala de espera, sentados en rígidas sillas sin brazos entre los pacientes del doctor Rufin, algunos de los cuales tenían problemas para permanecer quietos en sus asientos.

El despacho del doctor era de marcado estilo victoriano, con dos sillones a ambos lados de la chimenea, un diván con un cubresofá de flecos y, más cerca de las ventanas, una camilla para los reconocimientos médicos y un esterilizador de acero inoxidable.

El doctor Rufin, un hombre barbudo de mediana edad, y Hannibal estaban sentados en los sillones. El médico le hablaba con una voz grave y agradable.

—Hannibal, mientras observas cómo se balancea el metrónomo y escuchas el sonido de mi voz, entrarás en un estado que llamamos «de vigilia». No te pediré que hables, pero quiero que intentes emitir algún ruido para que yo sepa si estás diciendo que sí o que no. Relájate, déjate llevar...

Entre ellos, sobre una mesa, el péndulo de un metrónomo se balanceaba de lado a lado. Un reloj decorado con los signos del zodíaco y unos cuantos querubines marcaba las horas sobre la repisa de la chimenea. Mientras el doctor hablaba, Hannibal calculaba la diferencia entre las pulsaciones del metrónomo y las del reloj. Había un desfase. El chico se preguntó si, calculando los intervalos de los desfases y midiendo el péndulo en movimiento del metrónomo, podría averiguar la longitud del péndulo que se encontraba en el interior del reloj. Decidió que sí. Mientras, el doctor Rufin no había dejado de hablar ni un segundo.

—Un sonido con la boca, Hannibal, cualquier sonido servirá.

El chico, con los ojos clavados en el metrónomo, tal como le habían indicado, soltó una pedorreta expulsando aire entre la lengua y el labio inferior.

—Eso está muy bien —lo felicitó Rufin—. Permanece tranquilo en el estado de vigilia. ¿Qué sonido utilizarás para el «no»? No, Hannibal, no.

Esta vez emitió un bufido más agudo con el labio inferior entre los dientes y soltando aire de las mejillas.

—Esto es la comunicación, Hannibal, y tú puedes hacerlo. ¿Crees que tú y yo podemos seguir trabajando juntos?

La respuesta afirmativa de Hannibal fue tan aguda que se oyó en la sala de espera, donde los pacientes intercambiaron miradas de impaciencia. El conde Lecter cruzó las piernas y carraspeó, y lady Murasaki entornó sus encantadores ojos en dirección al techo.

Un hombre con aspecto de ardilla inquieta dijo:

—No he sido yo.

—Hannibal, sé que a menudo tus horas de sueño se ven perturbadas —dijo el doctor Rufin—. Sin abandonar tu estado de pacífica vigilia, ¿puedes contarme algo de lo que ves mientras duermes?

Hannibal, que estaba haciendo sus cálculos, le dedicó un resoplido pensativo.

El reloj tenía un IV romano, en lugar de un IIII, en aras de la simetría con el VIII del otro lado. Hannibal se preguntó si eso significaba que el reloj tenía un sistema de marcación romana de la hora consistente en dar dos campanadas: una campanada corta que significaba «uno», y la otra larga que significaba «cinco».

El doctor le pasó una libreta.

—¿Podrías escribir alguna de las cosas que ves? Gritas el nombre de tu hermana, ¿la ves?

Hannibal asintió con la cabeza.

En el castillo Lecter, algunos de los relojes tenían marcación romana y otros no, y todos los que sí la tenían contenían el IV y no el IIII. Cuando el señor Jakov abrió el reloj y le explicó el funcionamiento del escape, le habló de Knibb y de los primeros relojes con marcación romana; pensó en hacer una visita mental a la Sala de los Relojes para examinar esa pieza de la maquinaria. Pensó en realizar la visita en ese preciso instante, pero el lugar quedaba muy alejado del doctor Rufin.

—Hannibal, Hannibal. Cuando pienses en la última vez que viste a tu hermana, ¿podrías escribir lo que ves? ¿Quieres escribir lo que imaginas que ves?

El chico escribió sin mirar la libreta, contando al mismo tiempo tanto las pulsaciones del metrónomo como las de reloj.

Al mirar la libreta, el doctor pareció animado.

—¿Ves sus dientes de leche? ¿Sólo sus dientes de leche? ¿Dónde los ves, Hannibal?

El chico se levantó y detuvo el péndulo, observó su longitud y la posición del peso corredizo sobre la escala de tiempo del metrónomo. Escribió en la libreta: «En una fosa, doctor. ¿Puedo abrir el reloj por detrás?».

Hannibal esperó en el exterior de la consulta, con los demás pacientes.

—Has sido tú, yo no he sido —le reprochó el paciente inquieto como una ardilla—. Al menos podrías reconocerlo. ¿Tienes un chicle?

—He intentado preguntarle algo más sobre su hermana, pero se ha cerrado en banda —refirió el doctor Rufin.

En la consulta del médico, el conde permanecía junto al asiento de lady Murasaki.

—Para serles franco, diré que para mí es un completo misterio. Lo he reconocido y está físicamente sano. He encontrado cicatrices en la cabeza, pero no hay indicios de lesiones internas. Sin embargo, debo suponer que los hemisferios de su cerebro actúan de forma independiente, como ocurre en algunos casos de traumatismo craneoencefálico, cuando la comunicación entre ambos hemisferios se ve comprometida. Sigue varias líneas de pensamiento a la vez, sin desatender ninguna, y una de esas líneas siempre tiene como finalidad el entretenimiento personal.

»La cicatriz que tiene en el cuello es la marca de una cadena que se le congeló sobre la piel; he visto otras parecidas justo después de la guerra, cuando liberaron a los prisioneros de los campos de concentración. No contará lo que le ocurrió a su hermana. Creo que lo sabe, aunque no sea consciente de ello, y ahí subyace el peligro: la mente recuerda lo que puede permitirse y a su propio ritmo. Recordará cuando pueda soportarlo.

»Yo no le presionaría, y es inútil intentar hipnotizarlo. Si recuerda demasiado pronto, podría aislarse para siempre del mundo exterior con tal de escapar del dolor. ¿Lo tendrán en su casa?

—Sí —respondieron ambos de inmediato.

Rufin hizo un gesto de asentimiento.

—Implíquenlo lo máximo posible en las actividades familiares. A medida que vaya resurgiendo, tendrá más confianza en ustedes de la que ahora puedan imaginar.

CAPÍTULO 18

Últimos días del estío francés: una bruma de polen en la superficie del Essonne y los patos entre los juncos.

Hannibal seguía sin hablar, aunque lograba dormir sin tener pesadillas y tenía el apetito razonable para un chico de trece años en pleno crecimiento.

Su tío, Robert Lecter, era más cálido y menos reservado que su padre. En él se aunaban la temeridad típica de los artistas y la osadía de la juventud que no se había mitigado con la edad.

En el ático había una galería por donde podían pasear. El polen se había acumulado en montoncitos sobre los valles del tejado, había embellecido el moho y a las arañas que llegaban volando arrastradas por el viento. Desde allí arriba se divisaban los plateados recodos del río a través de los árboles.

El conde era alto y de perfil aguileño. Bajo la intensa luz que se reflejaba en el tejado se le veía la piel grisácea. Tenía las manos apoyadas en la barandilla, eran delgadas, y en eso sí se parecía al padre de Hannibal.

—En nuestra familia somos gente fuera de lo común, Hannibal —dijo—. Lo aprendemos desde pequeños, y espero que tú ya te hayas dado cuenta. Con el paso de los años te sentirás más cómodo con la idea, eso suponiendo que ahora te incomode. Has perdido a tu familia y tu hogar, pero me tienes a mí y tienes a Sheba. ¿Verdad que es una mujer deliciosa? Su padre la llevó a una de mis exposiciones en el Museo Metropolitano de Tokio hace ya veinticinco años. Jamás había visto a una criatura más hermosa. Quince años después, cuando su padre fue nombrado embajador de Japón en Francia, ella también lo acompañó. No podía creer la suerte que había tenido y me presenté en la embajada de inmediato para anunciar mi intención de convertirme al sintoísmo. Su padre dijo que mi religión no era una de sus principales preocupaciones. Jamás me habría aprobado como hombre, pero le gustaban mis cuadros. ¡Mis cuadros! Ven.

»Éste es mi estudio —era una blanca y enorme habitación en el ático del palacio. Había cuadros en proceso de creación apoyados en los caballetes y otros sujetos contra la pared. Había un diván sobre una tarima baja y, junto a ésta, en un perchero, un kimono. En un caballete más próximo a ellos había un lienzo cubierto con una tela.

Pasaron a la habitación anexa, donde había un enorme caballete con un bloc de dibujo de papel continuo en blanco, carboncillo y unos cuantos tubos de pintura.

—He creado para ti este pequeño espacio, tu propio estudio —anunció el conde—. Aquí puedes encontrar alivio, Hannibal. Cuando sientas que tienes ganas de explotar, ¡dibuja!, ¡pinta! Grandes movimientos de los brazos, montones de colores... No intentes hacer trazos muy definidos ni certeros. Sheba te proveerá de todo el refinamiento necesario —miró en dirección a los árboles, hacia el río—. Te veré a la hora de comer. Pídele a madame Brigitte que te busque un sombrero. Iremos a remar a última hora de la tarde, después de tus lecciones.

Cuando el conde se fue, Hannibal no se dirigió enseguida hacia su caballete, se quedó paseando por el estudio para observar las obras en proceso de creación del conde. Puso una mano en el diván, tocó el kimono en su colgador y se lo llevó a la cara. Se detuvo frente al caballete tapado con la tela y la levantó. El conde estaba pintando a lady Murasaki desnuda y tendida en el diván. La imagen penetró en los ojos del chico, abiertos como platos; unos puntos de luz danzaron en sus pupilas, las luciérnagas iluminaron su noche.

El otoño estaba a punto de llegar, y lady Murasaki organizaba cenas en el jardín, donde podían ver la luna llena y oír el cántico de los insectos otoñales. Esperaban la salida del astro de la noche, Chiyo tañía el *koto* en la oscuridad cuando los grillos cesaban su canto. Guiándose únicamente por el frufrú de la seda y su fragancia, Hannibal siempre sabía con exactitud dónde se encontraba lady Murasaki.

Los grillos franceses no tenían ni punto de comparación con la soberbia tonalidad del grillo japonés, el *suzumushi,* según le había explicado el conde, pero tenían que conformarse. Antes de la guerra, Robert Lecter había pedido a Japón, en un par de ocasiones, grillos *suzumushi* para su esposa, pero ninguno había sobrevivido al viaje, y él jamás lo había revelado.

En las noches calladas, cuando la atmósfera estaba húmeda tras la lluvia, jugaban a identificar olores. Hannibal quemaba cortezas de árbol y varitas de incienso sobre una lasca de mica para que Chiyo adivinara de qué esencia se trataba. En esas ocasiones, lady Murasaki tocaba el *koto* para que Chiyo se concentrara en el juego, y, a veces, les daba pistas musicales de un repertorio que Hannibal no podía seguir.

Lo enviaron al colegio del pueblo, donde despertó la curiosidad de los demás niños porque era incapaz de recitar. En su segundo día, un gamberro de un curso superior escupió en el pelo a un alumno de primero, y Hannibal rompió el coxis y la nariz al agresor. Lo mandaron a casa, y él permaneció impertérrito en todo momento.

En lugar de ir al colegio asistió a las clases que Chiyo recibía en casa. Hacía años que la muchacha estaba comprometida con el hijo de un diplomático de una familia de Japón, y ahora, a la edad de trece años, estaba aprendiendo de lady Murasaki las habilidades requeridas en una buena esposa.

La instrucción era muy distinta a la del señor Jakov, pero las asignaturas tenían una belleza particular, como las matemáticas que le enseñaba su antiguo tutor, y Hannibal las consideraba fascinantes.

Situada junto a las ventanas de la sala de estar, con una iluminación óptima, lady Murasaki les enseñaba caligrafía: pintaba con un enorme pincel sobre las hojas del periódico del día anterior y conseguía unos efectos sobremanera delicados. En una parte de la hoja estaba el símbolo de la eternidad, una forma triangular de hermoso aspecto. Debajo de ese grácil carácter, el titular del periódico rezaba: MÉDICOS CONDENADOS EN NÚREMBERG.

—Este ejercicio se llama «Eternidad en Ocho Trazos» —dijo su nueva tutora—. Intentadlo.

Al final de la clase, lady Murasaki y Chiyo hacían una grulla de origami, que más tarde colocaban en el altar del ático.

Hannibal tomó una hoja de papel de origami para hacer una grulla. La mirada interrogante que Chiyo dirigió a lady Murasaki le hizo sentirse como un extraño durante un instante. Su tutora le pasó las tijeras. (Más tarde reprendería a Chiyo por su descaro, que no habría sido bien recibido en un entorno diplomático.)

—Chiyo tiene una prima en Hiroshima llamada Sadako —explicó lady Murasaki—. Está muriéndose a causa de las radiaciones. Sadako cree que si hace mil grullas de papel, sobrevivirá. Sus fuerzas están mermadas, y nosotros la ayudamos, a diario, a fabricar sus grullas de papel. No importa que las grullas sean o no curativas mientras las hacemos, ella está en nuestros pensamientos, así como otras personas de todo el mundo envenenadas por la guerra. Tú podrías hacer grullas para nosotras, y nosotras las haremos para ti. Hagamos grullas juntos para Sadako.

CAPÍTULO 19

Los martes se instalaba en el pueblo un magnífico mercado; los puestos, bajo las sombrillas, se disponían en torno a la fuente de la plaza y la estatua de Marshal Foch. El aire se llenaba del aroma avinagrado de los encurtidos, y el pescado y los moluscos en sus lechos de algas traían el perfume salobre del mar.

Un par de radios emitían melodías encontradas. El organillero y su mono, liberado tras el desayuno de su habitual lugar de residencia, la jaula, interpretaron *Sous les ponts de Paris* una y otra vez, hasta que alguien dio un vaso de vino a uno y un puñado de cacahuetes garrapiñados al otro. El organillero se bebió el vino de un trago y requisó la mitad del dulce garrapiñado, mientras el mono localizaba con sus astutos ojillos en qué bolsillo había ocultado su amo la golosina. Dos gendarmes hicieron las típicas advertencias banales al músico y se dirigieron hacia el puesto de los dulces.

El objetivo de lady Murasaki era el tenderete de Légumes Bulot, el mejor puesto de verduras, donde compraría helecho común. El helecho era uno de los manjares favoritos del conde, y uno de los primeros productos que se agotaban en el mercado.

Hannibal iba paseando detrás de lady Murasaki y llevando la cesta. Se detuvo a mirar al vendedor de quesos, que estaba engrasando una cuerda de piano y la utilizaba para cortar una enorme rueda de Grana. El quesero le dio un pedacito de su mercancía y le pidió que se lo recomendara a *madame.*

Lady Murasaki no vio helechos en el puesto y, antes de que preguntara, Bulot el Verdulero sacó un canasto repleto de helechos de debajo del mostrador.

—Madame, éstos son superlativos, y no he permitido que les den los rayos del sol. Esperando a que usted llegara, los he cubierto con este paño, los he humedecido, pero no con agua, sino con auténtico rocío de jardín.

Al otro lado de ese mismo pasillo, visto desde el puesto de las verduras, Paul Momund estaba sentado con su ensangrentado delantal frente a una tabla de carnicero, tirando los menudillos en un cubo y separando las mollejas de los higadillos en dos cuencos. El carnicero era un hombre fornido con un tatuaje en el antebrazo: una cereza con la frase *VOICI LA MIENNE, OÙ EST LA TIENNE?* El color rojo de la cereza estaba desvaído y era más claro que la sangre que teñía sus manos. Paul, el hermano del carnicero, con más habilidad social para estar de cara al público, trabajaba en el mostrador situado justo debajo del cartel de MOMUND, CARNES SELECTAS. Su hermano le había llevado un ganso para que lo destripara. Paul tomó un trago de la botella de orujo que tenía al lado, se limpió la cara con la mano llena de sangre, y las mejillas quedaron rojas y cubiertas de plumas.

—Hazlo con calma, Paul —le dijo su hermano—. Tenemos un largo día por delante.

—¿Por qué no desplumas a ese puto pajarraco? Creo que te gusta más desplumar que desflorar —dijo Paul el Carnicero, y se hizo una gracia infinita a sí mismo.

Hannibal estaba mirando una cabeza de cerdo expuesta en el mostrador cuando oyó la voz de Paul.

—¡Eh, *japonaise*!

Luego se oyó la voz de Bulot el Verdulero.

—¡Por favor, *monsieur*! Eso es inaceptable.

Y Paul otra vez:

—¡Eh, *japonaise*! Dime una cosa, ¿es verdad que tenéis el coñito horizontal? ¿Con un mechoncito de pelos de punta, como una explosión?

En ese momento, Hannibal vio a Paul, con la cara cubierta de sangre y plumas, «como Ojos Azules, como Ojos Azules royendo un pellejo de pájaro».

Paul se volvió hacia su hermano.

—Una vez me lo monté con una en Marsella que se la metía entera en la boca...

La pierna de cordero que le golpeó en la cara lo tiró de espaldas sobre una pila de tripas de pájaro. Hannibal estaba sobre Paul; la pierna de cordero se elevó en el aire y descendió hasta que al chico se le cayó de la mano, momento en que Hannibal pasó por detrás del carnicero para coger el cuchillo de pollería que estaba en la mesa. Pero no lo encontró, sí encontró un puñado de tripas de pollo que aplastó en la cara de Paul mientras el carnicero lo empujaba con sus manos ensangrentadas. El hermano de Paul pateó a Hannibal en la nuca, levantó una maza destinada a ablandar la carne de ternera; lady Murasaki voló hacia el puesto del carnicero, lo apartó de un empujón y gritó:

—*Kiai!*

Lady Murasaki colocó un enorme cuchillo en el cuello del hermano del carnicero, justo en el punto donde se degollaría a un cerdo.

—No muevan ni un músculo, *messieurs* —les advirtió.

Ambos se quedaron de piedra durante largo rato. Oyeron los silbatos de los policías que se aproximaban; Paul agarraba a Hannibal por el cogote con sus manazas y a su hermano le temblaba el ojo del lado en que el acero se posaba sobre su cuello. Hannibal tocó algo, algo que se encontraba en la mesa que tenía justo detrás. Los dos gendarmes, tras resbalar con los menudillos del suelo, separaron a Paul el Carnicero de Hannibal; uno de los policías apartó al muchacho, lo levantó y lo colocó al otro lado del puesto.

La voz de Hannibal sonó ronca por el desuso, pero el carnicero lo entendió. Había dicho «bestia» con gran tranquilidad; sonó a clasificación más que a insulto.

La comisaría daba a la plaza. Había un sargento en el mostrador de la entrada.

Ese día el comandante de la gendarmería iba vestido de paisano, con un arrugado traje de lino. Rondaba la cincuentena y su aspecto delataba el agotamiento producido por la guerra. Ofreció asiento a lady Murasaki y a Hannibal en su despacho, y él también se sentó. Lo único que había sobre la mesa era un cenicero de Cinzano y una botella de Clanzoflat para las afecciones gástricas. Ofreció un cigarrillo a lady Murasaki; ella lo rechazó.

Los dos gendarmes del mercado golpearon la puerta y entraron. Permanecieron pegados a la pared, escrutando a lady Murasaki con el rabillo del ojo.

—¿Alguno de los presentes les golpeó o se resistió a su autoridad? —preguntó el comandante a los policías.

—No, mi comandante —respondieron al unísono.

Les hizo una seña para que siguieran con el resto de su relato.

El gendarme de mayor edad consultó su libreta.

—Bulot el Verdulero declaró que el carnicero perdió el juicio, que intentaba agarrar el cuchillo y gritaba que iba a matar a todo el mundo, incluidas a las monjas de la iglesia.

Su superior entornó los ojos rogando paciencia al cielo.

—El carnicero es natural de Vichy y, como sabrá, es un personaje de lo más odiado —refirió el superior—. Hablaré personalmente con él. Siento los insultos de los que fue objeto, lady Murasaki. Jovencito, si ves que vuelven a ofender a esta señora, quiero que acudas a mí. ¿Entendido?

Hannibal hizo un gesto de asentimiento.

—No permitiré que ataquen a nadie en este pueblo, a menos que el atacante sea yo mismo —el comandante se levantó y se situó detrás del chico—. Discúlpenos, *madame*. Hannibal, acompáñame.

Lady Murasaki levantó la vista para mirar al policía. Él sacudió la cabeza de forma casi imperceptible.

El comandante llevó a Hannibal al fondo de la comisaría, donde había dos celdas, una ocupada por un borracho dormido y la otra recién evacuada por el organillero y su mono, cuyo platillo de agua seguía en el suelo.

—Quédate ahí.

Hannibal se colocó en el centro de la celda. El comandante cerró la puerta con un ruido metálico que hizo que el borracho se estremeciera y mascullara algo entre dientes.

—Mira el suelo. ¿Ves que los tablones están manchados y desgastados? Están agujereados por las lágrimas. Intenta abrir la puerta. Hazlo. Verás que no se abre desde ese lado. Tener un temperamento fuerte es un don útil pero peligroso. Utiliza el buen juicio y jamás ocuparás una celda como ésta. Yo sólo doy una oportunidad, y ésta es la tuya. Pero no vuelvas a hacerlo. No vuelvas a azotar a nadie con una pieza de carne.

El comandante acompañó a lady Murasaki y a Hannibal a su coche. Cuando el chico estuvo dentro, la esposa del conde Lecter se quedó un rato con el policía.

—Comandante, no quiero que mi marido sepa lo que ha ocurrido. El doctor Rufin podrá decirle por qué.

El policía asintió.

—Si el conde se entera y me pregunta, le diré que fue una pelea entre borrachos y que el chico acabó metido por accidente. Siento que el conde no se encuentre bien. En otros aspectos de la vida, es uno de los hombres más afortunados del mundo.

Era posible que el conde, por su aislamiento artístico en el palacio, no llegara a oír hablar del incidente. Pero por la noche, mientras se fumaba su cigarro, Serge, el conductor, regresó del pueblo con los periódicos vespertinos y lo llevó a un aparte para conversar en privado.

El mercado de los viernes se celebraba en Villiers, a dieciséis kilómetros de distancia. El conde, de ánimo taciturno e insomne, bajó de su coche cuando Paul el Carnicero estaba descargando una carcasa de cordero en su puesto. El conde interceptó con su bastón al carnicero por el labio superior, se abalanzó sobre él, y la emprendió con él a bastonazos.

—¡Escoria, has insultado a mi mujer!

Paul tiró la carne y le dio un buen golpe al conde. El debilitado caballero cayó de espaldas sobre un mostrador pero volvió a arremeter contra el carnicero, cortando el aire con su bastón, pero de pronto se detuvo con expresión anonadada. Se llevó las manos a la cintura y cayó de bruces al suelo en el puesto del carnicero.

CAPÍTULO 20

Asqueado por los quejidos y gimoteos de las salmodias y el adormecedor sonsonete del funeral, Hannibal Lecter, de trece años y el último de su estirpe, se encontraba junto a lady Murasaki y Chiyo en la puerta de la iglesia. Allí iba dando la mano a los dolientes; parecía ausente. Las mujeres se descubrían al abandonar la iglesia por el prejuicio que había nacido en la posguerra contra las toquillas.

Lady Murasaki escuchaba y daba gráciles y correctas respuestas.

La sensación de Hannibal de que estaba fatigada lo sacó de su ensimismamiento y se descubrió hablando para que ella no tuviera que hacerlo; su voz recién descubierta degeneró hasta convertirse en un ronquido. Si lady Murasaki estaba sorprendida de oírlo, no lo expresó, pero lo cogió de la mano y se la apretó con fuerza mientras tendía la mano desocupada para estrecharla con los dolientes.

Una bandada de periodistas y representantes de las agencias de noticias parisinas estaba allí para cubrir la defunción de un artista importante que los había evitado durante toda su vida. Lady Murasaki no les dijo nada.

La tarde de ese día interminable, el abogado del conde llegó al palacio junto con un funcionario de la Oficina de Recaudación de Impuestos. Lady Murasaki les sirvió una taza de té.

—*Madame*, no quisiera molestarla durante este período de luto —dijo el funcionario de la hacienda pública—, pero quiero asegurarme de que tendrá bastante tiempo para ocuparse de otros asuntos antes de que el palacio sea subastado para pagar los impuestos de defunción. Me gustaría poder aceptarlo como garante para el pago, pero, como la gestión de su residencia se complicará a partir de ahora, me temo que eso es imposible.

Al final cayó la noche. Hannibal acompañó a lady Murasaki hasta la puerta de sus aposentos. Chiyo había dispuesto un camastro para dormir allí con ella.

Él permaneció en vela en su habitación durante largo rato. Cuando se durmió, llegaron los sueños.

La cara de Ojos Azules manchada con sangre y plumas transformándose en la cara de Paul el Carnicero, y así sucesivamente.

Hannibal se despertó a oscuras y siguió soñando: las caras como hologramas seguían en el techo. Ahora que podía hablar, no gritó.

Se levantó y ascendió con gran parsimonia por la escalera hacia el estudio del conde. Encendió los candelabros que se encontraban a ambos lados del caballete. Los retratos de las paredes, terminados y a medio terminar, habían cobrado vida tras la desaparición de su creador. El chico sintió cómo se elevaban hacia el espíritu del conde como si pudieran encontrarle un aliento.

Los pinceles limpios de su tío estaban en un bote; sus pasteles y sus carboncillos, en sus hoyadas bandejas. El cuadro de lady Murasaki había desparecido, y ella había descolgado también su kimono del perchero.

Hannibal empezó a dibujar con grandes movimientos, como el conde le había aconsejado, intentando dejarse llevar, plasmando grandes trazos en diagonal de un lado a otro del papel continuo, dando cuchilladas de color. No funcionaba. Al despuntar el alba, dejó de forzarse; dejó de arremeter contra la hoja en blanco y se limitó a contemplar lo que su mano le revelaba.

CAPÍTULO 21

Hannibal estaba sentado sobre un tocón de un pequeño claro junto al río, tañendo el *koto* y contemplando a una araña que hilaba su seda. El arácnido era un espléndido tejedor esférico de color amarillo y negro, y trabajaba sin parar. La red se estremecía mientras la araña la tejía, parecía animada con la música del laúd; corría hasta diversos rincones de su entramado para ver si había capturado alguna presa mientras Hannibal tañía las cuerdas de su instrumento.

El joven era capaz de llevar a cabo una interpretación bastante decente de una melodía japonesa, aunque todavía cometía ciertos errores. Pensó en la agradable voz de contralto de lady Murasaki hablando en inglés, con sus ocasionales notas inexistentes en la escala occidental. Tocó más cerca de la tela de araña y también más lejos. Un parsimonioso escarabajo volador chocó contra la red y el arácnido corrió a atraparlo.

El aire cálido estaba quieto; el agua del río, totalmente en calma. En las orillas, los insectos acuáticos corrían sobre la superficie y las libélulas se dejaban caer en picado sobre los juncos. Paul el Carnicero remaba en su pequeño bote con una mano, hasta que lo dejó a la deriva al aproximarse a los sauces cuyas ramas colgaban sobre la orilla. Los grillos cantaban en su cesto para el cebo y atrajeron a una mosca de ojos rojos, que levantó el vuelo desde la manaza del carnicero cuando éste agarró un grillo y lo clavó en el anzuelo. Lanzó la caña por debajo de los sauces; el flotador con pluma se hundió como un plomo y el instrumento de pesca cobró vida propia.

Paul tiró del pez y lo puso con los demás en una redecilla colgada en un lateral del bote. Ocupado con su presa, sólo oyó parcialmente un repiqueteo en el aire. Se chupó la sangre del pescado que tenía en el pulgar y remó hasta un pequeño embarcadero de la orilla boscosa donde tenía la camioneta aparcada. Utilizó el tosco banco del pequeño muelle para limpiar la pieza de mayores dimensiones y la guardó en una bolsa de lino con algo de hielo. Los demás peces seguían vivos en la redecilla, que continuaba en el agua. Las presas tiraban de la cadena de la red en un intento de esconderse debajo del embarcadero.

El sonido de una cuerda tensa al soltarse, una melodía interrumpida en algún lejano lugar de Francia. Paul miró hacia su furgoneta, como si pensara que se trataba de algún ruido mecánico. Se alejó de la orilla, sin soltar el cuchillo para filetear, y examinó la camioneta: miró la antena de la radio y echó un vistazo a los neumáticos; se aseguró de que las puertas estuvieran cerradas con llave. No obstante, volvió a oírse el ruido de una cuerda tensa al soltarse, y una sucesión de notas.

Paul siguió el sonido, rodeó un par de matorrales hasta llegar al pequeño claro donde vio a Hannibal, sentado en un tocón y tañendo el *koto,* con el rígido estuche del instrumento apoyado contra su moto. Junto a él tenía un cuaderno de dibujo. Paul regresó de inmediato a la camioneta y revisó el tubo de escape para ver si estaba obstruido con granos de azúcar. Hannibal no se distrajo de su interpretación hasta que el carnicero regresó y se le colocó delante.

—Paul Momund, carnes selectas —dijo Hannibal. En ese instante tenía una visión muy agudizada de cuanto le rodeaba, con perfiles como reflejos de color rojo, como la refracción de la luz en el hielo de una ventana o en el borde de una lente.

—Conque ahora ya hablas, mudito hijo de puta. Si te has meado en el radiador de mi furgoneta te arrancaré la puta cabeza. Aquí no hay ningún payaso uniformado que te ayude.

—Ni que te ayude a ti —Hannibal tañó varias notas—. Lo que has hecho es imperdonable —dejó el *koto* y agarró su cuaderno de dibujo; sin dejar de mirar a Paul, utilizó un dedo como difumino para hacer un pequeño retoque en su obra.

Volvió la hoja y se levantó al tiempo que le enseñaba al carnicero una página en blanco.

—Le debes a cierta dama una disculpa por escrito.

El carnicero desprendía un tufo asqueroso, a sebo y a pelo grasiento.

—Chico, debes de estar loco para presentarte aquí.

—Escribe que lo sientes, que reconoces que eres despreciable y que jamás la mirarás ni volverás a dirigirle la palabra en el mercado.

—¿Disculparme con una *japonaise*? —Paul rio—. Lo primero que haré es tirarte al río para que te des un buen chapuzón —se llevó la mano al cuchillo—. Luego puede que te arranque los pantalones y te meta algo por donde tú no quieres —se acercó a Hannibal, el chico fue retrocediendo hacia su moto y el estuche del *koto*. Al final se detuvo.

—Hiciste una pregunta sobre su coño, creo. ¿Te preguntabas si tenía qué forma?

—¿Es tu madre? ¡El coñito japonés es horizontal! Deberías tirarte a la japonesa más joven para verlo.

Paul levantó sus enormes manazas para golpear al chico y éste, con un único movimiento, sacó la espada curva del estuche del *koto* y le rajó el vientre a su atacante, de lado a lado.

—¿Horizontal? ¿Así?

El alarido que emitió el carnicero resonó entre los árboles, y los pájaros salieron volando en desbandada. Paul se llevó las manos al vientre y le quedaron cubiertas de sangre espesa. Bajó la vista para mirar la herida e intentó mantener el tipo agarrándose los intestinos que se le desparramaban mientras se esforzaba por alejarse del chico. Hannibal se apartó a un lado girando sobre sí mismo y aprovechó la inercia para rajar a Paul a la altura de los riñones.

—¿O más tangencial a la columna?

Movió la espada y dibujó una X en el cuerpo de su víctima. Al carnicero se le abrieron los ojos de la impresión; intentó zafarse, pero Hannibal lo rajó a la altura de la clavícula, se oyó el silbido producido por el chorro de sangre que salió disparado de una arteria y salpicó en la cara a Hannibal. Con las dos estocadas siguientes le cercenó los talones y le desjarretó los tendones; su víctima se desplomó soltando mugidos de novillo.

Paul el Carnicero está sentado con el cuerpo echado sobre el tocón. No puede levantar los brazos.

Hannibal le mira a la cara.

—¿Te gustaría ver mi dibujo? —le ofrece el cuaderno. El dibujo es la cabeza de Paul el Carnicero colocada en una bandeja y con una etiqueta de identificación atada al pelo. La etiqueta dice: PAUL MOMUND, CARNES SELECTAS. A Paul se le va nublando la visión de forma gradual. Hannibal levanta la espada y Paul lo ve todo de lado durante un instante, hasta que la presión sanguínea se hiela y se hace la oscuridad.

En su propia oscuridad, Hannibal oye la voz de Mischa cuando el cisne se acercaba, y la imita en voz alta: «¡Oooh, Anniba!».

La tarde se esfumó. Hannibal se quedó allí hasta bien entrado el ocaso, con los ojos cerrados, apoyado contra el tocón donde estaba la cabeza del carnicero. Abrió los ojos y siguió sentado durante varios minutos. Al final se levantó y fue hacia el muelle. Los enganches de la redecilla estaban unidos por una fina cadena y, al verla, el chico se acarició la cicatriz del cuello. Los peces de la red seguían vivos. Hannibal se mojó la mano antes de tocarlos, y los soltó uno a uno.

—Marchaos —dijo—. Marchaos —y tiró la redecilla vacía al agua, bien lejos.

También soltó a los grillos.

—Idos, idos —les dijo. Se quedó mirando la bolsa de lino con el gran pescado limpio y sintió una punzada de hambre—. ¡Ñam, ñam! —exclamó.

CAPÍTULO 22

La violenta muerte de Paul el Carnicero no constituyó tragedia alguna para muchos de los habitantes del pueblo, cuyo alcalde, así como varios prohombres, habían muerto asesinados por los nazis como represalia a su colaboración con la Resistencia francesa durante la ocupación.

Gran parte del cuerpo de Paul yacía sobre una camilla de cinc en la sala de embalsamamiento de Pompes Funèbres Roget, donde había seguido al conde Lecter como ocupante de la mesa de autopsias. Al caer la noche, un Citroën con tracción delantera de color negro se dirigió hacia la funeraria. Un gendarme que hacía guardia en la entrada se apresuró a abrir la puerta del coche.

—Buenas noches, inspector.

El hombre que desmontó del vehículo tenía unos cuarenta años, iba bien vestido, con traje. Correspondió el saludo formal del gendarme con un amigable asentimiento de cabeza, regresó al coche y habló con el conductor y otro agente que se encontraba en el asiento trasero.

—Lleven las maletas a la comisaría.

El inspector se reunió con el dueño de la funeraria, monsieur Roget, y con el comandante de policía en la sala de embalsamamiento, que era un conjunto de grifos, mangueras, esmaltes y otros materiales almacenados en vitrinas.

El comandante se animó al ver al policía recién llegado de París.

—¡Inspector Popil! Me alegra que haya podido venir. No se acordará de mí, pero…

El inspector se quedó mirando al comandante.

—Por supuesto que lo recuerdo, comandante Balmain. Entregó a De Rais en Núremberg y se sentó detrás de él durante el juicio.

—Usted fue quien aportó las pruebas. Es un honor, señor.

—¿Qué tenemos?

El ayudante del director de la funeraria, Laurent, retiró la sábana que cubría al cadáver.

Paul el Carnicero todavía estaba vestido: tenía el cuerpo cubierto de largas diagonales teñidas de rojo, donde sus ropas estaban empapadas en sangre. Le faltaba la cabeza.

—Paul Momund, o lo que queda de él —dijo el comandante—. ¿Ése es su expediente?

Popil asintió.

—Breve y espeluznante. Embarcaba a judíos desde Orléans.

El inspector observó el cuerpo, caminó a su alrededor, le levantó la mano y el brazo, el tosco tatuaje se veía con más intensidad sobre la piel exangüe. Popil masculló unas palabras, como si hablara para sí.

—Tiene señales en las manos que indican que opuso resistencia, pero los moratones de los nudillos son de hace unos días. Se peleó con alguien hace poco.

—Y a menudo —apuntó el forense.

El ayudante Laurent metió baza:

—Tuvo una pelea en un bar, y les partió los dientes a una chica y a un hombre —Laurent echó hacia atrás la cabeza para ejemplificar la fuerza de los golpes y se le meneó el copete.

—Por favor, elabore una lista de sus enemigos recientes —solicitó el inspector. Se inclinó sobre el cadáver para olfatearlo—. ¿Ha manipulado este cuerpo de alguna forma, monsieur Roget?

—No, *monsieur.* El comandante me lo ha prohibido específicamente…

El inspector Popil le hizo una señal para que se acercara a la mesa. Laurent también se acercó.

—¿Este hedor es de algo que utilizan aquí?

—Yo huelo a cianuro —afirmó el forense Roget—. ¡Lo envenenaron!

—El cianuro huele a almendra tostada —comentó Popil.

—Huele como a enjuague para el dolor de muelas —añadió Laurent, sin pensarlo, rascándose la barbilla.

El forense se volvió hacia su ayudante.

—¡Cretino! ¿Dónde le ves tú los dientes?

—Sí. Aceite de clavo —sentenció el inspector Popil—. Comandante, ¿podríamos reunirnos con el farmacéutico y consultar sus libros?

Bajo la atenta mirada del cocinero, Hannibal había preparado un delicioso pescado aderezado con hierbas provenzales y horneado en una costra de sal marina de Bretaña, y ahora estaba sacándolo del horno. La costra se rompió con el contacto de la afilada punta del cuchillo y se desprendió con facilidad, las escamas salieron pegadas a ella y la cocina se llenó de un exquisito perfume.

—Atiende, Hannibal —dijo el cocinero—. La parte más rica del pescado son las mejillas. Lo mismo sucede con muchas otras criaturas. Cuando lo despieces una vez en la mesa, sirve una mejilla a la señora y la otra al invitado de honor. Claro que, si emplatas en la cocina, te las comes tú las dos.

Serge entró con una pesada carga de alimentos de primera necesidad comprados en el mercado. Empezó a descargar las bolsas y a guardar los alimentos.

Detrás de Serge, lady Murasaki entró en silencio en la cocina.

—He visto a Laurent en el Petit Zinc —comentó Serge—. Todavía no han encontrado la horrible cabeza del maldito carnicero. Me ha contado que le habían frotado el cuerpo con, no os lo perdáis, aceite de clavo, eso que sirve para el dolor de muelas. Me ha contado que...

Hannibal miró a lady Murasaki e interrumpió a Serge:

—Debería comer algo, *milady*, en serio. Esto estará muy, pero que muy bueno.

—Y yo he traído un poco de helado de melocotón, hecho con melocotones frescos —dijo Serge.

Lady Murasaki miró a Hannibal directamente a los ojos durante largo rato.

El chico le sonrió con toda tranquilidad.

—¡Melocotón! —exclamó.

CAPÍTULO 23

A medianoche lady Murasaki yacía en su cama. Tenía la ventana abierta, y la suave brisa le traía el perfume de las mimosas que florecían en un rincón del patio de abajo. Apartó las mantas para sentir las caricias del aire sobre los brazos y los pies. Tenía los ojos abiertos, miraba hacia el oscuro techo y oía incluso sus parpadeos.

Abajo, en el patio, la vieja mastín se agitaba en sueños, y el hocico se le abrió al inspirar gran cantidad de aire. Se le formaron un par de pliegues en el pellejo de la frente, pero se relajó de nuevo con los agradables sueños sobre cacerías y el sabor a sangre en la boca.

En la oscuridad, lady Murasaki oyó el crujido del suelo del ático. Eran pasos sobre los tablones, no el chirrido de un ratón. Respiró hondamente y movió los pies hasta tocar la fría piedra del suelo de su habitación. Se puso su vaporoso kimono, se recogió el pelo, sacó unas cuantas flores de un jarrón del rellano y, con un candelabro en la mano, ascendió por la escalera que llevaba al desván.

La máscara tallada en la puerta del ático le sonrió, ella se enderezó, puso una mano sobre la talla y empujó. Sintió que la corriente de aire frío le pegaba el kimono a la espalda, como un pequeño empujoncito, y al fondo, muy al fondo del desván, vislumbró el destello de una tenue luz. Se dirigió hacia ella, su candelabro relucía sobre la máscara de teatro noh que la miraba, y la hilera de marionetas colgadas gesticulaba a su paso. Pasó junto a cestos de mimbre y baúles forrados con pegatinas de los años que vivió con Robert, y avanzó hacia el altar familiar y la armadura a la luz de la lumbre.

Un objeto oscuro se encontraba en el altar que había delante de la armadura, lo vio a contraluz por la sombra que proyectaban las velas. Puso el candelabro sobre un cajón de embalaje que se hallaba cerca del altar y se quedó mirando fijamente la cabeza de Paul el Carnicero, colocada sobre un jarrón plano japonés de estilo *suiban*.

El rostro de Paul está limpio y pálido, tiene los labios intactos, pero le faltan las mejillas, y un hilillo de sangre le cae por una comisura hasta el jarrón, donde la sangre se acumula como el agua bajo un arreglo floral. Tiene una etiqueta atada al pelo. En la etiqueta un texto manuscrito reza: MOMUND, CARNES SELECTAS.

La cabeza de Paul está de cara a la armadura, con los ojos dirigidos hacia la máscara del samurái. Lady Murasaki se volvió en esa misma dirección y habló en japonés:

—Buenas noches, honorable antepasado. Por favor, perdona la ofrenda de este ramo inapropiado. Con todos mis respetos, no es éste el tipo de ayuda que yo había esperado.

De inmediato recogió una flor marchita y un lazo que estaban en el suelo y se los metió en la manga sin dejar de mirar a su alrededor. La espada larga estaba en su sitio, también el machete de guerra. No así la espada corta.

Retrocedió un paso, se dirigió hacia la ventana del desván y la abrió. Respiró hondamente, sentía los latidos de su corazón en los oídos. La brisa agitó su camisón y las velas.

Se oyó un ligero traqueteo detrás del atrezo para el teatro noh. Una de las máscaras tenía ojos y estaba mirándola.

Lady Murasaki habló en japonés:

—Buenas noches, Hannibal.

La respuesta que dio la oscuridad fue también en japonés.

—Buenas noches, *milady*.

—¿Podemos seguir hablando en inglés, Hannibal? Hay cuestiones de las que prefiero que no se entere mi antepasado.

—Como usted desee, *milady*. De todas formas, ése es todo el japonés que sé.

Entonces el chico salió a la luz, llevaba la espada corta en las manos y un trapo para limpiar el polvo. Ella se le acercó. La espada larga estaba en su sitio, delante de la armadura.

—Podía haber utilizado el cuchillo del carnicero —dijo Hannibal—. Pero utilicé la espada de Masamune-dono porque parecía muy apropiada. Espero que no le importe. No hay ni un solo rasguño en la hoja, se lo prometo. El carnicero era como la mantequilla.

—Temo por ti.

—Por favor, no se preocupe. Yo me encargaré de... de eso.

—No era necesario que lo hicieras por mí.

—Lo he hecho por mí, por lo que usted vale, lady Murasaki. Usted no tiene ninguna responsabilidad. Creo que Masamune-dono autorizó el uso de su arma. Es un instrumento maravilloso.

Hannibal envainó la espada corta y con un gesto respetuoso hacia la armadura, volvió a colocarla en su sitio.

—Está temblando —dijo el chico—. Está serena, pero tiembla como un pajarillo. Jamás me habría acercado a usted sin unas flores. La amo, lady Murasaki.

Abajo, en el patio, la sirena bitonal de un coche de policía francés sonó una sola vez. La mastín se levantó y salió ladrando.

Lady Murasaki corrió hacia Hannibal, lo cogió de las manos y se las llevó a la cara. Lo besó en la frente y luego, con un intenso susurro, dijo:

—¡Deprisa! ¡Lávate las manos! Chiyo tiene un aguamanil en el cuarto del servicio.

La aldaba de la entrada retumbó a lo lejos como un estruendo.

CAPÍTULO 24

Lady Murasaki hizo esperar al inspector Popil, contó cien latidos de su corazón antes de hacer su aparición en la escalera. Popil se encontraba justo en el centro del recibidor de altos techos, en compañía de su ayudante, y estaba mirándola a ella, que se hallaba en el descansillo. Lady Murasaki se fijó en que el inspector permanecía atento y tranquilo —parecía un hermoso arácnido situado justo delante de los parteluces arqueados—, y, a través de las ventanas, vio la infinita noche en el exterior.

A Popil se le cortó un tanto la respiración al ver a lady Murasaki. El sonido del suspiro se amplificó gracias a la cúpula del vestíbulo, y ella pudo oírlo.

Al descender fue como si avanzara sin necesidad de dar los pasos. Tenía las manos ocultas en las mangas.

Serge, con los ojos rojos, se echó a un lado.

—Lady Murasaki, estos caballeros son de la policía.

—Buenas noches.

—Buenas noches, *madame*. Siento molestarla a tan altas horas de la noche. Necesito hacer un par de preguntas a su... ¿sobrino?

—Sobrino. ¿Puedo ver sus credenciales? —su mano apareció poco a poco por debajo del vestido, despojada de la tela. Lady Murasaki leyó el texto de la identificación y estudió con detenimiento la fotografía—. ¿Inspector Popil?

—Popil, *madame*.

—Lleva la Legión de Honor en la fotografía, inspector.

—Así es, *madame*.

—Gracias por haber venido en persona.

Una fragancia fresca y ligera llegó a Popil cuando le devolvió los papeles. Ella le miró fijamente a la cara para ver cómo reaccionaba, y lo vio: el leve movimiento de las fosas nasales y el movimiento de las pupilas.

—¿Madame...?

—Murasaki Shikibu.

—Madame es la condesa Lecter, a la que se le concede el trato apropiado a su título japonés: lady Murasaki —explicó Serge, muy valiente, por cierto, al dirigirse a un policía.

—Lady Murasaki, quisiera hablar con usted en privado, y luego, por separado, con su sobrino.

—Con el debido respeto por su trabajo, me temo que eso no será posible, inspector —respondió lady Murasaki.

—Oh, *madame*, es del todo posible —replicó el inspector Popil.

—Es usted bienvenido en nuestro hogar, y le invito a hablar con nosotros dos, pero juntos.

—Buenas tardes, inspector —saludó Hannibal desde la escalera.

—Joven, deseo que me acompañe.

Lady Murasaki se dirigió a Serge.

—¿Te importaría traerme el chal?

—Eso no será necesario, *madame* —dijo Popil—. Usted no tendrá que venir. La entrevistaré aquí, mañana. Su sobrino no sufrirá daño alguno.

—Está bien, *milady* —la tranquilizó Hannibal.

Lady Murasaki abrió los puños dentro de las mangas, un tanto aliviada.

CAPÍTULO 25

La sala de embalsamamientos estaba a oscuras y en silencio, salvo por el lento goteo de la pila. El inspector se encontraba con Hannibal en la entrada, las gotas de lluvia les mojaban los hombros y el calzado.

Momund estaba dentro. Hannibal lo olía. Esperó a que Popil encendiera la luz, interesado en saber de cuánto tiempo sería la pausa dramática que pretendía hacer el policía.

—¿Crees que reconocerías a Paul Momund si volvieras a verlo?

—Haré todo lo posible, inspector.

Popil encendió la luz. El encargado de pompas fúnebres había desvestido el cuerpo de Momund y había guardado la ropa en bolsas de papel, tal como le habían indicado. El cuerpo estaba cosido por el abdomen con toscas puntadas y tendido sobre una tela impermeable de plástico; había una toalla sobre el cuello mutilado.

—¿Recuerdas el tatuaje del carnicero?

Hannibal caminó alrededor del cuerpo.

—Sí. No lo había leído.

El chico miró al inspector Popil desde el otro lado del cadáver. En sus ojos distinguió la bruma de la suspicacia.

—¿Qué significa? —preguntó el inspector.

—«Aquí está el mío, ¿dónde está el tuyo?»

—Quizá debiera decir: «Aquí está el tuyo, ¿dónde está lo mío?». Aquí está tu primer muerto, ¿dónde está mi cabeza? ¿Tú qué opinas?

—Creo que eso es algo impropio de usted. O eso espero. ¿Esperaba que le sangraran las heridas en mi presencia?

—¿Qué le dijo este carnicero a la señora, que te puso tan furioso?

—No me puse furioso, inspector. Con sus palabras ofendió a quienquiera que lo oyera, incluido yo. Era un grosero.

—¿Qué dijo, Hannibal?

—Preguntó si era verdad que los coñitos japoneses son horizontales, inspector. Le gritó: «¡Eh, *japonaise*!».

—Horizontal —el inspector siguió la línea de puntos del abdomen de Paul Momund, sin llegar a tocar la piel—. Horizontal, ¿como esto? —el inspector miró fijamente la cara del chico en busca de algún gesto. No lo vio. No vio nada, así que le hizo otra pregunta.

—¿Cómo te sientes al verlo muerto?

Hannibal echó un vistazo bajo la toalla que le tapaba el cuello decapitado.

—Desapegado —respondió.

El polígrafo instalado en la comisaría fue el primero que veía la policía del pueblo, y despertaba la curiosidad de los agentes. El experto que lo manejaba había llegado de París con el inspector Popil, había hecho una serie de ajustes, algunos por puro teatro, mientras los tubos se calentaban y el aislamiento térmico añadía cierto olor a algodón recién planchado al ya viciado ambiente de sudor y cigarrillos. Cuando estuvo todo dispuesto, el inspector, mirando alternativamente a la máquina y a Hannibal, sacó a todo el mundo de la sala. Sólo quedaron el chico, el agente que manejaba la máquina y él. El experto conectó el instrumento al cuerpo de Hannibal.

—Di tu nombre —ordenó el agente.

—Hannibal Lecter —el chico tenía la voz ronca.

—¿Cuántos años tienes?

—Trece.

Las agujas de tinta pasaban con suavidad por el papel del polígrafo.

—¿Cuánto tiempo hace que vives en Francia?

—Seis meses.

—¿Conocías al carnicero Paul Momund?

—No nos habían presentado.

Las agujas no se estremecieron.

—Pero sabías quién era.

—Sí.

—¿Tuviste un altercado, es decir, una pelea, con Paul Momund en el mercado el jueves?

—Sí.

—¿Vas al colegio?

—Sí.

—¿En tu colegio hay que llevar uniforme?

—No.

—¿Sabes algo que te inculpe de la muerte de Paul Momund?

—¿Algo que me inculpe?

—Limítate a responder sí o no.

Los picos y los valles dibujados por las líneas de tinta son constantes. No hay aumento de la presión sanguínea, ni aceleración de los latidos, la respiración es constante y pausada.

—Sabes que el carnicero está muerto.

—Sí.

El operador del polígrafo hizo varios ajustes toqueteando los mandos de la máquina.

—¿Has estudiado matemáticas?

—Sí.

—¿Has estudiado geografía?

—Sí.

—¿Has matado a Paul Momund?

—No.

No apareció ningún pico que destacara entre las líneas de tinta. El experto se quitó las gafas, y le hizo una seña al inspector Popil, quien cesó el interrogatorio.

Un conocido ladrón de Orléans con una extensa ficha policial ocupó el lugar de Hannibal en la silla. El ladrón esperó mientras el inspector Popil y el experto hablaban en el vestíbulo de la entrada.

Popil retiró el carrete de papel.

—Frío como el hielo.

—El chico no reacciona con nada —dijo el experto—. Es un huérfano aturdido por la guerra, tiene un grado monstruoso de autocontrol.

—*Monstruoso* —repitió Popil.

—¿Quiere interrogar primero al ladrón?

—Él no me interesa, pero sí quiero que usted lo interrogue. Y puede que yo le dé una buena tunda delante del chico. ¿Me entiende?

En la bajada del camino que conducía al pueblo, una moto avanzaba sin luces y con el motor apagado. El conductor llevaba un mono negro y un pasamontañas del mismo color. La motocicleta dobló la esquina en silencio por un extremo de la plaza solitaria, desapareció por un instante tras una furgoneta del servicio postal aparcada delante de la oficina de correos y siguió adelante. El piloto pedaleó todo lo que daba de sí, no encendió el motor hasta que llegó a la cuesta que conducía a la salida del pueblo.

El inspector y Hannibal estaban sentados en el despacho del comandante. Popil leyó la etiqueta de la botella de Clanzoflat del comandante y pensó en tomar un trago.

Luego colocó el carrete del polígrafo sobre el escritorio y lo empujó con el dedo. El carrete se desplegó y reveló su línea de pequeños picos. Los picos parecían estribaciones de una montaña ensombrecidas por las nubes.

—¿Has matado al carnicero, Hannibal?

—¿Puedo hacerle una pregunta?

—Sí.

—Ha llegado desde París y eso está muy lejos, ¿acaso es usted especialista en muertes de carniceros?

—Mi especialidad son los crímenes de guerra, y Paul Momund era sospechoso de varios de ellos. Los crímenes de guerra no terminan con la guerra, Hannibal —Popil hizo una pausa para leer el anuncio de ambas caras del cenicero—. Puede que yo entienda tu situación mejor de lo que imaginas.

—¿Y cuál es mi situación, inspector?

—Te quedaste huérfano durante la guerra. Viviste en una institución, estabas enajenado, tu familia había muerto. Al final, tu hermosa madrastra compensó todo ese sufrimiento —Popil apoyó una mano en el hombro de Hannibal, pretendía acercarse al chico—. Basta con oler su perfume para que se esfume el hedor del hospicio. Y entonces el carnicero la mancilló con su porquería. Si lo has matado, yo lo entendería. Cuéntamelo. Juntos podremos explicárselo al juez...

Hannibal se echó hacia atrás para zafarse del contacto con Popil.

—«Basta con oler su perfume para que se esfume el hedor del hospicio.» ¿Puedo preguntarle si escribe poesía, inspector?

—¿Has matado al carnicero?

—Paul Momund se suicidó. Murió de estupidez y grosería.

El inspector Popil tenía una experiencia y unos conocimientos muy amplios de lo monstruoso, y ésa era la voz que había estado buscando; tenía un timbre ligeramente distinto y era sorprendente que saliera de la garganta de un chico.

No había escuchado jamás una longitud de onda así, pero la reconoció como distinta. Había pasado bastante tiempo desde la última vez que había sentido la emoción de la cacería, la capacidad de la mente contrincante para atraparlo. Podía sentirlo en la nuca y los antebrazos. Había nacido para eso.

Por una parte deseaba que el ladrón que esperaba fuera hubiera matado al carnicero. Aunque, por otra, pensaba en lo sola y necesitada de compañía que se sentiría lady Murasaki si el chico entraba en un reformatorio.

—El carnicero estaba pescando. Había sangre y escamas en su cuchillo, pero no tenía peces. El chef me ha contado que llevaste un pescado magnífico para la cena. ¿De dónde lo sacaste?

—Del agua, inspector. Siempre tenemos cebo puesto en una cuerda bajo el embarcadero. Se lo mostraré, si quiere. Inspector, ¿usted escogió la especialidad de crímenes de guerra?

—Sí.

—¿Porque perdió a su familia en la guerra?

—Sí.

—¿Puedo preguntar cómo?

—Algunos murieron en combate. Otros fueron enviados al Este.

—¿Ha cogido a los que lo hicieron?

—No.

—Pero eran hombres de Vichy, como el carnicero.

—Sí.

—¿Podemos ser completamente sinceros el uno con el otro?

—Por supuesto.

—¿Siente la muerte de Paul Momund?

En un extremo de la plaza, el barbero del pueblo, M. Rubin, salió de la parte arbolada de la calle para iniciar su paseo nocturno con su pequeño terrier. Tras pasarse el día conversando con sus clientes, M. Rubin seguía hablando con su perro por la noche. Apartó de un tirón al perro de la franja de césped de la oficina de correos.

—Deberías haber hecho tus cositas en el jardín de Felipe, donde nadie miraba —dijo M. Rubin—. Aquí pueden ponerte una multa. Tú no tienes dinero, y tendría que pagarla yo.

Delante de la oficina de correos había un buzón sujeto a un poste. El perro tiró de la correa en esa dirección y levantó una pata.

Al ver una cara que asomaba por encima del buzón, Rubin dijo:

—Buenas noches, *monsieur* —y al perro—: ¡No vayas a molestar a *monsieur*! —el chucho gimoteó, y Rubin se dio cuenta de que no había piernas del otro lado del poste.

La motocicleta pasó a toda prisa por la vía de único sentido, prácticamente pisaba el haz de su tenue faro delantero. En un momento dado, cuando se aproximaba un coche en el sentido contrario, el piloto se escondió entre los árboles de la vereda hasta que los faros traseros del coche se perdieron de vista.

En el oscuro cobertizo del palacio, el faro de la motocicleta se apagó, y el motor traqueteaba mientras se enfriaba. Lady Murasaki se quitó el pasamontañas negro y se atusó el pelo con una mano.

Los haces de las linternas de los agentes convergieron sobre la cabeza de Paul Momund, colocada sobre el buzón. Tenía la palabra *«boche»* escrita en la frente, justo debajo de la línea del nacimiento del pelo. Los bebedores más trasnochadores y los trabajadores nocturnos se agolpaban a su alrededor para ver qué ocurría.

El inspector Popil acercó a Hannibal y se quedó observándolo a la luz que se reflejaba en el rostro del muerto. No detectó cambio alguno en la expresión del chico.

—Al final, la Resistencia ha matado a Momund —dijo el barbero, y le explicó a todo el mundo cómo lo había encontrado, omitiendo, convenientemente, las transgresiones cometidas por el chucho.

Algunos presentes opinaban que Hannibal no debería estar contemplando esa escena. Una mujer mayor, una enfermera del turno de noche que se dirigía a casa, lo comentó en voz alta.

Popil lo envió de regreso al palacio en un coche de policía. Hannibal llegó a su casa con la rosada luz del alba y cogió unas cuantas flores antes de entrar en la residencia. Les cortó el tallo para poder llevarlas en la mano sin que sobresalieran por debajo del puño. El poema con el que las acompañaría se le ocurrió mientras igualaba la longitud del ramo. En el estudio encontró el pincel de lady Murasaki, todavía húmedo, y lo utilizó para escribir.

La garza vuela
cuando sale la luna…
¿Cuál es más bella?

Hannibal durmió profundamente y se levantó tarde. Soñó con Mischa durante el verano previo a la guerra; la niñera y la tina de cobre en el jardín del refugio de caza, el sol calentaba el agua y las mariposas de la col revoloteaban en torno a Mischa mientras se bañaba. Él cortaba una berenjena para la pequeña y ella abrazaba la hortaliza violeta, calentada por los rayos del sol.

Al despertar encontró una nota bajo su puerta junto con una glicinia. La nota decía: «Debe escogerse la garza, si se está rodeado de ranas».

CAPÍTULO 26

Chiyo preparó su partida a Japón inculcando a Hannibal nociones básicas de su idioma, esperaba que así pudiera conversar con lady Murasaki y aliviarla de tener que hablar en inglés.

Descubrió que el chico era un discípulo aplicado en la tradición Heian de comunicación poética y lo inició en la práctica de intercambio de poemas. Además, aprovechó para hacerle la confidencia de que ése era uno de los puntos flacos de su futuro esposo.

Hizo jurar a Hannibal que cuidaría de lady Murasaki sometiéndolo a toda una serie de juramentos sobre objetos que ella creía que los occidentales consideraban sagrados. También ofreció plegarias a los espíritus del altar del desván, y un juramento de sangre para el que tuvieron que pincharse los dedos con un alfiler.

No podían detener el tiempo con sus buenos deseos. Cuando lady Murasaki y Hannibal hicieron las maletas para marcharse a París, Chiyo hizo lo propio para partir hacia Japón. Serge y Hannibal cargaron el baúl de Chiyo en el portaequipajes del tren en la Gare de Lyon, mientras lady Murasaki, que permanecía sentada en el tren sin separarse de su lado, la tuvo agarrada de la mano hasta el último minuto. No obstante, a juzgar por la ceremoniosa reverencia con la que se despidieron al final, cualquier testigo habría pensado que no las unía ningún lazo afectivo.

Durante el camino de regreso a casa, Hannibal y lady Murasaki sintieron la ausencia de Chiyo con intensidad. Desde ese momento estarían ellos dos solos.

El apartamento de París, en el que había vivido el padre de lady Murasaki antes de la guerra, era de un estilo muy nipón por su sutil juego de sombras y lacas. Si la viuda de Robert Lecter recordó a su padre al descubrir los muebles uno por uno, no lo manifestó.

Hannibal y ella descorrieron los pesados cortinajes y dejaron entrar la luz del exterior. El chico miró hacia la Place des Vosges, toda luminosidad, espaciosidad y cálidos baldosines de terracota; era una de las plazas más hermosas de París pese a que el jardín tenía un aspecto dejado a causa de la guerra.

Allí, en ese mismo campo, el rey Enrique II compitió en un torneo con los colores de Diana de Poitiers y cayó abatido a causa de graves heridas en un ojo; ni siquiera pudo salvarlo Vesalio, quien no se apartó de su lecho.

Hannibal cerró un ojo y especuló sobre el lugar exacto en que habría caído Enrique: seguramente justo donde se encontraba el inspector Popil en ese instante, con una maceta en las manos y mirando hacia las ventanas. Hannibal no lo saludó.

—Creo que tiene una visita, *milady* —dijo sin darse la vuelta.

Lady Murasaki no preguntó de quién se trataba. Cuando oyó que llamaban a la puerta, esperó un rato antes de ir a abrir.

Popil entró con su planta y una bolsita de bombones de Fauchon. Se armó un pequeño lío cuando intentó quitarse el sombrero mientras sostenía los paquetes. Lady Murasaki le agarró el sombrero.

—Bienvenida a París, lady Murasaki. La florista me ha jurado que esta planta sobrevivirá en su balcón.

—¿Balcón? Vaya, me temo que está usted investigándome, inspector, ya ha averiguado incluso que tengo un balcón.

—No sólo eso, he confirmado la existencia de un recibidor y tengo fundadas sospechas de que hay una cocina en el apartamento.

—¿Así que investiga de habitación en habitación?

—Sí, en eso consiste mi método, procedo de habitación en habitación.

—¿Y hasta dónde llega? —lady Murasaki descubrió cierto rubor en las mejillas del inspector y lo dejó estar—. ¿La ponemos donde le dé la luz?

Hannibal estaba desembalando la armadura cuando llegaron hasta donde se encontraba, y se quedó junto al cajón de embalaje sosteniendo la máscara de samurái. No se volvió por completo hacia el inspector Popil, sino que movió la cabeza como un búho para mirar al policía. Al ver el sombrero del inspector en manos de lady Murasaki, Hannibal calculó el diámetro y el peso de su cabeza: 19,5 centímetros y seis kilos.

—¿Te la pones alguna vez? Me refiero a la máscara —preguntó el inspector Popil.

—Todavía no soy merecedor de tal honor.

—Me sorprende.

—¿Se pone usted siempre todas sus condecoraciones, inspector?

—Cuando la ocasión lo requiere.

—Bombones de Fauchon. ¡Qué considerado, inspector Popil! Harán que se esfume el hedor del hospicio.

—Pero no la esencia a aceite de clavo. Lady Murasaki, necesito que hablemos de su permiso de residencia.

Popil y lady Murasaki conversaron en el balcón. Hannibal los observaba a través de la ventana y rectificó el cálculo que había hecho del tamaño respecto del sombrero de Popil, medía veinte centímetros. En el transcurso de la conversación, el inspector y lady Murasaki cambiaron la planta de sitio varias veces para favorecer su exposición a la luz. Era como si necesitaran algo que hacer con las manos.

Hannibal no siguió desembalando la armadura, sino que se arrodilló junto al cajón y puso la mano en el mango estriado de la espada corta. Observó a Popil a través de los ojos de la máscara.

Vio a lady Murasaki reír. Pensó que el inspector debía de estar haciendo algún intento estúpido de resultar gracioso y que ella se reía por cortesía. Cuando volvieron a entrar, la viuda de Robert Lecter los dejó a los dos solos.

—Hannibal, tu tío, antes de morir, estaba intentando averiguar qué le había ocurrido a tu hermana en Lituania. Yo también puedo intentarlo. Ahora las cosas están difíciles en el Báltico, los soviéticos ofrecen su colaboración, pero no siempre. Yo me encargaría personalmente del seguimiento de la investigación.

—Gracias.

—¿Qué recuerdas?

—Vivíamos en el refugio de caza. Hubo una explosión. Puedo recordar que me recogieron unos soldados y me llevaron en un tanque hasta el pueblo. No recuerdo nada en aquel ínterin. Intento recordar, pero soy incapaz.

—He hablado con el doctor Rufin.

No hubo ninguna reacción visible por parte del chico.

—No ha entrado en detalles sobre las conversaciones que ha mantenido contigo.

Tampoco ese comentario tuvo respuesta.

—Pero dice que estás muy preocupado por tu hermana, como era de imaginar. Dice que, con el tiempo, recuperarás la memoria. Si recuerdas algo, cuando sea, por favor, cuéntamelo.

Hannibal miró al inspector fijamente.

—¿Por qué no iba a hacerlo? —deseó poder oír un reloj. Habría sido bueno oír un reloj.

—Cuando hablamos después del... del incidente de Paul Momund, te conté que había perdido a algunos familiares en la guerra. Me cuesta bastante pensar en ello. ¿Sabes por qué?

—Dígamelo, inspector.

—Porque creo que podría haberlos salvado, me da pánico descubrir que podría haber hecho algo que no hice. Si sientes el mismo miedo que yo, no dejes que eso obstruya algún recuerdo que podría ayudar a Mischa. Puedes contarme cualquier cosa.

Lady Murasaki entró en la habitación. Popil se levantó y cambió de tema.

—El Liceo es una buena escuela y tú te has ganado el derecho a ingresar en ella. Si puedo ayudarte, lo haré. Me pasaría por allí a verte de vez en cuando.

—Aunque preferiría venir de visita aquí —dijo Hannibal.

—Donde será bienvenido —añadió lady Murasaki.

—Buenas tardes, inspector —se despidió Hannibal.

Lady Murasaki acompañó a Popil a la salida y regresó, enfadada.

—Usted le gusta al inspector, se lo veo en la cara —dijo Hannibal.

—¿Qué ve él en la tuya? Es peligroso atormentarlo.

—Le parecerá aburrido.

—Tú me pareces grosero. Esa conducta no es típica de ti. Si quieres ser grosero con un invitado, hazlo en tu propia casa —dijo lady Murasaki.

—Lady Murasaki, quiero quedarme aquí, con usted.

La abandonó la furia que sentía.

—No, pasaremos las vacaciones y los fines de semana juntos, pero debes estar interno en la escuela, como mandan los cánones. Sabes que mi mano siempre estará en tu corazón —y se la puso sobre el pecho.

En su corazón. La mano que sostuvo el sombrero de Popil estaba en su corazón. La mano que sostuvo el cuchillo en la garganta del hermano de Momund. La mano que agarró el pelo del carnicero y tiró su cabeza en un saco y la colocó sobre el buzón. Su corazón latía contra la palma de ella. Su rostro era espectral.

CAPÍTULO 27

Las ranas se habían conservado en formol desde antes de la guerra, y el color que otrora diferenciaba sus órganos se había desteñido hacía tiempo. Había una para cada seis estudiantes en el hediondo laboratorio de la escuela. Un círculo de escolares se aglomeraba en torno a cada bandeja donde descansaba el diminuto cadáver; las cascarillas de las mugrientas raspaduras ensuciaban la mesa mientras los chicos tomaban notas. El aula estaba fría, el carbón todavía se racionaba, y algunos alumnos llevaban mitones.

Hannibal llegó, echó un vistazo a la rana y regresó a su pupitre a trabajar. Hizo dos viajes. El profesor Bienville sentía el típico recelo del profesorado hacia cualquiera que decidiera sentarse al fondo de la clase. Se acercó a Hannibal por un lado, sus sospechas se justificaron cuando vio que el chico estaba dibujando una cara en lugar de una rana.

—Hannibal Lecter, ¿por qué no estás dibujando el batracio?

—Ya lo he terminado, señor —levantó la hoja donde estaba dibujando y justo debajo estaba la rana, representada a la perfección, en la misma posición anatómica y dentro de una circunferencia, como el dibujo del hombre de Leonardo. Los órganos internos estaban sombreados y degradados.

El profesor observó con detenimiento el rostro de Hannibal. Se reacomodó la dentadura con la lengua y dijo:

—Me llevaré el dibujo. Hay alguien que debería verlo. Mereces que se te reconozca el mérito —el profesor volvió a poner la hoja de arriba en la libreta de Hannibal y miró la cara—. ¿Quién es?

—No estoy seguro, señor. Es una cara que he visto en alguna parte.

De hecho, era la cara de Vladis Grutas, pero Hannibal no sabía cómo se llamaba. Era un rostro que había visto en la luna y en la bóveda de la medianoche.

Fue un año de luz gris visto a través de las ventanas de clase. Al menos, la luz era lo bastante difusa como para dibujar, y las aulas iban cambiando a medida que los profesores lo adelantaban de curso una vez, y otra, y otra más.

Al final llegaron las vacaciones.

En ese primer otoño desde la muerte del conde y la marcha de Chiyo, las pérdidas que sufrió lady Murasaki empezaron a hacerle mella. Cuando su marido estaba vivo organizaba cenas otoñales en un prado cercano al palacio, con el conde Lecter, Hannibal y Chiyo, para contemplar la luna llena y oír a los insectos estacionales.

Ahora, en el balcón de su casa de París, leía a Hannibal una carta de Chiyo sobre los preparativos de su boda, y juntos contemplaban la luna cerúlea en su proceso de crecimiento, aunque no había grillo alguno que oír.

A primera hora de la mañana, Hannibal recogió su futón del salón y se fue a pasear en bicicleta por la orilla del Sena hasta el Jardin des Plantes, donde realizó una de sus frecuentes visitas a la casa de fieras. Encontró una novedad, una nota garabateada con una dirección…

Diez minutos de recorrido en dirección sur, entre la place Monge y la rue Ortolan, y llegó a la tienda: *POISSONS TROPICAUX, PETITS OISEAUX, ANIMAUX EXOTIQUES.*

Hannibal sacó un pequeño cuaderno de la alforja y entró en la tienda.

Había acuarios colocados a distintos niveles y jaulas en el escaparate de reducidas dimensiones, se oían píos, gorjeos y el chirrido de las ruedas de los hámsteres. Olía a alpiste, a plumaje cálido y a comida para peces.

Desde una jaula que estaba detrás de la caja registradora, un enorme loro se dirigió a Hannibal en japonés. Un anciano nipón con expresión de placidez salió de la trastienda, donde estaba cocinando.

—*Gomen kudasai, monsieur*? —dijo Hannibal.

—*Irasshaimase, monsieur.*

—*Irasshaimase, monsieur* —repitió el loro.

—¿Vende grillos *suzumushi, monsieur*?

—*Non, je suis desolé, monsieur* —respondió el propietario.

—*Non, je suis desolé, monsieur* —repitió el loro.

El tendero miró con el gesto torcido al ave y cambió al inglés para confundir al intruso pajarraco.

—Tengo toda una selección de grillos luchadores. Fieros combatientes, siempre victoriosos, famosos en cualquier justa entre ortópteros.

—Se trata de un regalo para una señora de Japón que añora el canto de los *suzumushi* en esta época del año —aclaró Hannibal—. Un grillo normal y corriente resultaría inapropiado.

—Jamás recomendaría un grillo francés, cuyo canto es agradable sólo en la estación correspondiente. Pero no tengo *suzumushi* a la venta. Tal vez a la señora le complacería tener un loro con un extenso vocabulario japonés, cuyas expresiones se adecúan a cualquier estilo de vida.

—¿No tiene usted un *suzumushi* propio?

El dueño de la pajarería se quedó mirando en lontananza durante un rato. La ley de importación de insectos y sus larvas era un tanto confusa en esa república recién nacida.

—¿Le gustaría oírlo?

—Sería un honor —respondió Hannibal.

El anciano desapareció detrás de una cortina por la trastienda y regresó con una pequeña jaula de grillos, un pepino y un cuchillo. Colocó la jaula en el mostrador y, ante la atenta mirada del loro, cortó una rodajita de pepino y la encajó entre los barrotes de la jaula. En unos segundos se oyó el cricrí del *suzumushi.* El propietario escuchó con expresión beatífica cuando la melodía volvió a sonar.

El loro imitó el canto del grillo lo mejor que pudo, con voz chillona e insistencia. Al ver que nadie le hacía caso, se volvió molesto y airado, y a Hannibal le recordó al tío Elgar. El propietario lo tapó con un trapo.

—*Merde* —blasfemó el ave bajo el paño.

—¿Cree que podría pagarle por los servicios del *suzumushi,* alquilarle uno, por así decirlo, unas semanas?

—¿Qué tarifa consideraría apropiada? —preguntó el propietario.

—Había pensado en un trueque —dijo Hannibal. Sacó el dibujo de un escarabajo sobre un tallo curvo hecho con plumilla y tinta.

El anciano, que sostenía el dibujo con sumo cuidado por los bordes de la hoja, lo volvió hacia la luz y lo apoyó contra la caja registradora.

—Lo consultaré con mis asociados. ¿Podría regresar después del almuerzo?

Hannibal se fue a pasear, compró una ciruela en el mercado y se la comió. Había una tienda de deportes con cabezas de trofeos de caza en el escaparate: un carnero y un íbice. Apoyada en un rincón de la vitrina había una hermosa escopeta de dos cañones. Tenía una culata preciosa: la madera parecía haber crecido alrededor del metal, y juntos, madera y metal, tenían la sinuosa apariencia de una bonita serpiente.

El arma poseía la misma elegancia y belleza que lady Murasaki. Ese pensamiento le resultó perturbador bajo la mirada atenta de las cabezas de los trofeos.

El propietario estaba esperándolo con el grillo.

—¿Me devolvería la jaula después de octubre?

—¿No existe la posibilidad de que sobreviva al otoño?

—Tal vez dure todo el invierno, si lo mantiene caliente. Puede traerme la jaula cuando... cuando lo crea conveniente —le dio el pepino a Hannibal—. No se lo dé todo de una vez —aconsejó.

Lady Murasaki llegó del balcón tras realizar sus plegarias, sus pensamientos otoñales todavía eran visibles en su expresión.

La cena se sirvió en la mesa baja del balcón, a la luz de un luminoso crepúsculo. Llevaban ya tiempo comiendo tallarines cuando, cebado con el pepino, el grillo la sorprendió con su cristalino cricrí, cantando desde su oculto escondite bajo las flores. Lady Murasaki pensó que se lo había imaginado. El ortóptero volvió a cantar: era la prístina melodía del *suzumushi.*

Lo vio todo claro y regresó al presente. Sonrió a Hannibal.

—Te observo, y el grillo canta al son de mi corazón.

—Mi corazón salta al verla, *milady*, porque usted le enseñó a cantar.

La luna salió con el canto del *suzumushi.* Fue como si el balcón levitara con ella, llevado hasta la luz palpable del astro nocturno, elevándolos a un lugar por encima de la tierra gobernada por fantasmas, un lugar sin maldiciones. Con estar allí juntos, les bastaba.

Con el tiempo, contaría que le habían prestado el grillo, que debía devolverlo cuando la luna menguara. Era preferible no quedárselo muchos meses durante el otoño.

CAPÍTULO 28

Lady Murasaki vivía con una elegancia especial que conseguía a fuerza de aplicación y buen gusto, y lo hacía con el remanente que le había quedado tras vender el palacio y pagar los impuestos de defunción. Le habría dado a Hannibal todo cuanto le hubiera pedido, pero el chico no pedía nada.

Robert Lecter había previsto para su sobrino los gastos mínimos escolares, pero no los extras.

El elemento más importante de ese «presupuesto» era una carta de puño y letra de Hannibal. Estaba firmada por un tal doctor Gamil Jolipoli, alergólogo, y advertía a la escuela de que Hannibal sufría una grave reacción al polvo de tiza, y que debía sentarse lo más lejos posible de la pizarra.

Puesto que sus calificaciones eran excepcionales, sabía que los profesores no se preocuparían por lo que estuviera haciendo mientras el resto de los alumnos no viera ni siguiera su mal ejemplo.

Sentado solo al fondo de la clase, podía realizar dibujos de tinta y acuarela al estilo de Musashi Miyamoto mientras escuchaba a medias la lección.

En París todo lo procedente de Japón estaba de moda. Los dibujos eran pequeños y encajaban bien con el limitado espacio que quedaba en las paredes de los apartamentos parisinos; además, podían guardarse con facilidad en la maleta de un turista. Los firmaba con el símbolo llamado Eternidad en Ocho Trazos.

En el casco antiguo esos dibujos tenían salida en las pequeñas galerías de la rue des Saints-Pères y la rue Jacob, aunque algunas galerías le pedían que entregara sus obras cuando ya habían cerrado, para evitar que sus clientes supieran que el artista era un niño.

A finales de verano, mientras la luz del sol todavía iluminaba los Jardines de Luxemburgo al salir de clase, dibujaba los barcos de juguete del estanque mientras esperaba la hora de cierre de las galerías. Luego se dirigía hacia el barrio de Saint-Germain a vender los dibujos. Estaba a punto de ser el cumpleaños de lady Murasaki y le había echado el ojo a una pieza de jade de la place Furstenberg.

Logró enviar el dibujo de un barco a un decorador de la rue Jacob, pero reservaba las representaciones al estilo japonés para una pequeña galería de extracción dudosa de la rue des Saints-Pères. Los dibujos quedaban más vistosos enmarcados, y había encontrado a un buen enmarcador que le fiaba.

Llevó sus obras en una mochila hasta el boulevard Saint-Germain. Las terrazas de los cafés estaban al completo y los payasos de las aceras acosaban a los transeúntes para regocijo del público del Café de Flore. En las callejuelas próximas al río, la rue Saint-Benoît y la rue de l'Abbaye, los clubes de jazz todavía estaban cerrados a cal y canto, pero los restaurantes ya habían abierto.

Hannibal intentaba olvidar su almuerzo en el colegio, un entrante conocido con el nombre de «reliquias de mártir», mientras leía los menús con profundo interés al pasar por delante de los comedores. Pronto esperaba tener dinero para poder pagar una comida de cumpleaños, y buscaba erizos de mar.

Monsieur Leet, de la Galerie Leet, estaba afeitándose para una cita vespertina cuando Hannibal tocó el timbre. Las luces todavía estaban encendidas en la galería, aunque las cortinas estaban echadas. Leet tenía la típica impaciencia de los belgas con los franceses y un deseo malsano de desplumar a los estadounidenses, de quienes creía que comprarían cualquier cosa.

La galería tenía en su haber sofisticados cuadros de pintores figurativos, pequeñas estatuillas y antigüedades, y era conocida por sus marinas y paisajes costeros.

—Buenas noches, monsieur Lecter —lo saludó Leet—. Es un verdadero placer verle por aquí. Confío en que todo le vaya bien. Debo pedirle que espere mientras embalo un cuadro, tiene que salir esta noche para Filadelfia, en Estados Unidos.

Hannibal sabía por experiencia que un recibimiento tan ceremonioso solía ocultar alguna práctica licenciosa. Entregó a monsieur Leet los dibujos y su precio escrito con letra firme.

—¿Puedo echar un vistazo?

—Adelante.

Era agradable encontrarse lejos de la escuela, poder contemplar hermosos cuadros. Después de pasar la tarde dibujando barcos en el estanque, Hannibal estaba pensando en el agua, en las dificultades que suponía su representación. Pensó en la bruma de Turner y en sus colores, imposibles de imitar, y fue de cuadro en cuadro buscando el agua, el aire que se posaba sobre ella. Llegó frente a un cuadro pequeño apoyado en un caballete, el Gran Canal iluminado por la luz del sol, con Santa Maria della Salute al fondo.

Era un Guardi del castillo Lecter. Hannibal lo supo antes de ser consciente de ello: un destello de la memoria tras sus párpados y se encontró contemplando el cuadro conocido colocado en otro marco. Tal vez fuera una copia. Lo levantó del caballete y lo observó con detenimiento. El lienzo estaba manchado con una pequeña silueta de puntos marrones situada en la esquina superior izquierda. Era muy pequeño cuando oyó que sus padres comentaban que la mancha resultaba «chisposa», y él se había pasado varios minutos mirándola fijamente, a la espera de que saltaran «las chispas». El cuadro no era una copia. El marco empezó a quemarle en las manos.

Monsieur Leet entró en la habitación. Frunció el ceño.

—Si uno no tiene intención de comprar, no debe tocar. Aquí tiene su cheque —Leet rio—. Es bastante, pero no puede pagar el Guardi.

—No, hoy no. Quizá la próxima vez, monsieur Leet.

CAPÍTULO 29

El inspector Popil, molesto con los agudos tonos de la campanilla de la entrada, golpeó la puerta de la Galerie Leet de la rue des Saints-Pères. Tras el recibimiento del dueño de la galería, fue directo al grano.

—¿De dónde ha sacado el Guardi?

—Se lo compré a Kopnik cuando dividimos el negocio —respondió Leed. Se limpió la cara y pensó en el abominable aspecto afrancesado de Popil, con su chaqueta sin abertura trasera—. Me contó que se lo había comprado a un tal Finn, pero no me dijo el nombre.

—Enséñeme la factura —ordenó el inspector—. Está obligado a tener en este local la lista oficial de obras de arte robadas. Enséñemela también.

Leet comparó la lista de obras robadas con su propio catálogo.

—Mire, vea esto, el Guardi robado tiene una descripción diferente. Robert Lecter inscribió el título del cuadro robado como *Vista de Santa Maria della Salute,* y yo compré este cuadro con el nombre de *Vista del Gran Canal.*

—Tengo una orden judicial para requisar el cuadro, se llame como se llame. Le daré un recibo a cambio. Encuéntreme a ese tal Kopnik, monsieur Leet, y podrá ahorrarse muchos disgustos.

—Kopnik está muerto, inspector. Era mi socio en la empresa. Nos llamábamos Kopnik y Leet, aunque Leet y Kopnik habría sonado mejor.

—¿Tiene sus archivos?

—Debería tenerlos su abogado.

—Búsquelos, monsieur Leet. Búsquelos bien —dijo Popil—. Quiero saber cómo llegó ese cuadro desde el castillo Lecter hasta la galería Leet.

—Lecter —repitió Leet—. ¿Es el chico el que hace estos dibujos?

—Sí.

—Extraordinario —comentó Leed.

—Sí, extraordinario —respondió Popil—. Envuélvame el cuadro, por favor.

Dos días después, Leet apareció en el Quai des Orfèvres para presentar los documentos. Popil lo dispuso todo para que esperara sentado en el pasillo cerca de la sala de vistas número 2, donde estaba desarrollándose el escandaloso interrogatorio de un sospechoso de violación, puntualizado con porrazos y gritos. El inspector dejó que Leed se empapara de esa atmósfera durante quince minutos antes de recibirlo en su despacho privado.

El marchante de arte le entregó el recibo. En él se veía que Kopnik había comprado el Guardi a Emppu Makinen por ocho mil libras.

—¿Cree que esto es convincente? —preguntó Popil—. Yo no.

Leed se aclaró la garganta y miró al suelo. Pasaron un total de veinte segundos.

—El fiscal está ansioso por iniciar el proceso criminal contra usted, monsieur Leet. Es un calvinista de la línea dura, ¿lo sabía?

—El cuadro era...

Popil levantó la mano para interrumpirle.

—Por el momento quiero que se olvide del problema. Entienda que puedo intervenir a su favor si lo deseo. Quiero que me ayude. Quiero que lea esto —le pasó un legajo de varias páginas de papeleo legal mecanografiado a muy pocos espacios—. Ésta es la lista de artículos que la Comisión para la Recuperación de Obras de Arte trae a París del Centro de Recogida de Múnich. Todas son obras robadas.

—Para exponerlas en el museo Jeu de Paume.

—Sí, los demandantes podrán verlas allí. Segunda página, hacia la mitad. Lo he marcado con un redondel.

—*El puente de los Suspiros,* de Bernardo Bellotto, de treinta y seis por treinta centímetros, óleo sobre madera.

—¿Conoce ese cuadro? —preguntó Popil.

—He oído hablar de él, claro.

—Si éste es el original, lo robaron del castillo Lecter. ¿Sabe que lo comparan con otro cuadro del puente de los Suspiros...?

—De Canaletto, sí, pintado el mismo día.

—También robado del castillo Lecter, seguramente en la misma época y por la misma persona —apuntó Popil—. ¿Cuánto dinero conseguiría vendiendo los cuadros juntos en lugar de venderlos por separado?

—Cuatro veces más. Nadie con dos dedos de frente los separaría.

—Entonces, los separaron por error. Dos cuadros del puente de los Suspiros... Si la persona que los robó todavía posee uno de ellos, ¿no querría recuperar el otro? —preguntó Popil.

—Tendría muchas ganas de hacerlo.

—Habrá publicidad sobre este cuadro cuando esté colgado en el Jeu de Paume. Usted me acompañará a la exposición y juntos veremos quién va a echar un vistazo.

CAPÍTULO 30

La invitación que había recibido lady Murasaki le facilitó la entrada al Jeu de Paume pasando por delante de la gran multitud que bullía en los jardines de las Tullerías. Todos esperaban con impaciencia para ver las más de quinientas obras de arte traídas del Centro de Recogida de Múnich por la Comisión para la Recuperación de Obras de Arte y Documentación de las fuerzas aliadas, en un intento de encontrar a los propietarios por derecho.

Para un par de piezas era su tercer viaje entre Francia y Alemania, pues, en primer lugar, Napoleón las robó en Alemania y las llevó a Francia; luego se apoderaron de ellas los alemanes y se las llevaron a su país; por último, los aliados volvieron a llevarlas a tierras galas.

Lady Murasaki encontró en la planta baja del Jeu de Paume un increíble batiburrillo de imágenes occidentales. Sangrientos cuadros religiosos llenaban un extremo del vestíbulo, una carnicería de cristos crucificados.

Para encontrar algo de alivio se volvió hacia *Almuerzo de carne,* un alegre bodegón de un suntuoso banquete sin comensales, salvo una springer spaniel que estaba a punto de servirse un poco de jamón. Más allá había lienzos atribuidos a la Escuela de Rubens, con imágenes de mujeres de mejillas sonrosadas y de generosas proporciones, rodeadas de rechonchos bebés alados.

Allí fue donde el inspector Popil vio por vez primera a lady Murasaki con su Chanel de imitación, esbelta y elegante en comparación con los rosados desnudos de Rubens.

Popil no tardó en ver a Hannibal subiendo por la escalera desde la planta baja. El inspector no fue a saludarlos, sino que se quedó observando.

Y entonces se encontraron, la hermosa japonesa y su guardián. Popil estaba interesado en ver cómo se saludaban. Se detuvieron a un par de metros de distancia, pero no se saludaron con una reverencia; ambos reconocieron la presencia del otro con una sonrisa. Luego se fundieron en un abrazo. Ella besó a Hannibal en la frente y le acarició la mejilla, y enseguida se pusieron a conversar.

Sobre la afectuosa escena del saludo había colgada una copia bastante buena de *Judit decapitando a Holofernes,* de Caravaggio. Antes de la guerra Popil se habría quedado anonadado, ahora sintió un ligero cosquilleo en la nuca.

El inspector llamó la atención de Hannibal e hizo un gesto de asentimiento hacia el despacho que estaba cerca de la entrada, donde se encontraba esperando Leet.

—En el Centro de Recolección de Múnich dicen que el cuadro fue robado por un ladrón en la frontera polaca hace un año y medio —informó Popil.

—¿Ha largado? ¿Ha desvelado quién era su confidente? —preguntó Leet.

Popil sacudió la cabeza.

—El ladrón murió estrangulado en la prisión militar de Múnich a manos de un recluso alemán. El recluso desapareció esa misma noche, creemos que utilizó una de las rutas de escape para criminales de guerra nazis, la de Draganović. Se metió en un callejón sin salida.

—El cuadro está colgado en el rincón, es el número ochenta y ocho. Monsieur Leet dice que parece auténtico. Hannibal, ¿podrías saber si es el que estaba en tu casa?

—Sí.

—Si es tu cuadro, Hannibal, tócate la barbilla. Si se te acerca alguien, di que te alegras de verlo, y que no tienes más que curiosidad pasajera por saber quién lo había robado. Sé codicioso, quieres recuperarlo y venderlo lo antes posible, pero también quieres el cuadro que lo acompaña.

»Ponte difícil, Hannibal, muéstrate caprichoso —dijo Popil con un entusiasmo indecoroso—. ¿Crees que puedes hacerlo? Ten alguna pelea con tu tutora. La persona que observe la escena debe ser la interesada en entrar en contacto contigo, no al revés. Se sentirá más segura si vosotros dos estáis peleados. Insiste en contactar de alguna forma con ese individuo. Leet y yo nos iremos, danos un par de minutos antes de empezar con la farsa.

—Vamos —dijo Popil a Leet, quien se encontraba a su lado—. No estamos haciendo nada ilegal, no tiene que andar escondiéndose.

Hannibal y lady Murasaki estaban mirando una hilera de cuadros pequeños.

Allí estaba, a la altura de los ojos, *El puente de los Suspiros*. La visión de ese cuadro afectó a Hannibal más que el descubrimiento del Guardi; al contemplarlo vio el rostro de su madre.

Los demás visitantes iban avanzando con la lista de obras robadas en la mano y documentación sobre la propiedad en legajos que llevaban bajo el brazo. Entre ellos había un hombre alto con un traje tan inglés que la chaqueta parecía tener alerones en lugar de solapas.

Sostenía su lista enfrente de la cara, y se había situado cerca de Hannibal para oír lo que decía.

—Este cuadro estaba en la habitación de bordar de mi madre —dijo Hannibal—. Cuando salimos del castillo por última vez, ella me lo entregó y me dijo que se lo llevara al cocinero. Me advirtió que no estropeara la parte trasera.

Hannibal descolgó el cuadro de la pared y le dio la vuelta. Le brillaron los ojos. Allí, en el reverso de la pintura, estaba la silueta pintada con tiza de la mano de una niñita, prácticamente borrada, sólo quedaban el dedo pulgar y el índice. El dibujo estaba protegido con una hoja de papel cristal.

Hannibal se quedó mirándolo durante largo rato. En ese momento embriagador creyó ver que el dedo índice y el pulgar se movían, dibujando una onda casi en su totalidad.

Tuvo que hacer un esfuerzo por recordar las órdenes de Popil: «Si es tu cuadro, tócate la barbilla».

Respiró hondamente e hizo la señal.

—Es la mano de Mischa —le dijo a lady Murasaki—. Cuando tenía ocho años estaban encalando el piso de arriba. Este cuadro y el que lo acompaña pasaron a un diván de la habitación de mi madre y los envolvieron en una sábana. Mischa y yo nos metimos debajo, con los cuadros; era nuestra tienda de campaña, nosotros éramos nómadas del desierto. Yo saqué una tiza del bolsillo y dibujé la silueta de su mano para alejar a los espíritus malignos. Mis padres se enfadaron, pero el cuadro no sufrió daños, y al final hasta creo que les pareció gracioso.

Un hombre con sombrero de fieltro se acercaba a toda prisa con una identificación que le bailaba colgada al cuello.

«El hombre de la Comisión querrá hablar contigo, tú muéstrate taimado con él desde un principio», le había ordenado Popil.

—Por favor, no lo haga. Por favor, no lo toque —dijo el hombre.

—No lo tocaría si no me perteneciese —replicó Hannibal.

—Hasta que demuestre ser su propietario, no lo toque, o tendré que acompañarlo a la salida. Voy a buscar a alguien del Registro.

En cuanto el funcionario los dejó solos, el hombre con el traje inglés se pegó a ellos.

—Me llamo Alec Trebelaux —se presentó—. Puedo ayudarles.

El inspector Popil y Leet observaban la escena a unos veinte metros de distancia.

—¿Lo conoce? —preguntó Popil.

—No —respondió Leet.

Trebelaux invitó a Hannibal y a lady Murasaki a ir a un aparte, junto a una ventana alejada del cuadro. Tenía unos cincuenta años y la calva bastante tostada por el sol, como las manos. A la clara luz del día que entraba por la ventana, se hizo visible la caspa de las cejas. Hannibal no había visto a ese hombre en su vida.

La mayoría de los hombres se alegraban de ver a lady Murasaki. Trebelaux no manifestó ningún interés especial y ella lo percibió al instante, aunque sus ademanes eran afectados.

—Es un verdadero placer conocerla, *madame.* ¿Se trata de una cuestión de custodia?

—*Madame* es mi valiosa consejera —informó Hannibal—. Usted trate conmigo —«Sé codicioso», había dicho Popil. «Lady Murasaki será la voz de la moderación.»

—Sí, es una cuestión de custodia, *monsieur* —dijo lady Murasaki.

—Pero es mi cuadro —replicó Hannibal.

—Tendrá que presentar su solicitud en la vista ante los comisarios, y los tribunales lo tienen todo copado hasta dentro de un año y medio. El cuadro permanecerá incautado hasta entonces.

—Todavía estoy en el colegio, monsieur Trebelaux, he pensado que podría...

—Puedo ayudarte —dijo Trebelaux.

—Dígame cómo, *monsieur.*

—Tengo una vista programada por otra cuestión dentro de tres semanas.

—¿Es usted marchante de arte, *monsieur*? —preguntó lady Murasaki.

—Sería coleccionista si pudiera, *madame.* Pero para comprar tengo que vender. Es un placer tener objetos bellos en mis manos aunque sea durante un breve instante. La colección de su familia en el castillo Lecter era más que exquisita.

—¿Conocía la colección? —preguntó ella.

—Las pérdidas del castillo Lecter salían en la lista de la Comisión para la Recuperación de Obras de Arte. Las inscribió su difunto... Robert Lecter, creo.

—¿Y usted podría exponer mi caso en su vista? —preguntó Hannibal.

—Te representaría acogiéndome a la convención de La Haya de 1907; permite que te explique…

—Sí, por el artículo cuarenta y seis, hemos hablado de ello —dijo Hannibal mirando a lady Murasaki y humedeciéndose los labios para parecer codicioso.

—Pero hablamos de muchas opciones, Hannibal —añadió lady Murasaki.

—¿Y si no quiero vender, monsieur Trebelaux? —preguntó el chico.

—Tendrías que esperar tu turno para hablar ante la Comisión. Puede que por entonces ya seas un adulto.

—Este cuadro forma parte de una pareja, me lo contó mi marido —dijo lady Murasaki—. Su valor es mucho mayor si se venden juntos. ¿Por casualidad no sabrá usted dónde se encuentra el otro, el Canaletto?

—No, *madame.*

—Sería mucho más provechoso encontrarlo, monsieur Trebelaux —lo miró fijamente a los ojos—. ¿Puede decirme dónde podemos vernos de nuevo usted y yo? —preguntó con un leve énfasis en el «yo».

Le dio el nombre de un pequeño hotelito cerca de la Gare de l'Est, dio un apretón de manos a Hannibal, sin dejar de mirarle, y se perdió entre la multitud.

Hannibal se registró como demandante, y lady Murasaki y él se pasearon por el abarrotado revoltijo de obras de arte. Ver la silueta de la mano de Mischa le había dejado el cuerpo como adormecido, salvo en la cara, donde podía sentir el tacto de su hermana dándole palmaditas en la mejilla.

Se detuvo delante de un tapiz titulado *El sacrificio de Isaac* y se quedó mirándolo durante largo tiempo.

—En los pasillos de los pisos superiores había tapices —dijo—. Me ponía de puntillas, pero sólo llegaba a las partes inferiores.

Se dirigió hacia la esquina de la tela y la volvió para mirarla por detrás.

—Siempre he preferido este lado del tapiz. Los hilos y cuerdas que componen la imagen.

—Como una maraña de pensamientos —comentó lady Murasaki.

Soltó la esquina de la colgadura y Abraham se estremeció mientras agarraba con firmeza a su hijo por el cogote; allí estaba el ángel con la mano extendida para detener el cuchillo.

—¿Cree que Dios quería comerse a Isaac, y por eso le dijo que lo matara? —preguntó Hannibal.

—No, Hannibal. Claro que no. El ángel interviene a tiempo.

—No siempre —dijo Hannibal.

Cuando Trebelaux los vio salir del edificio, humedeció su pañuelo en el servicio de caballeros y regresó junto al cuadro. Echó una mirada furtiva a su alrededor. No había funcionarios del museo vigilando. Algo inquieto, descolgó el cuadro y, tras levantar el papel cristal, frotó con el pañuelo la silueta de la mano de Mischa para borrarla del reverso; bien podría haberse borrado por dejadez mientras había permanecido en fideicomiso. Sería el grado de decoloración necesario para diluir el valor sentimental.

CAPÍTULO 31

El oficial Rene Aden, vestido con sencillez, esperó en el exterior del hotel de Trebelaux hasta que vio luz en el descansillo del tercer piso. Luego se dirigió hacia la estación de trenes para tomar un bocado rápido y tuvo la suerte de regresar a su puesto a tiempo para ver a Trebelaux salir del hotel, portando, una vez más, una bolsa de deporte.

Trebelaux cogió uno de los taxis estacionados en fila que estaban en la entrada de la Gare de l'Est, cruzó el Sena hasta la sauna en la rue de Babylone y entró en ella. Aden aparcó su coche sin matrícula en una boca de incendios, contó cincuenta y entró en el vestíbulo de la sauna. El aire estaba cargado y olía a linimento. Los hombres, con albornoz, leían periódicos en diversos idiomas.

Aden no quería quitarse la ropa y perseguir a Trebelaux hasta el vapor. Era un hombre decidido, pero su padre había muerto a causa de una úlcera por pie de trinchera, y él no quería quitarse los zapatos en aquel lugar. Cogió un periódico por el mango de madera de un colgador y se sentó en una silla.

Trebelaux, con unos zuecos demasiado pequeños para él, recorrió cojeando toda una serie de habitaciones contiguas, llenas de hombres tirados sobre bancos de baldosas, entregados al calor.

Las saunas privadas se podían alquilar por intervalos de quince minutos. Se metió en la segunda; alguien le había pagado la entrada. Le costaba respirar y tuvo que desempañarse las gafas con la toalla.

—¿Por qué ha tardado tanto? —preguntó Leet entre el vapor—. Estoy a punto de derretirme.

—La recepcionista no me dio el mensaje hasta que ya me había acostado —respondió Trebelaux.

—La policía ha estado vigilándolo hoy en el Jeu de Paume, saben que el Guardi que me ha vendido está caliente.

—¿Qué los ha conducido hasta mí? ¿Usted?

—Difícilmente. Creen que usted sabe quién tiene los cuadros del castillo Lecter. ¿Lo sabe?

—No. Quizá alguno de mis clientes sí lo sepa.

—Si consigue el otro *Puente de los Suspiros,* yo podría ponerlos a la venta —dijo Leet.

—¿Dónde podría venderlos?

—Eso es asunto mío. Se trata de un comprador importante de Estados Unidos. Digamos que es una especie de institución. ¿Sabe algo o estoy aquí sudando para nada?

—Ya le informaré —respondió Trebelaux.

La tarde siguiente, Trebelaux compró un billete para Luxemburgo en la Gare de l'Est. El oficial Aden lo observó embarcar en el tren con su maleta. El mozo del equipaje no pareció muy satisfecho con la propina.

Aden hizo una llamada rápida al Quai des Orfèvres y subió a bordo del tren en el último minuto al tiempo que mostraba al revisor su identificación oculta en la mano.

La noche cayó cuando el tren se aproximaba a la estación de Meaux. Trebelaux cogió los útiles para afeitarse y se dirigió al baño. No obstante, bajó de un salto del tren, justo cuando éste reemprendía la marcha, y dejó su equipaje a bordo.

Había un coche esperándolo a una manzana de la estación.

—¿Por qué aquí? —preguntó Trebelaux al sentarse junto al conductor—. Podría haber ido a tu casa de Fontainebleau.

—Tenemos un asunto pendiente aquí —dijo el hombre que estaba al volante. Trebelaux lo conocía con el nombre de Christophe Kleber—. Un buen negocio.

Kleber condujo hasta la cafetería que estaba cerca de la estación, donde tomó una reconfortante cena; levantó el cuenco de la *vichyssoise* para aprovechar hasta la última gota. Trebelaux comiscó un poco de su ensalada Nicoise y acabó escribiendo sus iniciales en el borde del plato con las judías verdes.

—La policía ha localizado el Guardi —le dijo Trebelaux a Kleber cuando llegó el estofado de ternera al aroma de limón.

—Así que se lo has contado a Hercule. No deberías hablar de esas cosas por teléfono. ¿Cuál es la pregunta?

—Le han dicho a Leet que lo robaron en el este. ¿Es cierto?

—Por supuesto que no. ¿Quién lo pregunta?

—Un inspector de policía con una lista de la Comisión para la Recuperación de Obras de Arte. Dice que es robado. ¿Es cierto?

—¿Has visto el sello?

—Un sello ruso del Comisariado Popular para la Ilustración, ¿qué valor tiene eso? —preguntó Trebelaux.

—¿Dijo el policía a quién pertenecía cuando estaba en el este? Si es un judío, no importa, los aliados no van a devolver lo que se robó a los judíos. Los judíos están muertos. Los soviéticos se lo quedan.

—No es un simple policía, es un inspector de policía —aclaró Trebelaux.

—Y habla como un suizo. ¿Cómo se llama?

—Popil, o algo parecido.

—¡Vaya! —exclamó Kleber, limpiándose la boca con la servilleta—. Lo había imaginado. Entonces no hay problema. Lo tuve en nómina durante años. Es un completo patán. ¿Qué le ha contado Leet?

—Nada, todavía, pero Leet parecía nervioso. Por ahora le echa las culpas a Kopnik, su socio muerto —explicó Trebelaux.

—¿Leet no sabe nada, ni siquiera puede darnos una pista de dónde está el cuadro?

—Leet cree que lo tengo yo en Lausana, como acordamos. Sueña con recuperar su dinero. Le dije que lo consultaría con mi cliente.

—Se lo debo a Popil; yo me encargaré del cuadro, olvídalo todo. Tengo algo mucho más importante que hablar contigo. ¿Podrías viajar a Estados Unidos?

—Yo no paso cosas por la aduana.

—No tendrás que hacer nada en la aduana, sólo unas negociaciones durante tu estancia. Tienes que ver el material, luego volverás a echarle un vistazo sentado a la mesa de una sala de reuniones de un banco. Puedes viajar en avión, tómate una semana.

—¿De qué material se trata?

—Pequeñas antigüedades. Algunos iconos, un salero... Las veremos, y me darás tu opinión.

—¿Qué hay de lo otro?

—Considérate a salvo y fuera del asunto —dijo Kleber.

Kleber era su apellido sólo en Francia. Su nombre real era Petras Kolnas, y sabía cómo se llamaba el inspector Popil, pero no porque lo hubiera tenido en nómina.

CAPÍTULO 32

El barco del canal, el *Christabel,* estaba amarrado con un solo cabo en un muelle del río Marne, al este de París. En cuanto Trebelaux subió a bordo, la nave zarpó. Era un velero con sistema de doble timón holandés, de color negro, con camaretas bajas para poder pasar por debajo de los puentes y un jardín de macetas con arbustos floridos que decoraban la cubierta.

El propietario del barco, un hombre delgado con ojos de color azul claro y expresión afable, se encontraba en la pasarela para dar la bienvenida a Trebelaux e invitarlo a bajar.

—Me alegra conocerle —dijo el hombre, y le tendió la mano. El vello de esa mano le crecía hacia atrás, en dirección a la muñeca, y eso hizo que el suizo la considerase espeluznante—. Siga a monsieur Milko. Tengo las cosas preparadas abajo.

El propietario se quedó charlando con Kolnas en cubierta. Pasearon durante un rato entre las macetas de cerámica, y se detuvieron junto al único objeto espantoso que había en el jardín: un bidón de doscientos litros de gasolina con unos agujeros lo bastante grandes como para que cupiera un pez, con la parte superior recortada con un soplete y ajustada de cualquier forma con alambre. Había una lona de plástico extendida sobre la cubierta, justo debajo de ese contenedor. El propietario del barco golpeó el bidón metálico con suficiente fuerza como para hacerlo sonar.

—Vamos —dijo.

Al llegar al sollado abrió la puerta de un armario alargado. Contenía todo un arsenal: un fusil de francotirador Dragunov; una ametralladora americana Thompson; un par de subfusiles Schmeisser alemanes; cinco armas antitanque Panzerfaust para usarlas contra otros barcos, y toda una serie de pistolas. El propietario escogió un arpón de pesca con las puntas dentadas. Se lo pasó a Kolnas.

—No voy a hacerle muchos cortes —dijo el propietario con tono complacido—. Eva no está aquí para limpiar. Hazlo en cubierta, cuando sepamos qué es lo que ha contado. Pínchalo bien para que el bidón no reflote.

—Milko puede… —empezó a decir Kolnas.

—Él fue idea tuya, es tu problema, hazlo tú. ¿No cortas carne todos los días? Milko lo subirá muerto y te ayudará a cargarlo en el bidón cuando le hayas dado lo suyo. Quédate sus llaves y registra su habitación. Nosotros nos encargaremos del marchante Leet si es necesario. Nada de cabos sueltos. Y se acabó el arte durante un tiempo —sentenció el propietario del barco cuyo nombre en Francia era Victor Gustavson.

Victor Gustavson es un próspero hombre de negocios que comercia con morfina para exmiembros de las SS y nuevas prostitutas. Su nombre es un seudónimo de Vladis Grutas.

Leet seguía vivo, pero no tenía ninguno de los cuadros. Las obras estuvieron en una caja fuerte del gobierno durante años mientras el tribunal permaneció estancado en decidir si el acuerdo croata sobre las reparaciones podía aplicarse a Lituania. Entretanto, Trebelaux miraba ciego desde su bidón en el fondo del Marne, y había dejado de ser calvo, ahora tenía la cabeza hirsuta con pelo de algas verdes que se agitaban con la corriente, como los mechones que lucía en su juventud.

Durante años no apareció ningún otro cuadro del castillo Lecter.

Gracias a las buenas diligencias del inspector Popil, Hannibal Lecter obtuvo el permiso para visitar los cuadros en custodia durante los años que pasaron encerrados. Era exasperante permanecer sentado en el silencio adormecedor de la caja de seguridad, bajo la mirada atenta de un guardia, oyendo la respiración del hombre afectado de vegetaciones.

Hannibal mira el cuadro que tomó de manos de su madre y sabe que el pasado no era el pasado en absoluto; la bestia que puso su asquerosa zarpa sobre su piel y la de Mischa continúa respirando, está respirando ahora. Vuelve la vista desde *El puente de los Suspiros* hacia la pared y mira el reverso del cuadro durante varios minutos, la mano de Mischa se ha borrado, no es más que un recuadro en blanco donde él proyecta sus sueños de venganza.

Está creciendo y cambiando, o tal vez está despertando como lo que siempre ha sido.

II

Al decir que la piedad se esconde en la misma linde del bosque, me refería a la bestia indulgente con garras y fauces veloces y ensangrentadas.

LAWRENCE SPINGARN

CAPÍTULO 33

En el centro del escenario de la Ópera de París, se agotaba el tiempo del doctor Fausto en sus negociaciones con el Diablo. Hannibal Lecter y lady Murasaki observaban lo que ocurría desde la intimidad de un palco a la izquierda del escenario, mientras Fausto suplicaba no ser pasto de las llamas y era elevado hacia el cielo a prueba de incendios del gran teatro construido por Charles Garnier.

Hannibal, a sus dieciocho años, aplaudía a Mefistófeles y despreciaba a Fausto, aunque apenas había escuchado el clímax de la pieza. Estaba contemplando a lady Murasaki y empapándose de ella, la ópera le importaba un comino. Desde los palcos de enfrente les llegaban refracciones de luz cuando los caballeros apartaban los prismáticos de la escena para dirigirlos hacia lady Murasaki.

Gracias a las luces del escenario, sólo se veía la silueta de la hermosa dama, tal como la había visto Hannibal por primera vez en el palacio, cuando era niño.

Le vinieron a la memoria las imágenes ordenadas: *el lustroso plumaje de un hermoso cuervo que bebía de los charquitos acumulados en los canalones del tejado, el movimiento de una cortina en una de las ventanas del piso de arriba, el lustroso cabello de lady Murasaki, y, a continuación, su silueta.*

Hannibal había recorrido un largo camino por el puente de los sueños. Había crecido lo suficiente para vestir los trajes de noche del difunto conde, aunque lady Murasaki seguía teniendo exactamente el mismo aspecto.

Ella tenía la mano cerrada sobre su falda, y él oía el frufrú de la tela con más intensidad que la música. Al darse cuenta de que ella se había percatado de su mirada, la apartó, miró a su alrededor, al palco.

El palco en cuestión tenía carácter. Detrás de los asientos, oculto de los demás palcos, había un diván con patas de carnero donde los amantes podían recostarse mientras la orquesta tocaba su melodía en el foso. La temporada anterior, un anciano caballero había sufrido un infarto en el diván durante los últimos compases de *El vuelo del abejorro,* como Hannibal pudo saber gracias a la llegada de una ambulancia

Hannibal y lady Murasaki no estaban solos en el palco.

En los dos asientos de primera fila estaban el comisario de policía de la prefectura de París y su esposa, lo que dejaba pocas dudas sobre la procedencia de las entradas conseguidas por lady Murasaki. Se las había proporcionado el inspector Popil, claro. Había sido una feliz coincidencia que Popil no hubiera podido asistir, seguramente retenido por algún caso de asesinato; era de esperar que se tratara de una investigación peligrosa que lo retuviera durante largo tiempo, quizá hiciera mal tiempo en la calle, y pendiera sobre él la amenaza de un rayo de consecuencias fatales.

Las luces se encendieron, y el tenor Beniamino Gigli consiguió la ovación en pie que se merecía, y de un público exigente. El comisario de policía y su esposa se volvieron en el palco y estrecharon la mano a todo el mundo; las palmas de todos estaban adormecidas a causa de los aplausos.

La esposa del comisario tenía una mirada inteligente y curiosa. Vio a Hannibal, a quien sentaba como un guante el traje de noche del conde, y no pudo resistirse a hacer una pregunta.

—Mi marido me ha contado que es usted el alumno más joven admitido en una facultad de medicina de Francia, ¿es eso cierto?

—Faltan algunos expedientes, *madame*. Seguramente hubo estudiantes de cirugía…

—¿Es cierto que lee los libros de texto una vez y que luego los devuelve a la librería una semana después para recuperar todo el dinero de su importe?

Hannibal sonrió.

—Oh, no, *madame*. Eso no es del todo cierto —aclaró. «Me pregunto de dónde habrá sacado esa información. Del mismo lugar de donde sacó las entradas», pensó. Se acercó a la señora. En un intento de escapar, entornó los ojos mirando al comisario y se inclinó sobre la mano de la señora para susurrarle con fuerza—: Eso me parecería un crimen.

El comisario estaba de buen humor tras haber visto a Fausto sufrir por sus pecados.

—Joven, yo haré la vista gorda si confiesa la verdad a mi esposa.

—La verdad es, *madame*, que no me reembolsan todo el dinero. La librería tiene una tarifa de doscientos francos por las molestias causadas.

Por fin se marcharon y, por la majestuosa escalera de la Ópera, bajo la luz de las lámparas de pie *art déco,* Hannibal y lady Murasaki descendieron más rápido que Fausto para alejarse de la multitud. Los techos decorados con frescos de Pils se movían sobre sus cabezas; alas por todas partes, pintadas y esculpidas. Había taxis en la place de l'Opéra. El brasero de carbón de un vendedor ambulante impregnaba el aire con el tufillo de la pesadilla de Fausto. Hannibal hizo una seña para parar un coche.

—Me sorprende que le hayas hablado al inspector Popil sobre mis libros —dijo él, una vez en el interior del coche.

—Lo descubrió él solo —dijo lady Murasaki—. Se lo contó al comisario, y éste se lo contó a su mujer. Ella necesitaba coquetear. No sueles ser tan obtuso, Hannibal.

«Estar en público conmigo hace que se sienta incómoda, y eso se nota en su irritación.»

—Lo siento.

CAPÍTULO 34

—Tienes tiempo para el té —dijo lady Murasaki.

Lo llevó de inmediato hacia el balcón, pues sin duda alguna prefería estar en el exterior con él. Hannibal no sabía cómo sentirse en esa situación. Él había cambiado y ella no. Una pizca de brisa, y la llama de la lámpara de aceite se avivó. Cuando ella sirvió el té verde, él percibió el pulso en su muñeca y la suave fragancia que desprendía la manga de su kimono, que penetraba en él como un pensamiento propio.

—Carta de Chiyo —anunció lady Murasaki—. Ha anulado su compromiso. La diplomacia ya no va con ella.

—¿Es feliz?

—Eso creo. Era un buen enlace a la vieja usanza. ¿Cómo podría yo desaprobar sus actos...? Dice que está haciendo lo que yo hice, seguir los dictados del corazón.

—¿Siguiéndolos hasta dónde?

—Es un joven de la Universidad de Kyoto, de la facultad de ingeniería.

—Me gustaría saberla feliz.

—A mí me gustaría verte a ti feliz. ¿Duermes, Hannibal?

—Cuando hay tiempo. Echo cabezadas sobre una camilla cuando no puedo dormir en mi habitación.

—Ya sabes a qué me refiero.

—¿Que si tengo sueños? Sí. ¿No regresas a Hiroshima de vez en cuando, en sueños?

—Yo no provoco mis sueños.

—Necesito recordar, de la forma que sea.

Cuando estaban en la puerta, ella le entregó una tartera con un tentempié para la noche y unas bolsitas de manzanilla.

—Para que duermas —le dijo.

Besó a lady Murasaki en la mano: no con el gesto acompañado por una reverencia de cortesía francesa, sino que besó el anverso de la mano para poder saborearlo.

Repitió el haiku que le había escrito hacía tanto tiempo, la noche del carnicero.

La garza vuela
cuando sale la luna…
¿Cuál es más bella?

—Aquí no está la luna —dijo ella sonriendo y poniéndole la mano sobre el corazón como había hecho desde que el chico tenía trece años. Luego la retiró, y el lugar, abandonado por su tacto, se quedó helado—. ¿De verdad devuelves los libros?

—Sí.

—Entonces es que puedes recordar todo lo que hay en ellos.

—Todo lo importante.

—Así pues, puedes recordar que es importante no molestar al inspector Popil. Si no lo provocas, él no puede hacerte nada. Ni a mí.

«Se ha vestido la irritación como un kimono de invierno. ¿Puedo usar esa imagen para evitar pensar en ella en la bañera del palacio hace tanto tiempo, *su-rostro-y-pecho-cual-nenúfares*? ¿Cómo las lilas de color rosa y crema del foso? ¿Puedo? No puedo.»

Salió a la oscuridad de la noche, incómodo mientras paseaba por la primera y la segunda manzanas, y dejó atrás los estrechos callejones del Marais para cruzar el pont Louis-Philippe, con el Sena deslizándose bajo el puente bañado por la luz de la luna.

Vista desde el este, Notre-Dame era como una gran araña con sus patas arbotantes y los múltiples ojos de sus ventanas ojivales. Hannibal imaginó la catedral arácnida de piedra escabulléndose por la ciudad en la oscuridad, a la caza del tren que salía de la Gare d'Orsay, como un gusano para su deleite, o, mejor aún, dando un saltito de nada para atrapar a un suculento inspector de policía que salía de la comisaría en el Quai des Orfèvres.

Cruzó el puente peatonal hasta la Île de la Cité y rodeó la catedral. El sonido de los ensayos de un coro llegaban de Notre-Dame.

Hannibal hizo una parada bajo los arcos de la entrada principal para contemplar, con alivio, las imágenes del Día del Juicio en las arcadas y linteles de la puerta. Estaba observándolo para almacenarlo como imagen en el palacio de su memoria, como punto de partida para dibujar una compleja disección de garganta. Allí, en el lintel superior, san Miguel sostenía una balanza como si él mismo estuviera practicando una autopsia. La balanza de san Miguel era parecida al hueso hioides, y el santo arcángel estaba coronado por el arco que formaban los santos del proceso mastoides. En el lintel inferior, los condenados que marchaban encadenados serían la clavícula, y la sucesión de arcos hacía las veces de capas estructurales de la garganta y componía un catecismo fácil de recordar: esternohioideo, omohioideo, tirohiodeo, yugulaaar, amén.

No, no funcionaría. El problema era la iluminación. Las representaciones de un palacio de la memoria deben estar bien iluminadas. Además, esa piedra polvorienta era monocroma. En una ocasión, Hannibal había suspendido una prueba porque el planteamiento de una de las preguntas era bastante oscuro, y en su mente la había imaginado sobre un fondo sin iluminación. La compleja disección del triángulo cervical programada para la semana siguiente sería bastante clara, una exposición llena de luz.

Los últimos miembros del coro salieron de la catedral, llevaban la túnica en el brazo. Hannibal entró. Notre-Dame estaba a oscuras, salvo por las velas votivas. Se dirigió hacia santa Juana de Arco, esculpida en mármol y próxima al ala sur. Ante ella, las llamas de las hileras de velas superpuestas se estremecían por la corriente de aire procedente de la puerta. Hannibal se apoyó contra una columna en la oscuridad y miró a santa Juana a través de las llamas que le iluminaban el rostro. «Fuego en la ropa de su madre.» El fogoso fulgor enrojecía los ojos de la santa.

Oyó los pasos del sacristán, el repiqueteo de sus llaves hizo eco primero en los muros, y luego la reverberación descendió desde el techo. El ruido de los pasos se redoblaba también desde el suelo, al tiempo que el eco descendía, además, desde la vasta oscuridad superior.

El sacristán vio, en primer lugar, los ojos de Hannibal, que brillaban en color rojo por detrás de la luz de las llamas, y lo invadió un miedo instintivo; se le pusieron los pelos de punta e hizo un crucifijo con las llaves. Pero sólo se trataba de un hombre, un joven. El cura agitó el manojo de llaves ante él como un incensario.

—Ya es la hora —dijo, e hizo un gesto con la barbilla.

—Sí, ya es la hora y se ha hecho tarde —respondió Hannibal, salió por una puerta lateral y se adentró en la noche.

CAPÍTULO 35

Al otro lado del Sena, siguiendo por el pont au Double, en la rue de la Bûcherie, oyó un saxofón y risas de un club de jazz en el sótano de la calle. Una pareja fumaba en la puerta; le llegaba el tufillo del humo del quif que los envolvía. La chica se puso de puntillas y besó al joven en la mejilla, y Hannibal sintió el beso como si se lo hubiera dado a él.

Fragmentos de melodías diversas mezclados con la música que escuchaba en su cabeza, mientras llevaba el compás al mismo tiempo, tiempo... Tiempo.

Recorrió la rue Dante y llegó al otro lado del ancho boulevard Saint-Germain, pasó por detrás del Cluny hasta la rue de l'Ecole-de-Médecine y al final llegó a la entrada nocturna de la facultad de medicina, donde ardía un farol de luz tenue. Hannibal abrió la puerta con su llave y entró.

Estaba solo en el edificio, se puso una bata blanca y cogió un cuaderno con su lista de tareas. El mentor y supervisor de Hannibal en la facultad de medicina era el profesor Dumas, un portentoso anatomista que había escogido enseñar en lugar de ejercer con los vivos. Dumas era un hombre inteligente y distraído, y le faltaban los reflejos para ser cirujano. Había pedido a todos sus alumnos que escribieran una carta al cadáver anónimo que iban a diseccionar para dar las gracias a ese donante en concreto por el privilegio de estudiar su cuerpo. En ella debían mencionar su intención de tratar el cuerpo con respeto y de mantener siempre tapadas todas las zonas de la anatomía que no estuvieran estudiando.

Para las clases del día siguiente, Hannibal tenía que preparar dos presentaciones: un dibujo de la caja torácica, con el pericardio expuesto de forma intacta, y una delicada disección craneal.

Era de noche en el repulsivo laboratorio de anatomía. La alargada sala, con sus altos ventanales y un enorme ventilador, era lo suficientemente fresca para que los cuerpos amortajados, conservados en formol, permanecieran sobre las veinte mesas toda la noche. En verano, al final de cada jornada de trabajo, volvían a meterlos en la piscina. Ahí, bajo las sábanas, estaban los lamentables cuerpecillos, que nadie reclamaba. Los muertos de hambre que habían encontrado acurrucados en los callejones seguían hechos un ovillo hasta que el *rigor mortis* pasaba, y entonces, en la piscina de formol, junto con sus compañeros, por fin se relajaban. Frágiles como gorrioncillos, temblaban como los pájaros helados de frío y caídos a la nieve que los hombres hambrientos despluman con los dientes.

Con los cuarenta millones de muertos en la guerra, a Hannibal le parecía raro que los estudiantes de medicina tuvieran que utilizar cadáveres que llevaban largo tiempo en piscinas, descoloridos por el formol.

De vez en cuando, la facultad tenía la suerte de conseguir el cuerpo de un delincuente muerto en la horca o fusilado en el fuerte de Montrouge o en Fresnes, o en la guillotina de La Santé. Al enfrentarse a la disección craneal, Hannibal tuvo la suerte de trabajar con la cabeza de un reo de La Santé que lo miraba desde la pila, con el semblante empapado de sangre y cubierto de briznas de paja.

Mientras la sierra para las autopsias de la facultad esperaba un nuevo motor, solicitado hacía ya meses, Hannibal había trucado un taladro eléctrico estadounidense, le había encajado una pequeña cuchilla rotatoria para realizar la disección. Tenía un transformador eléctrico del tamaño de una panera que emitía un zumbido casi tan estruendoso como el de la sierra.

Hannibal había terminado con la disección del tórax cuando empezó el apagón, como solía ocurrir, y se quedó a oscuras.

Trabajó en la pila, a la luz de una lámpara de queroseno, para limpiar la sangre y la paja de la cara del individuo, a la espera de que volviera la luz.

Cuando esto ocurrió, no perdió ni un minuto, y ni siquiera se molestó en mirar el escalpelo al levantar la tapa del cráneo con una disección coronal para dejar a la vista el cerebro. Inyectó un gel de color en los principales vasos sanguíneos y perforó la duramadre lo menos posible. Era más difícil, pero el profesor, aficionado a la teatralidad, quería retirar la duramadre, descorrer la cortina cerebral, con sus manos. Por eso, Hannibal la había dejado casi intacta.

Posó una mano enguantada con delicadeza sobre el cerebro. Obsesionado con el recuerdo, y las lagunas de su propia mente, deseó poder leer al tacto los sueños de un muerto, que a fuerza de voluntad pudiera analizar sus propios sueños.

De noche, el laboratorio era un buen lugar para la reflexión; el silencio sólo se rompía por el traqueteo de los instrumentos y, rara vez, por el crujido de algún cadáver en primera fase de disección, cuando era posible que los órganos todavía contuvieran aire.

Hannibal realizó una meticulosa disección parcial del lado izquierdo de la cara, luego dibujó la cabeza, tanto el lado diseccionado como el que permanecía intacto, puesto que las representaciones anatómicas eran parte de su programa de estudios.

En ese momento deseó memorizar para siempre las estructuras musculares, neurales y venosas de la cara. Sentado con la mano enguantada sobre la cabeza del muerto, se encaminó hacia el centro de su propia mente y hasta el vestíbulo del palacio de los recuerdos. Escogió la música de los pasillos, un cuarteto de cuerda de Bach, y pasó a toda prisa por la Sala de Matemáticas y la Sala de Química hasta llegar a una estancia que había tomado prestada hacía poco del Museo Carnavalet y que había rebautizado con el nombre de Sala del Cráneo. Sólo tardó un par de minutos en memorizarlo todo, mediante la nemotécnica de relacionar los detalles anatómicos con la disposición de lo expuesto en el Carnavalet, teniendo cuidado de no situar los azules venosos del rostro sobre las colgaduras de ese mismo color.

Cuando hubo terminado con la Sala del Cráneo, se detuvo durante un rato en la Sala de Matemáticas, próxima a la entrada. Era una de las partes más antiguas de su palacio mental. Quería recuperar la sensación que le había embriagado a los siete años cuando entendió la demostración que le había enseñado el señor Jakov. Tenía todas las clases almacenadas en su palacio, pero ninguna de sus conversaciones en el refugio de caza.

Todo lo relacionado con aquel lugar estaba fuera del palacio de la memoria, seguía en el exterior, aunque se encontraba en los oscuros cobertizos de sus sueños, reducido a cenizas, como el refugio real, y para llegar hasta allí debía salir del palacio. Tenía que cruzar la nieve, donde las páginas arrancadas del *Tratado de la luz* de Huygens revoloteaban sobre los sesos y la sangre del profesor, desparramados y congelados sobre el nevado suelo.

En los pasillos del palacio podía escoger la música, pero en el refugio no podía controlar el sonido, y allí había un sonido en concreto capaz de matarlo.

Salió del palacio de los recuerdos para regresar a sus reflexiones del momento, volvió a lo que veían sus ojos y su cuerpo de dieciocho años, que estaba sentado junto a la mesa del laboratorio de anatomía, con la mano sobre un cerebro humano.

Se quedó dibujando una hora más. Terminó el dibujo, las venas y los nervios de la mitad diseccionada de la cara reflejaban a la perfección al individuo que estaba sobre la mesa. La parte intacta del rostro no se parecía al sujeto en absoluto. Era una de las caras del bosque. Era la cara de Vladis Grutas, aunque Hannibal sólo lo conocía como Ojos Azules.

Subió los cinco tramos angostos de la escalera hasta su cuarto, situado justo encima de la facultad de medicina, y se quedó dormido.

El techo de la buhardilla era inclinado, y la parte baja estaba despejada, era armoniosa, de estilo japonés, allí tenía una cama baja. Su escritorio estaba en la parte alta de la habitación. Las paredes de alrededor y de encima de la mesa estaban cubiertas de imágenes, dibujos de disecciones e ilustraciones anatómicas en proceso de elaboración. En todas ellas, los órganos y vasos sanguíneos estaban representados a la perfección, pero las caras de los individuos eran rostros que veía en sueños. En lo más alto, un cráneo de gibón con largos colmillos lo contemplaba todo desde una estantería.

Era posible lavarse hasta quitarse el olor a formol, y el hedor a productos químicos del laboratorio no llegaba hasta esas alturas del viejo y destartalado edificio. Tampoco se llevaba a sus sueños las grotescas imágenes de los muertos y cuerpos medio diseccionados, ni tampoco las de los criminales, degollados o ahorcados, que a veces iba a buscar a las cárceles. Sólo había una imagen y un sonido que podían despertarlo, y jamás sabía cuándo iban a llegar.

Había salido la luna, su luz se difumina al traspasar el vidrio ondulado y con burbujas de la ventana, se arrastra hasta la cara de Hannibal y trepa en silencio por la pared. Toca la mano de Mischa del dibujo que está sobre la cama, se mueve sobre las caras de perfil de los dibujos anatómicos, pasa sobre los rostros oníricos, y llega, por fin, hasta el cráneo del gibón. Primero destaca el blanco de las enormes fauces y luego las cejas desnudas que cubren las profundas cuencas. Desde la oscuridad de su cráneo vacío, el gibón contempla a Hannibal dormido. El muchacho tiene cara de niño. Emite un ronquidito, se vuelve hacia un lado y aparta el brazo de algo invisible que lo agarra.

Está en el granero, junto al refugio de caza. Se encuentra de pie con Mischa, la tiene bien agarrada. La pequeña está tosiendo. El Hombre Cuenco les palpa la carne de los brazos y habla, pero de su boca no sale sonido alguno, sólo el asqueroso aliento visible en el aire gélido.

Mischa hunde la cara en el pecho de Hannibal para no olerlo. Ojos Azules dice algo, y los dos empiezan a cantar; intentan reconfortar a la niña. Ve el hacha y el cuenco. Se abalanza sobre Ojos Azules, prueba su sangre y se le mete un rastrojo de barba en la boca; están llevándose a Mischa. Tienen el hacha y el cuenco. Se libera y sale corriendo tras ellos. Mueve los pies con demasiaaaada lentitud. Ojos Azules y Hombre Cuenco tienen a Mischa agarrada por las muñecas, colgada en el aire, ella retuerce la cabeza con desesperación para mirar hacia atrás, hacia su hermano. Pende sobre la nieve ensangrentada y lo llama…

Hannibal se despertó sin aliento, aferrándose al final de su sueño, cerrando con fuerza los ojos e intentando obligarse a llegar más allá del punto en el que se había despertado. Mordió una punta de la almohada y se forzó a repasar las escenas oníricas una a una. ¿Cómo se habían llamado los hombres entre ellos? ¿Cómo se llamaban? ¿Cuándo se había quedado sin sonido? No podía recordar cuándo había dejado de oír. Quería saber cómo se llamaban entre sí. Debía llegar hasta el final del sueño. Fue al palacio de su memoria e intentó cruzar los terrenos hacia el oscuro bosque, más allá de los sesos del señor Jakov desparramados sobre la nieve, pero no pudo. Podía soportar la visión de la ropa de su madre en llamas, ver a sus padres, a Berndt y al señor Jakov muertos en el patio. Podía ver a los ladrones trajinando en el piso de abajo mientras Mischa y él estaban atados en el segundo piso del refugio. Pero no podía ir más allá de la escena de Mischa pataleando en el aire, volviendo la cabeza para mirarlo. Después de eso no recordaba nada, sólo podía recordar lo ocurrido mucho después: él viajaba en un tanque, gracias a que unos soldados lo habían encontrado con la cadena atada al cuello.

Quería recordar. Debía recordar. «*Dientesenunafosa.*» La luna no solía brillar así en su cuarto; se enderezó ante su visión. Miró al gibón bañado por los rayos del astro nocturno. «Eran unos dientes mucho más pequeños que esos, dientes

CAPÍTULO 36

El profesor Dumas escribió, con una letra redonda de trazos delicados nada típica para un médico, una nota que decía: «Hannibal, ¿podrías encargarte del asunto de Louis Ferrat en La Santé?».

El profesor había incluido un recorte de periódico sobre la condena de Ferrat donde se apuntaban un par de detalles sobre su persona: Ferrat, nacido en Lyon, había sido un funcionario de segunda fila de Vichy, un colaboracionista insignificante durante la ocupación alemana, aunque al final lo detuvieron los mismos alemanes por falsificación y venta de cartillas de racionamiento. Al finalizar el conflicto lo acusaron de complicidad en crímenes de guerra, aunque salió en libertad por falta de pruebas. Un tribunal francés lo condenó por el homicidio de dos mujeres entre 1949-1950, y él alegó motivos personales. Programaron su ejecución para tres días después a contar desde el fallo.

La prisión de La Santé se encuentra en el distrito número 14, no muy lejos de la facultad de medicina. Hannibal podía llegar caminando en un cuarto de hora.

Los trabajadores estaban arreglando los sumideros del patio, el lugar donde se realizaban las ejecuciones con guillotina desde que se había prohibido su realización en público en 1939. Los guardias de la puerta conocían a Hannibal de vista y lo dejaron entrar. Al inscribirse en el libro de visitas vio la firma del inspector Popil en la parte superior de la página.

Se oían unos martillazos procedentes de una enorme habitación vacía apartada del pasillo central. Al pasar junto a ella Hannibal vio una cara que le resultó conocida. El verdugo, Anatole Tourneau en persona, más conocido por el seudónimo de Monsieur París, había traído la guillotina desde el depósito municipal de la rue de la Tombe-Issoire para instalarla en el interior de la cárcel. Estaba jugueteando con el plomo que hacía bajar la cuchilla, el *mouton,* y que evitaba que ésta se atascara en su descenso.

Monsieur París era un perfeccionista. Le honraba el hecho de que siempre usaba un paño para cubrir la parte superior de los montantes para que el reo no viera la cuchilla.

Louis Ferrat estaba en la celda de los condenados, separada por un pasillo de las demás celdas, en la segunda planta del primer bloque de edificios de La Santé. El barullo de la cárcel abarrotada llegaba hasta la celda de Ferrat como una ola de murmullos, gritos y crujidos, pero él oía los golpes de la maza de Monsieur París mientras realizaba sus ajustes en el piso de abajo.

Louis Ferrat era un hombre delgado, tenía el pelo negro del cuello y la nuca recién afeitado. Conservaba el pelo de la coronilla para que el ayudante de Monsieur París pudiera agarrarlo por ahí y no de las orejas, más bien pequeñas.

Ferrat, sentado en un catre y vestido con ropa interior, acariciaba entre el pulgar y los demás dedos un crucifijo que llevaba colgado al cuello con una cadena. La camisa y los pantalones estaban cuidadosamente doblados sobre una silla, como si una persona hubiera estado sentada allí y se hubiera evaporado llevando la ropa puesta. El calzado estaba justo debajo de las perneras; la ropa, recostada en el asiento, en posición anatómica. Ferrat oyó a Hannibal, pero no levantó la vista.

—Monsieur Louis Ferrat, buenas tardes —lo saludó Hannibal.

—Monsieur Ferrat ha abandonado su celda —dijo Ferrat—. Yo lo represento. ¿Qué se le ofrece?

Hannibal clavó la mirada en la ropa.

—Quiero preguntarle si puede donar su cuerpo a la facultad de medicina, para la ciencia. Se le tratará con gran respeto.

—Va a llevarse su cuerpo de todas formas. Se lo llevará a rastras.

—No puedo hacerlo. Además, jamás me llevaría su cuerpo sin su permiso. Ni mucho menos me lo llevaría a rastras.

—¡Ah, aquí llega mi cliente! —exclamó Ferrat. Le dio la espalda a Hannibal y habló entre susurros con la ropa, como si alguien acabara de entrar en la celda y se hubiera sentado en la silla. El reo regresó junto a los barrotes.

—Quiere saber por qué razón debería entregarle su cuerpo.

—Por mil quinientos francos para sus familiares.

Ferrat se volvió hacia la ropa y de nuevo hacia Hannibal.

—Monsieur Ferrat dice: «Que le den a mis parientes. Ellos me tienden una mano y yo me cago en ella» —Ferrat se quedó callado—. Disculpe la grosería, está nervioso, pero la gravedad de la situación precisa que cite todas y cada una de sus palabras.

—Lo entiendo perfectamente —respondió Hannibal—. ¿Cree que le gustaría donar el dinero a alguna causa que irrite a sus familiares, eso le gustaría, monsieur…?

—Puede llamarme Louis, monsieur Ferrat y yo somos tocayos. Y no, creo que es inflexible en esa cuestión. Monsieur Ferrat vive, en cierta forma, apartado de sí mismo. Dice que tiene muy poca influencia sobre su propia persona.

—Entiendo. No es al único que le ocurre.

—No creo que usted pueda entender nada, no es más que un crí…, no es más que un estudiante.

—Quizá usted pueda ayudarme. Todos los estudiantes de la facultad de medicina escriben una carta de agradecimiento a título personal dirigida al donante con el que se relacionan. Puesto que conoce tan bien a monsieur Ferrat, ¿podría ayudarme a redactar esa carta? Por si decidiera responder de forma afirmativa…

El condenado se frotó la cara. En los dedos tenía toda una serie de antiguas lesiones que se habían soldado de mala manera, como nudillos.

—¿Y quién va a leerla aparte de monsieur Ferrat?

—La enviarían a la facultad, si así lo desea. Todos sus miembros la leerían, personas prominentes. Podría enviarla a *Le Canard Enchaîné* para su publicación.

—¿Qué clase de cosas le gustaría decir?

—Lo describiría como un ser dadivoso, hablaría de su contribución a la ciencia, al pueblo francés, de los avances médicos en los que colaboraría para ayudar a los niños de las generaciones venideras.

—Los niños no importan. Nada de niños.

Hannibal se apresuró a escribir una fórmula de encabezamiento en su libreta.

—¿Cree que esto sería lo bastante honroso? —lo levantó para que Louis Ferrat pudiera echar un vistazo; era la mejor táctica para calcular la longitud de su cuello.

«No es un cuello muy largo. A menos que Monsieur París lo agarre bien por el pelo, no quedará mucho por debajo del hueso hioides; no servirá para una presentación del triángulo cervical frontal.»

—No debemos olvidarnos de su patriotismo —apuntó Ferrat—. Cuando Le Grand Charles retransmitió desde Londres, ¿quién respondió? ¡Fue Ferrat desde las barricadas! *Vive la France!*

Hannibal contempló cómo ese fervor patriótico le hinchaba la arteria de la frente y provocaba que la yugular y la arteria carótida le sobresalieran del cuello: «Una cabeza sumamente inyectable».

—Sí. *Vive la France!* —exclamó Hannibal, redoblando sus esfuerzos—: Nuestra carta debería hacer hincapié en ese aspecto, aunque digan que era de Vichy, en realidad era un héroe de la Resistencia, ¿no es así?

—Sin duda alguna.

—Salvó a pilotos caídos, ¿estoy en lo cierto?

—Varias veces.

—¿Realizó las acostumbradas acciones de sabotaje?

—A menudo, y arriesgando su propia vida.

—¿Intentó proteger a los judíos?

Se hizo una pausa de décimas de segundo.

—Sin la menor atención al riesgo que eso suponía para él.

—¿Lo torturaron quizá, dejó que le rompieran los dedos por Francia?

—Podía seguir usándolos para saludar con orgullo cuando Le Grand Charles regresó —dijo Ferrat.

Hannibal terminó de garabatear.

—Aquí he apuntado las ideas más importantes, ¿cree que podría enseñárselo?

Ferrat miró la hoja del cuaderno, y señaló cada uno de los puntos con el dedo índice al tiempo que iba asintiendo con la cabeza y murmurando cosas entre dientes.

—Podría incluir un par de declaraciones de sus amigos de la Resistencia, yo podría facilitárselas. Un momento, por favor —Ferrat dio la espalda a Hannibal y se acercó a su ropa. Regresó con una decisión—: La respuesta de mi cliente es: «*Merde*. Dile a ese puto mocoso que, antes de firmar nada, quiero la droga para frotármela por las encías» —Ferrat habló en tono confidencial, acercándose más a los barrotes—. Otros presos del corredor le han dicho que podría conseguir suficiente láudano, suficiente para quedarse atontado bajo la cuchilla. «Para soñar y no gritar», así es como yo lo expresé durante una vista en los tribunales. La facultad de medicina de Saint Pierre da láudano a cambio de... De una autorización. ¿Usted da láudano?

—Volveré a verle con una respuesta para él.

—Yo no esperaría demasiado —dijo Ferrat—. El representante de Saint Pierre está a punto de llegar —levantó la voz y se agarró el cuello de la camiseta interior como quien se agarra las solapas del chaleco.

—También tengo poderes para negociar en su nombre con Saint Pierre —se pegó a los barrotes y habló en voz baja—: Dentro de tres días el pobre Ferrat estará muerto, y yo lloraré a un cliente. Usted es médico. ¿Cree que le dolerá? ¿Que a monsieur Ferrat le dolerá cuando...?

—Desde luego que no. La parte más dolorosa es ahora. Antes. En cuanto al hecho en sí, no duele. Ni siquiera durante un instante —Hannibal había empezado a marcharse, cuando Ferrat lo llamó y él volvió hacia los barrotes.

—Los estudiantes no se reirán de él, de sus partes.

—Desde luego que no. El individuo siempre permanece tapado, salvo la parte que se está estudiando.

—¿Incluso… aunque fuera, en cierta forma, especial?

—¿En qué sentido?

—Aunque tuviera sus partes como las de un niño.

—Es algo bastante común, y nunca, nunca jamás es motivo de sorna —afirmó Hannibal. «He aquí un candidato para el museo de anatomía, donde los donantes son anónimos.»

El martilleo de la maza del verdugo se reflejó como una pulsación en el rabillo del ojo de Louis Ferrat cuando se sentó en su catre agarrando la manga de su compañero, la ropa. Hannibal se dio cuenta de que estaba imaginando los ajustes de la guillotina: los montantes levantados y listos, la cuchilla con el filo protegido por un trozo de manguera, y, justo debajo, el receptáculo.

Sorprendido, Hannibal se dio cuenta de lo que era el receptáculo que estaba imaginando. Era una tina para niños. Como si la cuchilla hubiera caído en la mente de Hannibal y hubiera cortado su pensamiento, en el silencio que se hizo a continuación la angustia de Louis le resultaba tan familiar como las venas de la cara del reo, como sus propias arterias.

—Le conseguiré el láudano —dijo a Ferrat. Y si no lo conseguía, podía comprar una bola de opio llamando a cualquier puerta.

—Deme el formulario de autorización. Podrá recogerlo cuando traiga la droga.

Hannibal miró a Louis Ferrat, interpretó su expresión con la misma intensidad con la que le había estudiado el cuello, oliendo su miedo, y dijo:

—Louis, hay algo en lo que quiero que su cliente piense. Todas las guerras, todo el sufrimiento y el dolor que tuvieron lugar siglos antes de su nacimiento, antes de que viviera… ¿Cuánto le preocupa todo eso?

—Nada de nada.

—Entonces, ¿por qué iba a importarle algo que ocurra después de su vida? Es un sueño plácido. La diferencia es que de éste no despertará.

CAPÍTULO 37

Las xilografías originales del gran atlas de anatomía de Vesalio, *De humani corporis fabrica,* fueron destruidas en Múnich durante la Segunda Guerra Mundial. Para el doctor Dumas, esos grabados eran reliquias sagradas, y la pena y la rabia que sentía le dieron fuerzas para compilar un nuevo atlas del cuerpo humano. Sería el mejor hasta la fecha en la saga de atlas posteriores al de Vesalio, en los cuatrocientos años que habían pasado desde la publicación de *De humani corporis fabrica.* Dumas consideraba que los dibujos eran preferibles a las fotografías para ilustrar la anatomía, y esenciales para interpretar las borrosas radiografías. El doctor Dumas era un anatomista de primera, pero no sabía dibujar. Por fortuna, había visto el dibujo de una rana que había hecho Hannibal siendo un escolar. Desde entonces había seguido la evolución del muchacho y le había conseguido una plaza en la facultad de medicina.

Primera hora de la noche en el laboratorio. A lo largo de la jornada, el profesor Dumas había diseccionado el oído interno en la clase que impartía a diario, y se lo había dejado a Hannibal, que en ese momento dibujaba el caracol a carboncillo en una escala que quintuplicaba su tamaño.

Sonó el timbre de la entrada nocturna. Hannibal estaba esperando una entrega del pelotón de fusilamiento de Fresnes. Fue a buscar una camilla y la empujó por el pasillo hasta la entrada nocturna. Una ruedecita chirriaba contra el suelo de adoquines y Hannibal escribió una nota mental para no olvidarse de arreglarla.

Junto al cadáver se encontraba uno de los pies del inspector Popil. Dos enfermeros de la ambulancia pasaron el pesado bulto, que goteaba, desde su camilla a la de Hannibal y se marcharon.

Lady Murasaki había comentado en cierta ocasión que Popil se parecía al apuesto actor Louis Jourdan; a Hannibal aquello le había molestado.

—Buenas noches, inspector.

—Quería hablar contigo —dijo el inspector Popil, que no se parecía en nada a Louis Jourdan.

—¿Le importa si trabajo mientras hablamos?

—No.

—Adelante, pues —Hannibal empujó la camilla por el pasillo, el chirrido ahora era mayor. Seguramente era el cojinete de una rueda.

Popil mantuvo abiertas las puertas de batiente del laboratorio.

Como Hannibal había imaginado, las enormes heridas del pecho ocasionadas por los fusiles de Fresnes habían drenado el cuerpo a la perfección. Estaba listo para la piscina de los cadáveres. Ese procedimiento podría haber esperado, pero Hannibal tenía curiosidad por saber si Popil, al ver el tanque mortuorio, se parecía algo menos a Louis Jourdan, y si el entorno podría afectar al brillo de su piel de melocotón.

Se trataba de un espacio con paredes de hormigón a la vista anexo al laboratorio, al que se llegaba a través de puertas batientes de goma. Había una piscina circular, llena de formol, de tres metros y medio de diámetro y cubierta con una tapa metálica. La tapa tenía una serie de compuertas con bisagras. En un rincón de la habitación ardía un incinerador con los despojos del día; en esa ocasión, una variedad de orejas.

Sobre la piscina había una grúa con cadenas. Los cadáveres, etiquetados y enumerados, cada uno con un arnés para engancharlos a la grúa, estaban atados a una barra que recorría toda la circunferencia del tanque. En la pared había un enorme ventilador con las aspas polvorientas. Hannibal encendió el ventilador y abrió las enormes compuertas metálicas de la piscina. Etiquetó el cuerpo, le puso un arnés, lo elevó con la grúa y lo sumergió en formol.

—¿Ha venido desde Fresnes con él? —preguntó Hannibal mientras las burbujas reflotaban.

—Sí.

—¿Asistió a la ejecución?

—Sí.

—¿Por qué, inspector?

—Yo lo detuve. Lo llevé a ese lugar, así que asistí.

—¿Por una cuestión de conciencia, inspector?

—La muerte es una consecuencia de lo que yo hago. Creo en las consecuencias. ¿Le prometiste láudano a Louis Ferrat?

—Láudano obtenido por medios legales.

—Pero no con una receta legal.

—Es una práctica común con los condenados, a cambio de la autorización. Seguro que usted lo sabe.

—Sí. Pero no se lo des a él.

—¿Ferrat es de los suyos? ¿Prefiere que esté consciente?

—Sí.

—¿Quiere que sufra todas las consecuencias, inspector? ¿Le pedirá a Monsieur París que quite el trapo de la guillotina para que pueda ver la hoja, plenamente consciente y sin la visión nublada?

—Tengo motivos personales. Y tú no vas a darle láudano. Si descubro que está bajo la influencia de ese opiáceo, no obtendrás la licencia para ejercer la medicina en Francia. No sé si me he explicado con claridad.

Hannibal se dio cuenta de que la atmósfera no perturbaba a Popil. Observó que el cumplimiento del deber lo ayudaba a mantener la entereza.

El inspector se volvió para hablarle.

—Sería una pena, porque pareces un estudiante prometedor. Te felicito por tus excelentes calificaciones —dijo Popil—.

Has hecho muy feliz a… Tu familia estará, y está, muy orgullosa. Buenas noches.

—Buenas noches, inspector. Gracias por las entradas para la ópera.

CAPÍTULO 38

La tarde tocaba a su fin en París, caía una ligera llovizna y los adoquines relucían. Los tenderos, que cerraban al caer la noche, dirigían la corriente de agua de lluvia hacia las alcantarillas ayudándose de retales enrollados de alfombra.

El diminuto limpiaparabrisas de la furgoneta de la facultad de medicina funcionaba con una bomba manual, y Hannibal tenía que ir levantando el pie del acelerador para limpiar el cristal durante el breve recorrido hasta la cárcel de La Santé.

Entró en el patio con la marcha atrás; la gélida lluvia le cayó en el cuello cuando asomó la cabeza por la ventana de la furgoneta para echar un vistazo, puesto que el guardia de la garita de la entrada no había abandonado su refugio para orientarlo.

Por el pasillo principal de La Santé, el ayudante de Monsieur París lo llevó hasta la habitación donde se encontraba la máquina. El hombre llevaba un delantal de hule y un sombrero nuevo para la ocasión cubierto con una bolsa de plástico. Había colocado una plancha protectora justo enfrente de la cuchilla, donde él iba a situarse, para que la sangre no le salpicara los zapatos ni los puños de la camisa.

Junto a la guillotina, una cesta alargada de mimbre con revestimiento metálico estaba preparada para recibir el cuerpo en su interior.

—Nada de bolsas, son las órdenes del guardia —dijo—. Tendrá que llevarse la cesta y traerla de vuelta. ¿Lo llevará en la furgoneta?

—Sí.

—¿Prefiere echarle un vistazo antes?

—No.

—Entonces se lo llevará todo. Le meteremos la cabeza bajo el brazo. Están aquí al lado.

En una sala de paredes blancas con ventanas altas con barrotes, Louis Ferrat estaba atado sobre una camilla, bajo la inhóspita luz de las bombillas del techo.

La rampa de inclinación, la *bascule,* de la guillotina estaba justo debajo de él. Tenía un IV tatuado en el brazo.

El inspector Popil estaba de pie junto a Louis Ferrat, hablaba con él en voz baja, y con una mano impedía que el brillo de la luz incidiera en sus ojos. El médico de la cárcel clavó una aguja en el IV y le inyectó una pequeña cantidad de fluido de color claro.

Cuando Hannibal entró en la habitación, Popil no levantó la vista.

—Recuerde, Louis —dijo el inspector—. Necesito que recuerde.

Louis localizó a Hannibal de inmediato con la mirada.

El inspector vio entonces a Hannibal y levantó una mano para que no se acercara. Popil se inclinó para aproximarse a la cara sudorosa de Louis Ferrat.

—Cuénteme.

—Metí el cuerpo de Cendrine en dos bolsas. Les até unas rejas de arado para que se hundieran, y entonces recordé esa canción…

—Lo de Cendrine no, Louis. Recuerde, ¿quién le contó a Klaus Barbie dónde estaban escondidos los niños, para que él pudiera enviarlos al este? Quiero que recuerde.

—Se lo pedí a Cendrine, le dije: «Tócamela», pero ella se rio y empecé a escuchar esa canción.

—¡No! ¡Cendrine, no! —gritó Popil—. ¿Quién habló a los nazis de los niños?

—No puedo soportar pensar en eso.

—Sólo tiene que soportarlo una vez más. Puede que esto le ayude a recordar.

El doctor le inyectó un poco más de droga en las venas, y le frotó el brazo para que penetrara bien.

—Louis, debe recordar. Klaus Barbie envió a los niños a Auschwitz. ¿Quién le dijo dónde estaban escondidos los pequeños? ¿Quién se lo dijo?

Louis tenía el rostro pálido.

—La Gestapo me pilló falsificando cartillas de racionamiento —dijo—. Cuando me rompieron los dedos, les entregué a Pardou, él sabía dónde se escondían los huérfanos. Él se chivó y logró conservar los dedos. Ahora es alcalde de Trans-la-Forêt. Yo lo vi, pero no hice nada para ayudarles. Me miraban desde la parte trasera del camión.

—Pardou —Popil hizo un gesto de asentimiento—. Gracias, Louis.

El inspector se había dado la vuelta cuando Louis dijo:

—¿Inspector?

—¿Sí, Louis?

—Cuando los nazis metían a los niños en los camiones, ¿dónde estaba la policía?

Popil cerró los ojos durante un instante, luego hizo un gesto con la cabeza en dirección al guardia, y éste abrió la puerta que llevaba a la sala de la guillotina. Hannibal vio a un sacerdote y a Monsieur París junto a la máquina. El ayudante del verdugo retiró la cadena y el crucifijo del cuello de Louis, y se lo dejó colgando en una mano. Louis miró a Hannibal, levantó la cabeza y abrió la boca. El joven se dirigió a su lado y Popil no intentó detenerle.

—¿El dinero, Louis?

—Para Saint-Sulpice. No para el cepillo de los pobres, sino para el de las almas del purgatorio. ¿Dónde está la droga?

—Se lo prometí —Hannibal tenía en el bolsillo de la chaqueta un frasquito de tintura diluida de opio. El guardia y el ayudante del verdugo hicieron la vista gorda. Popil no apartó la mirada. Hannibal llevó el frasquito hasta los labios de Louis, y él lo bebió de un trago. Louis asintió hacia la mano del joven y volvió a abrir la boca. Hannibal le puso el crucifijo y la cadena en la boca antes de que lo situaran sobre la tabla que lo llevaría bajo la hoja de la cuchilla.

El joven observó cómo el pesar del corazón de Louis se desvanecía. La camilla llegó traqueteando bajo el umbral de la sala de la guillotina, y el guardia cerró la puerta.

—Quería que su crucifijo permaneciera en su cabeza y no en su corazón —dijo Popil—. Tú sabías lo que quería, ¿verdad? ¿Qué más tenías en común con Louis?

—La curiosidad por saber dónde estaba la policía cuando los nazis metían a los niños en esos camiones. Eso es lo que teníamos en común.

Popil podría haber intentado darle un puñetazo, pero la oportunidad pasó en un segundo. El inspector cerró su libreta y salió de la habitación.

Hannibal se acercó al doctor de inmediato.

—Doctor, ¿qué es esa droga?

—Una combinación de tiopental sódico y otros dos hipnóticos. La Sûreté lo utiliza para sus interrogatorios. En algunas ocasiones libera los recuerdos reprimidos. Se suministra a los condenados.

—Necesitamos la composición exacta para su identificación en las analíticas del laboratorio. ¿Me permite una muestra?

El médico le pasó el frasquito.

—La fórmula y la dosis están en la etiqueta.

Se oyó un fuerte golpe sordo procedente de la habitación contigua.

—Yo, si estuviera en su lugar, esperaría unos minutos —aconsejó el médico—. Aguarde a que Louis se quede quieto.

CAPÍTULO 39

Hannibal estaba tendido en la cama baja del altillo. La luz de las velas temblaba sobre los rostros que había dibujado inspirándose en sus sueños, y las sombras bailoteaban sobre el cráneo del gibón. Observó fijamente las cuencas vacías del animal y se mordió el labio inferior para imitar el aspecto de sus fauces. A su lado había un fonógrafo abierto con un altavoz en forma de lila. Hannibal tenía en el brazo una jeringuilla con una dosis del cóctel de hipnóticos utilizado en el interrogatorio de Louis Ferrat.

—Mischa, Mischa, allá voy.

Fuego en la ropa de su madre, las velas votivas arden ante santa Juana de Arco. El sacristán dijo: «Ya es la hora».

Encendió el plato giradiscos y posó la aguja del grueso brazo sobre el disco de canciones infantiles. Se oían crujidos en la grabación; el sonido era lejano y tenue, pero penetró en Hannibal.

Sagt, wer mag das Männlein sein
Das da steht im Wald allein

Presionó el émbolo de la jeringuilla medio centímetro y sintió que la droga le quemaba en la vena. Se frotó el brazo para hacerla circular. A la luz de las velas, clavó la mirada en los rostros dibujados que salían en sus sueños, e intentó conseguir que movieran los labios. Tal vez empezaran cantando, luego dirían sus nombres. Hannibal cantó para sí, para animarlos a que se unieran.

Tenía el mismo poder para conseguir que las caras se movieran que para dar vida al gibón. Sin embargo, fue el esqueleto del animal el que le sonrió entre sus fauces, desprovistas de belfos, y con la mandíbula curvada en una sonrisa de oreja a oreja, *y entonces Ojos Azules sonrió, su expresión de aturdimiento quemaba a Hannibal mentalmente. Luego llegó el olor a humo del refugio de caza, el humo ascendiendo pegado al techo de la fría estancia, el hedor cadavérico de los hombres rodeándolos a su hermana y a él junto a la chimenea. En ese momento los llevaron al granero; prendas de ropa infantil en el granero, manchadas y desconocidas para él. No oía a los hombres hablar, no podía oír cómo se llamaban entre ellos... Pero entonces le llegó la voz distorsionada del Hombre Cuenco que decía: «Coged a la niña, de todas formas va a morir. El niño se conservará freeesco durante un tiempo». Golpea y muerde. Y llega la escena cuya visión no puede soportar, Mischa levantada en brazos, con los pies colgando sobre la nieve ensangrentada, retorciéndose, volviéndose para mirarlo:*

—¡Anniba!

Su voz...

Hannibal se sentó en la cama. Con el brazo doblado, apretó el émbolo de la jeringuilla hasta el fondo.

El granero empezó a dar vueltas a su alrededor.

—¡Anniba!

Hannibal se zafa y corre hacia la puerta tras ellos. La puerta del granero se cierra de golpe y le pilla el brazo; se oye el crujido de los huesos. Ojos Azules se vuelve para levantar un leño, lo agita por encima de su cabeza. En el patio se oye el hachazo y entonces llega la bienvenida oscuridad.

Hannibal se dejó caer sobre la cama, la visión se le enfocaba y desenfocaba alternativamente; los rostros danzaban en la pared.

Después de aquello. Después de aquello que no puede mirar, aquello que no puede oír ni vivir, despierta en el refugio de caza con sangre reseca en la sien y un dolor que le recorre todo el brazo, encadenado a la barandilla de la escalera y envuelto con la alfombra. Truenos... no, aquellos cuyas armas atruenan entre los árboles, los hombres amontonados delante de la chimenea con el morral de cuero del cocinero, arrancándose las placas de identificación y metiéndolas en el morral, vaciando en ellos documentos de sus billeteras y poniéndose en el brazo la banda de la Cruz Roja. Al final, el silbido y el cegador destello de una bomba de fósforo que estalla junto al casco del tanque de los cadáveres en el exterior, y el refugio que se quema, está quemándose, está envuelto en llamas, llamas… Los criminales salen a toda prisa a la oscuridad, se dirigen hacia su camión semioruga, y, en el umbral, el cocinero se detiene. Sostiene el morral a la altura de su cara para protegerla de las llamas, saca la llave del candado y se la tira a Hannibal cuando cae la siguiente bomba, pero no llegan a oír la explosión, sólo la casa que tiembla, la barandilla donde Hannibal está atado que se hunde, y el niño cae con ella y la escalera se derrumba sobre el cocinero. Hannibal oye el crepitar de su pelo bajo una lengua de fuego y luego se ve a sí mismo en el exterior, con el camión semioruga rugiendo en la distancia, ya en el bosque. Él sigue envuelto en la alfombra que arde lentamente por una punta. Las explosiones de las bombas hacen temblar la tierra, y los fragmentos metálicos aúllan al pasar rozándole. Sofoca el fuego de la alfombra con un puñado de nieve, y se frota el brazo que le cuelga laxo: arriba y abajo, arriba y abajo.

Amanecer gris sobre los techos de París. En la habitación del altillo, el fonógrafo ha ralentizado su marcha hasta detenerse, y las velas están casi extinguidas. Hannibal abre los ojos. Las caras de las paredes están quietas. Vuelve a haber bocetos en pastel, hojas en blanco que se agitan con la corriente. El gibón ha recuperado su expresión habitual. El día despunta. Los primeros rayos penetran por todas partes. Una nueva luz lo inunda todo.

CAPÍTULO 40

Bajo un cielo tapado y gris en Vilna, Lituania, un sedán policial de la marca Skoda dobló la esquina de la ajetreada calle de Sventaragio y penetró en un angosto callejón cercano a la universidad. El conductor apartaba a los peatones a bocinazos, provocando así que éstos lo insultaran a su paso. Se detuvo delante de una nueva colmena de pisos de construcción rusa, que tenían un aspecto inhóspito en el bloque de decrépitos edificios de apartamentos. Un hombre alto con uniforme de la policía soviética salió del coche, pasó un dedo por la línea de botones del interfono y apretó uno con el nombre Dortlich.

El timbre sonó en un apartamento del tercer piso, donde un anciano yacía en la cama, con la mesilla de noche rebosante de medicamentos. Justo encima de la cabecera había un reloj suizo de péndulo. Una cuerda colgaba desde el reloj hasta la almohada. Se trataba de un anciano fuerte, pero de noche, cuando le sobrevenía el miedo, tiraba de la cuerda en la oscuridad y oía el reloj dando la hora, así sabía que todavía no estaba muerto. La manecilla que marcaba los minutos avanzaba a trompicones. Imaginó que el péndulo estaba decidiendo, pito-pito gorgorito, el momento de su muerte.

El anciano confundió el interfono con su respiración ronca. Oyó a la criada que hablaba en voz alta desde el vestíbulo al exterior y, a continuación, tocada de una cofia, se asomó enfurecida por la puerta.

—Su hijo, señor.

El agente Dortlich pasó muy cerca de ella y llegó a la habitación.

—Hola, padre.

—Todavía no estoy muerto. Es demasiado pronto para venir a desplumarme —el anciano se extrañó de que la furia sólo aflorara en su mente y que ya no le afectara al corazón.

—Te he traído unos bombones.

—Dáselos a Bergid cuando te acompañe a la salida. No la violes. Adiós, oficial Dortlich.

—Ya no hay tiempo para seguir con eso. Te mueres. He venido para ver si hay algo que pueda hacer por ti, además de haberte conseguido este piso.

—Puedes cambiarte el nombre. ¿Cuántas veces has cambiado de bando?

—Las necesarias para seguir vivo.

Dortlich llevaba en los puños y el cuello los ribetes de color verde oscuro de los guardias fronterizos soviéticos. Se quitó un guante y se situó junto a la cama de su padre. Intentó encontrarle el pulso con un dedo, pero su padre apartó de un manotazo la mano llena de cicatrices de Dortlich. La visión de esa mano herida provocó un brillo acuoso en los ojos de su padre. Con un esfuerzo, el anciano se reincorporó y logró tocar las medallas suspendidas del torso de Dortlich cuando éste se inclinó sobre la cama. Las condecoraciones incluían la Medalla al Valor Policial otorgada por el MVD, el Ministerio de Asuntos Internos ruso, la del Instituto de Formación Superior en Gestión de Campos de Castigo y Prisiones, y de Excelente Constructor de Puentes de la Unión Soviética. La última condecoración la había conseguido con grandes esfuerzos; Dortlich había construido algunos puentes, pero para los nazis y como prisionero de un batallón de trabajos forzados. Aun así, era una hermosa pieza esmaltada, y si le preguntaban por ella, podía hablar sin parar.

—¿Te las hicieron con cartulina?

—No he venido a pedir tu bendición, he venido para ver si necesitabas algo y para despedirme.

—Ya tuve suficiente con verte vestido con el uniforme ruso.

—Del 27° Batallón de Fusileros —rectificó Dortlich.

—Fue peor verte con el uniforme nazi; eso mató a tu madre.

—Éramos muchos. Yo no era el único. Tengo que vivir la vida, y tú podrás morir en una cama en lugar de acabar tirado en una acequia. Tienes carbón. Todo te lo he dado yo. Los trenes a Siberia van hasta los topes. Los viajeros van como sardinas y tienen que cagar en sus sombreros. Da gracias de tener sábanas limpias.

—Grutas era peor que tú, y lo sabías —tuvo que callarse para resollar—. ¿Por qué lo seguiste? Robaste con criminales y ladrones, saqueaste casas y desnudaste a los muertos.

Dortlich respondió como si no hubiera oído a su padre.

—Cuando era pequeño y me quemé, tú te sentaste junto a mi cama y me tallaste una peonza. Me la regalaste, y cuando pude sujetar la cuerda me enseñaste a hacerla girar. Es una hermosa peonza, con todos esos animales... Todavía la conservo. Gracias por la peonza —colocó los bombones junto a los pies de la cama, donde el anciano no pudiera tirarlos de un manotazo al suelo.

—Vuelve a tu comisaría, saca mi ficha y pon una cruz en la casilla de «Familia desconocida» —dijo el padre de Dortlich.

Dortlich se sacó un trozo de papel del bolsillo.

—Si quieres que te envíe a casa cuando mueras, firma esto y déjalo en algún sitio para que lo recoja. Bergid te hará de testigo para la firma.

En el coche, Dortlich condujo en silencio hasta que avanzaron con el tráfico de la calle Radvilaites.

El sargento Svenka, que iba al volante, le ofreció un cigarrillo y preguntó:

—¿Ha sido duro verlo?

—Me alegro de no estar en su lugar —respondió Dortlich—. Esa puta criada... Debería haber ido cuando Bergid va a la iglesia. ¡A la iglesia! Se arriesga a que la encierren. Cree que yo no lo sé. A mi padre sólo le queda un mes de vida. Enviaré su cuerpo al pueblo donde nació, en Suiza. Quizá contemos con tres metros cúbicos de espacio bajo el cadáver, a las buenas, con tres metros de largo.

El teniente Dortlich todavía no poseía un despacho privado, pero tenía una mesa de escritorio en el espacio común de la comisaría, donde el prestigio se medía por la proximidad a la estufa de leña. Ahora, en primavera, la estufa estaba fría y había documentos apilados sobre ella. En cuanto al papeleo que cubría el escritorio de Dortlich, la mitad era morralla burocrática y la otra mitad podía tirarse directamente a la basura.

Existía muy poca comunicación entre los departamentos de policía y los ministerios de Asuntos Internos de las vecinas Letonia y Polonia. La policía de los países satélite soviéticos estaba organizada en torno al gobierno central de Moscú, como una rueda con sus rayos pero sin llanta.

Allí, en un telegrama oficial, estaba lo que debía revisar: la lista de extranjeros con visado para Lituania. Dortlich la comparó con la longitud de la lista de fugitivos y la lista de sospechosos políticos. El octavo poseedor de visado empezando por arriba era Hannibal Lecter, el novísimo miembro de la joven liga del Partido Comunista Francés.

Dortlich fue en su propio Wartburg con motor de dos tiempos hasta la Oficina de Telefonía y Comunicaciones del Estado, donde tenía asuntos que atender aproximadamente una vez al mes. Esperó en el exterior hasta que vio a Svenka entrar para empezar su turno. Cuando Svenka ya estaba a los mandos de la centralita, Dortlich se metió en una cabina de teléfono y puso una conferencia a Francia de línea interurbana, llena de crujidos e interferencias. Colocó un medidor de potencia de la señal de recepción y miró la aguja del aparato para detectar una posible escucha.

En el sótano de un restaurante próximo a Fontainebleau, Francia, un teléfono sonó en la oscuridad. El timbre siguió sonando durante cinco minutos antes de que alguien respondiera a la llamada.

—Habla.

—Tendrías que responder más rápido, se me estaba quedando el culo dormido. Necesitamos arreglarlo todo en Suiza, para que nuestros amigos reciban el cuerpo —dijo Dortlich—. Además, el chico de los Lecter va a volver. Ha conseguido un visado de estudiante a través de las Juventudes para el Renacimiento del Comunismo.

—¿Quién?

—Piénsalo. Lo discutimos la última vez que cenamos juntos —dijo Dortlich. Echó un vistazo a su lista—. Objeto de su visita: «Catalogar el contenido de la biblioteca del castillo Lecter para el pueblo ruso». ¡Menuda farsa! A los rusos los libros se la traen floja. Puede que tengas que mover unos cuantos hilos por allí. Ya sabes con quién hablar.

CAPÍTULO 41

Al noroeste de Vilna, cerca del río Neris, se encuentran las ruinas de una vieja central eléctrica, la primera de la región. En tiempos más felices suministraba una cantidad modesta de electricidad a la ciudad, a numerosos aserraderos y a un taller de máquinas junto al río. Funcionaba sin importar el tiempo que hiciera, pues recibía el abastecimiento de carbón polaco por un ramal ferroviario de vía estrecha o por el río, cargado en barcazas.

La Luftwaffe bombardeó encarnizadamente esta central durante los primeros cinco días de la invasión alemana. Sin embargo, debido a la llegada de las nuevas líneas de alta tensión soviéticas, nunca fue reconstruida.

La carretera hacia la central eléctrica estaba cortada con una cadena cerrada con candado y sujeta a unos postes de cemento. El candado estaba oxidado por fuera pero bien engrasado por dentro. Un cartel rezaba en ruso, lituano y polaco: ARTILLERÍA SIN DETONAR, PROHIBIDA LA ENTRADA.

Dortlich salió del camión y bajó la cadena hasta el suelo. El sargento Svenka, al volante, la cruzó por encima. La gravilla estaba alfombrada de ramas de enredadera que iban rompiéndose con el paso del camión y emitían una especie de quejido.

Svenka dijo:

—Aquí es donde todo el personal…

—Sí —lo interrumpió Dortlich.

—¿Cree de verdad que hay minas?

—No. Y si me equivoco, no se lo diga a nadie —le pidió Dortlich. No acostumbraba a hacer confidencias, y la necesidad de que Svenka lo ayudara lo ponía de mal humor.

Junto a las ruinas ennegrecidas de la central eléctrica había un barracón semicircular con un lateral calcinado.

—Pare ahí, junto a la maleza. Saque la cadena de detrás —ordenó Dortlich.

A continuación ató la cadena a la barra de remolque del camión y sacudió el nudo para que los eslabones quedaran bien colocados. Metió la mano hasta las raíces de la maleza y allí encontró el borde de un palé de madera al que ató la cadena. Hizo una señal al conductor para que avanzara hasta que el palé lleno de maleza se movió lo suficiente como para dejar a la vista las puertas metálicas de un refugio antiaéreo.

—Después del último bombardeo, los alemanes lanzaron paracaidistas para controlar los pasos por el río Neris —dijo Dortlich—. El personal de la central eléctrica se había refugiado aquí. Un paracaidista llamó a la puerta y, cuando le abrieron, les tiró una granada de fósforo blanco. Fue difícil de limpiar. Cuesta lo suyo acostumbrarse —mientras Dortlich hablaba retiró los tres candados con los que estaba cerrada la puerta.

La abrió. El bufido de aire fétido que golpeó a Svenka en la cara apestaba a chamusquina. Dortlich encendió su farol eléctrico y descendió por los empinados escalones metálicos. Svenka inspiró hondamente y lo siguió. El interior estaba cubierto de polvillo blanco. Había hileras de toscas estanterías de madera con diversas obras de arte: iconos envueltos con trapos y un sinfín de cajones de embalaje con mapas enrollados en tubos de aluminio y con las tapas selladas con lacre. En el fondo de la estantería había montones de marcos vacíos, algunos con las grapas levantadas que habían sujetado el lienzo, otros con los restos de telas deshilachadas que habían sido desgarradas con precipitación.

—Traiga todo lo que hay en esa estantería, y también lo que hay allí al fondo —ordenó Dortlich.

Hizo varios atados con hule y acompañó a Svenka hasta el barracón semicircular. En el interior, sobre unos caballetes, había un bonito ataúd de madera de roble labrada con el símbolo de las Asociación de Trabajadores Marinos y Fluviales de Klaipeda. El ataúd tenía un embellecedor de goma alrededor y la mitad inferior de la base era de un color más oscuro, como la línea de agua en el casco de un barco; era una hermosa pieza de diseño.

—El navío del alma de mi padre —sentenció Dortlich—. Tráigame esa caja de borras de algodón. Lo importante es que no traquetee ni haga ruido.

—Si traquetea, creerán que son sus huesos —dijo Svenka.

Dortlich le dio una bofetada en la boca.

—¡Respeto! Tráigame el destornillador.

CAPÍTULO 42

Hannibal Lecter bajó la polvorienta ventana del tren y permaneció con la mirada fija contemplando el paisaje a medida que el tren avanzaba y dejaba atrás las plantaciones de tilos y pinos a ambos lados de la vía. De pronto vio las torres del castillo Lecter a menos de un kilómetro y medio de distancia. A poco más de tres kilómetros, el tren frenó en seco, entre chirridos y jadeos, en la estación de Dubrunst, donde había una bomba para el abastecimiento de agua. Algunos soldados y unos cuantos trabajadores bajaron del tren para orinar en el firme. Una orden del revisor los hizo ponerse de espaldas a los vagones de pasajeros. Hannibal desembarcó con ellos; llevaba el macuto a la espalda. Cuando el revisor regresó al tren, el muchacho estaba adentrándose en el bosque. Arrancó una hoja de periódico mientras avanzaba, por si el maquinista lo divisaba desde su posición en la locomotora. Esperó en el bosque, oculto tras la estela vaporosa de la locomotora que se alejaba. Estaba solo en la quietud del bosque. Se sentía cansado pero decidido.

Cuando Hannibal tenía seis años, Berndt lo había llevado por la escalera tortuosa del depósito de agua y le había dejado mirar por el enmohecido borde a la superficie acuática, en la que se reflejaba un cielo circular. El depósito tenía otra escalerilla que entraba hasta el interior del tanque. Berndt nadaba en sus aguas con una chica del pueblo siempre que tenía ocasión. El palafrenero había muerto allí, en lo profundo del bosque. Lo más probable era que la chica también estuviera muerta.

Hannibal se dio un baño rápido en el depósito y se lavó la ropa. Pensó en lady Murasaki sumergida en el agua, se imaginó nadando con ella en el tanque.

Volvió a las vías del tren y se ocultó en el bosque de inmediato cuando oyó acercarse una carretilla por los raíles. Dos magiares fornidos, con la camisa atada a la cintura, subían y bajaban las manivelas del vehículo.

A poco más de un kilómetro del castillo un nuevo tendido eléctrico soviético cruzaba las vías. Las excavadoras habían despejado el terreno forestal para la instalación de las líneas de alta tensión. Hannibal percibió la electricidad estática al pasar por debajo de los poderosos cables y se le erizó el vello de los brazos. Se alejó lo suficiente del tendido y las vías para que la brújula de los prismáticos de su padre volviera a funcionar con normalidad. Había dos formas de llegar al refugio de caza, si es que seguía existiendo. El tendido eléctrico se extendía en línea recta hasta donde alcanzaba la vista; si continuaba en esa dirección pasaría a muy pocos kilómetros del refugio.

Sacó una ración de combate del macuto, tiró los cigarrillos amarillentos y se comió la carne en conserva mientras pensaba. *La escalera que se hunde sobre el cocinero, las vigas que se derrumban.*

Quizá el refugio no siguiera en pie. Si estaba y quedaba algún resto era porque los saqueadores no habían querido transportar escombros pesados. Para hacer lo que ellos no habían podido hacer, necesitaba fuerza. Por tanto, debía dirigirse al castillo.

Justo antes de que cayera la noche, Hannibal estaba a punto de llegar al castillo Lecter a través del bosque. Cuando contempló la edificación, le sorprendió no sentirse desbordado por las emociones. Ver el hogar de la infancia no es la panacea definitiva, pero sí ayuda a averiguar si uno está destrozado, cómo y por qué, suponiendo que uno quiera averiguarlo.

Hannibal vio el castillo negro sobre el fondo luminoso del oeste, cuya intensidad iba apagándose; era un edificio de dos dimensiones, como el palacio de cartón troquelado donde vivían las muñecas de Mischa. Ese castillo de mentira emergió con mayor definición en la memoria de Hannibal que la construcción real de piedra. Las muñecas de papel se rizan al arder. *Fuego en la ropa de su madre.*

Desde la arboleda situada detrás del establo oyó el jaleo de los preparativos de la cena y a los huérfanos cantando *La Internacional.* Un zorro ladró en el bosque que en ese momento quedaba a sus espaldas.

Un hombre con botas embarradas salió del establo con una pala y un balde, y atravesó la huerta que estaba justo detrás de las cocinas. Se sentó en el patíbulo para descalzarse y entró en el cuarto de los fogones.

Berndt dijo que el cocinero estaba sentado en el patíbulo. Lo mataron por ser judío y él escupió al Hiwi *que le disparó. Berndt jamás reveló el nombre del asesino. «Será mejor que no sepas nada cuando ajuste las cuentas al acabar la guerra», dijo frotándose las manos.*

Era noche cerrada, y al menos una parte del castillo Lecter tenía suministro eléctrico. Cuando se encendió la luz en el despacho del director, Hannibal levantó sus prismáticos en esa dirección. A través de la ventana vio que la bóveda de estilo italiano de su madre había sido cubierta con la típica capa de encalado estalinista para ocultar las figuras pintadas de la imaginería mitológica y religiosa que tanto gustaba a la burguesía. El director en persona no tardó en aparecer con un vaso en la mano. Había aumentado de peso y estaba encorvado. El monitor jefe apareció detrás de él y le apoyó una mano en el hombro. El director se alejó de la ventana y, pasados unos segundos, el despacho quedó a oscuras.

Una serie de nubes deshilachadas pasaron frente a la luna, sus sombras trepaban por las almenas del castillo y se deslizaban sobre los tejados. Hannibal esperó media hora más. Luego, avanzando al unísono con la sombra de una nube, atravesó las dependencias hasta llegar al establo. Allí oyó al corpulento caballo roncar en la oscuridad.

César se despertó, resopló y volvió las orejas hacia atrás al detectar la entrada de Hannibal en su cuadra. El muchacho le sopló en el hocico y le frotó el cogote.

—Despierta, César —le susurró al oído.

El caballo rozó a Hannibal en el rostro con una oreja. El chico tuvo que ponerse el dedo bajo la nariz para no estornudar. Puso la mano cóncava sobre la linterna y miró por encima del caballo. César estaba cepillado y tenía las patas en buen estado. Ya debía de tener trece años, pues había nacido cuando Hannibal tenía cinco.

—No habrás engordado más de cien kilos —comentó Hannibal.

César le dedicó un empujón amistoso con el hocico y el muchacho tuvo que apoyarse en un lateral de la cuadra para no perder el equilibrio. Hannibal le puso un collar acolchado, un bocado con doble rienda y aseguró los rendajes. Colgó un morral con grano en el arnés, y César volvió la cabeza en un intento de ajustarse el nuevo accesorio.

Hannibal se dirigió hacia el cobertizo donde lo habían encerrado de niño y allí se aprovisionó de un carrete de cuerda, unas cuantas herramientas y un farol. No se veía luz en el castillo. El muchacho sacó al caballo de la gravilla y cruzó el terreno blando en dirección al bosque y a la media luna.

No llegaba ninguna señal de alarma del castillo. En su puesto de vigilancia de la torre almenada del ala oeste, el sargento Svenka levantó el auricular de la radio de campo con la que había cargado durante la subida por los doscientos escalones.

CAPÍTULO 43

En la linde del bosque, un alto árbol talado obstaculizaba el camino, y había un letrero en ruso que rezaba: PELIGRO, ARTILLERÍA SIN DETONAR.

Hannibal guio al caballo para que bordeara el árbol caído y así entrar en el bosque de su infancia. A través de la bóveda forestal, la pálida luz de la luna proyectaba claros grisáceos sobre el sendero cubierto de maleza. César pisaba con cautela en la oscuridad. El muchacho no encendió su farol hasta que se adentraron un buen trecho en el bosque. Iba caminando por delante, y el caballo posaba sus pezuñas, del tamaño de un plato, justo en el borde del haz luminoso. En un momento determinado divisó la cabeza de un fémur humano que sobresalía de la tierra al borde del sendero, como una seta.

Cada cierto tiempo se dirigía al caballo.

—¿Cuántos veranos nos habrás traído por este sendero con el carro, César, a Mischa, a nuestra niñera, al señor Jakov y a mí?

Después de tres horas de arrostrar matojos y matorrales, llegaron al lindar del claro.

El refugio de caza seguía allí, en efecto. Su visión no lo decepcionó. No se trataba de un edificio plano como el castillo; tenía volumen, como en sus sueños. Hannibal se quedó en la linde del bosque, mirando. En ese lugar, las muñecas troqueladas todavía se rizaban con el fuego. El refugio de caza estaba medio calcinado, con parte del techo hundido; los muros de piedra habían impedido el derrumbamiento íntegro. El claro estaba cubierto por maleza que llegaba hasta la cintura y arbustos más altos que un hombre.

El depósito chamuscado delante del refugio estaba cubierto de enredadera, una liana de hiedra florida colgaba del cañón, y la cola del Stuka derribado sobresalía entre la alta hierba como la vela de un navío. No había senderos abiertos en la hierba. Los emparrados del jardín se alzaban sobre la maleza alta.

Allí, en la huerta, la niñera había colocado la tina de Mischa, y cuando el sol había calentado el agua, la pequeña se había metido dentro y había movido las manos en dirección a las mariposas blancas de la col que revoloteaban a su alrededor. En una ocasión, él había cortado una berenjena y se la había dado a su hermanita mientras se bañaba, porque a ella le encantaba el color de esa hortaliza, el violeta bañado por la luz del sol, y la pequeña había abrazado la berenjena caliente.

La hierba crecida delante de la puerta no estaba pisoteada. Había hojas apiladas sobre los escalones y delante de la entrada. Hannibal contempló el refugio de caza mientras la luna avanzaba centímetro a centímetro.

Ya había llegado la hora. El muchacho abandonó el cobijo de los árboles y guio al caballo a la luz del satélite terrestre. Se acercó a la bomba, la cebó con un vaso de agua de su bota de piel y la bombeó hasta que los chirriantes pistones empezaron a extraer agua fresca de la tierra. Olió y saboreó el líquido cristalino y le dio un poco a César, que bebió casi cuatro litros y comió dos puñados de grano del morral. El chirrido de la bomba cruzó el bosque. Un búho ululó y César volvió las orejas hacia el sonido.

A unos cien metros de allí, entre los árboles, Dortlich oyó la bomba chirriante y aprovechó la protección del ruido ensordecedor para avanzar. Pudo cruzar el bosque sin ser oído entre los altos helechos, pero sus pasos crujieron al pisar el manto de hayucos. Se quedó de piedra cuando se hizo el silencio en el claro, y a continuación oyó el graznido de un ave procedente de algún lugar entre su posición y el refugio de caza. Entonces, el ave levantó el vuelo, y con las alas extendidas hasta un extremo imposible en su sigiloso planeo a través de la maraña de ramas, fue proyectando sombras desde el cielo.

Dortlich sintió un escalofrío y se levantó el cuello de la chaqueta. Se quedó sentado entre los helechos, a la espera.

Hannibal seguía observando el refugio de caza y la casa le devolvía la mirada. Todos los cristales habían estallado. Las ventanas ennegrecidas lo miraban como las cuencas vacías del cráneo del gibón. Las inclinaciones y los ángulos de su estructura habían quedado transformados a causa del derrumbamiento, su altura real había variado por la altura de la vegetación que la había invadido. El refugio de caza de su infancia se había convertido en los oscuros cobertizos de sus sueños, que en ese momento se aproximaban a él a través del jardín cubierto de maleza.

Allí yacía su madre, con el vestido en llamas, y más adelante, sobre la nieve, él había posado la cabeza en su pecho y sus senos estaban duros como el hielo. Allí estaban Berndt y los sesos del señor Jakov helados sobre la nieve entre las páginas desparramadas. Su padre estaba tendido boca abajo cerca de los escalones, muerto por las decisiones que había tomado.

Ya no quedaba nada en el suelo.

La puerta del refugio estaba hecha astillas y colgaba de una bisagra. Hannibal subió los escalones de entrada y empujó la puerta para adentrarse en la oscuridad. En el interior, algún animalejo se escabulló a toda prisa para ponerse a cubierto. El muchacho se colocó el farol a un lado y entró.

La habitación se había chamuscado parcialmente y tenía medio techo hundido. La escalera estaba destruida a la altura del rellano y unas cuantas vigas caídas del techo la habían aplastado. La mesa estaba destrozada. En el rincón, el pequeño piano yacía volcado de lado y su teclado de marfil le sonrió a la luz del farol. En las paredes había unas cuantas pintadas en ruso: A LA MIERDA CON EL PLAN QUINQUENAL Y EL CAPITÁN GRENKO TIENE EL OJETE COMO UN BEBEDERO DE PATO. Dos pequeñas criaturas huyeron de un salto por la ventana.

La habitación dejó mudo a Hannibal. El muchacho desafió a la estancia y armó un gran alboroto al retirar el panel que cubría la estufa para colocar su farol encima. Los hornillos estaban abiertos pero faltaban las rejillas, seguramente los ladrones se las habían llevado con las cacerolas para utilizarlas en alguna hoguera.

A la luz de la lámpara, Hannibal iba apartando los escombros desparramados que encontraba alrededor de la escalera a medida que avanzaba. Las demás ruinas estaban atrapadas bajo las enormes vigas del techo que formaban una pila chamuscada de puntiagudos y gigantescos palillos de madera.

El alba asomó a través de las ventanas sin cristales mientras Hannibal trabajaba, y en los ojos de un trofeo de caza chamuscado que colgaba de la pared se reflejó el destello rojizo del amanecer.

El muchacho observó con detenimiento la pila de vigas durante varios minutos, enganchó una viga próxima al centro de la pila con una lazada y fue soltando cuerda hasta que atravesó lo que quedaba de puerta dando marcha atrás.

A continuación despertó a César, que dormía y rumiaba hierba de forma alternativa. Lo hizo caminar por los alrededores durante un rato para desentumecerlo. El húmedo rocío le empapaba las perneras de los pantalones, salpicaba la hierba y se posaba como gotas de sudor frío sobre la cubierta de aluminio del bombardero derribado. A la luz del día, Hannibal pudo ver que una enredadera había invadido la cubierta de la cabina del Stuka con sus grandes hojas, incluso le habían brotado nuevos zarcillos. El piloto seguía en su interior, y el artillero detrás. La enredadera había crecido alrededor de este último y a través de él; se había retorcido entre las costillas y le había atravesado el cráneo.

Hannibal ató la cuerda al rendaje del arnés e hizo avanzar a César hasta que el animal sintió la carga sobre sus poderosos hombros y en el pecho. Le chasqueó en la oreja; era un sonido de su infancia. César se inclinó por el peso de la viga, con los músculos tensos, y siguió avanzando. Se oyó un crujido y un golpe seco en el interior del refugio de caza. El hollín y la ceniza salieron como una exhalación por la ventana y llegaron arrastrados por la corriente hasta el bosque, como una vaharada de oscuridad a la fuga.

Hannibal dio unas palmaditas al caballo. No pudo esperar a que cesara de levantarse polvo, se ató un pañuelo a la cara, entró en el interior de la casa y remontó la pila caída de escombros; tosía mientras desenredaba las cuerdas y volvía a engancharlas. Dos tirones más y los escombros más pesados salieron de debajo de la profunda capa de ruinas del lugar donde se había hundido la escalera. Dejó a César atado, y haciendo palanca con ayuda de una pala fue extrayendo de entre los restos muebles rotos, cojines medio chamuscados y una antigua nevera portátil de corcho. Sacó de la pila el trofeo de una cabeza de jabalí clavada en un soporte de madera.

La voz de su madre: no está hecha la miel para la boca del cerdo.

La cabeza de jabalí traqueteó cuando Hannibal la sacudió, luego le agarró la lengua y tiró de ella. El músculo muerto salió con el tapón pegado a él. El muchacho inclinó el morro hacia abajo y las joyas de su madre cayeron sobre la superficie de la estufa. No se detuvo a examinar las piezas, sino que reemprendió de inmediato la excavación.

Al ver uno de los extremos de la tina de cobre de Mischa con su manilla labrada, dejó de cavar y se enderezó. La habitación le dio vueltas por un instante, se agarró al frío borde de la estufa y apoyó la frente sobre el acero helado. Salió al exterior y regresó con unos cuantos metros de hiedra florida. No miró en el interior de la tina, sino que amontonó las lianas con flores encima y la colocó sobre la estufa, pero no podía soportar verla allí, por lo que se la llevó fuera para colocarla en el depósito de agua.

El ruido de la excavación y los movimientos de palanca con la pala facilitaron el avance silencioso de Dortlich. Miró hacia el bosque oscuro, dejando a la vista una lente y un cañón de sus prismáticos, y sólo se asomaba cuando oía el ruido de la pala y los escombros levantados.

Hannibal golpeó algo con la pala, levantó una mano cadavérica y a continuación sacó el cráneo del cocinero de entre las ruinas. Buenas noticias en la sonrisa del esqueleto —sus dientes de oro demostraban que los ladrones no habían llegado hasta allí—, y a continuación descubrió, todavía agarrado por el brazo huesudo cubierto con una manga, el morral de cuero del cocinero. Hannibal lo sacó de debajo del brazo del difunto y se lo llevó a la estufa. Al vaciar la bolsa sobre el acero se oyó el traqueteo metálico del contenido: galones militares con diversos emblemas para el cuello de la camisa, insignias policiales lituanas, el emblema de latón con forma de relámpago doble de las SS, el broche para la gorra con la calavera y las tibias cruzadas de las Waffen-SS, las águilas de aluminio de la policía, el emblema metálico para el cuello de la camisa del Ejército de Salvación, y, por último, las seis placas de identificación rectangulares de acero inoxidable.

La primera que salió fue la de Dortlich.

César sabía por experiencia que en las manos de los hombres podía haber manzanas y sacas de comida, o fustas y varas. Nadie con una vara en la mano se le podía acercar, y esto era consecuencia de la costumbre del enfurecido cocinero que lo espantaba cuando era un potro para ahuyentarlo de la huerta. Si Dortlich no se hubiera acercado con su porra de antidisturbios en ristre cuando emergió de entre los árboles, podría haber pasado desapercibido por donde se encontraba César. Sin embargo, el caballo relinchó, corcoveó un par de veces para poder dar unos pasos, tirando así de la cuerda hasta el último escalón de la entrada del refugio, y se volvió para mirar de frente al hombre.

Dortlich retrocedió hasta adentrarse de nuevo en el bosque. Se alejó unos cien metros del refugio de caza, se sumergió entre los helechos húmedos por el rocío que le llegaban a la altura del pecho, y salió del plano visual que se obtenía desde las ventanas desprovistas de cristales. Sacó su pistola y metió el cargador. Un retrete de estilo victoriano con los aleros decorados con filigranas de madera labrada estaba situado a unos cuarenta metros por detrás del refugio. Las plantas de tomillo del angosto sendero que conducía hasta ese excusado habían crecido sobremanera y estaban muy altas, y los setos que tapaban su visión desde la casa a punto estaban de tocarse y cerrarse sobre el camino. Dortlich pasó entre la vegetación a duras penas, las ramas y las hojas se le metían por el cuello de la camisa, le arañaban el cogote, pero el seto era flexible y no llegó a partirse. Alzó la porra delante de la cara y fue abriéndose paso poco a poco. Con la porra en una mano y la pistola en la otra avanzó un par de pasos hacia una ventana lateral del refugio. En ese preciso instante, el canto de una pala lo golpeó en la columna y se le vencieron las piernas. Disparó una vez al suelo y se desplomó, la parte plana de la pala le golpeó en la nuca y sintió la hierba húmeda en la cara antes de que se hiciera la oscuridad total.

Trinos, escribanos hortelanos volando en bandada y cantando en los árboles y la luz de la mañana destellando en amarillo sobre la alta hierba pisoteada en el lugar por el que Hannibal y César habían pasado.

Hannibal se inclinó sobre el depósito de agua calcinado y permaneció con los ojos cerrados durante unos cinco minutos. Se volvió hacia la tina y apartó la enredadera con un dedo, lo suficiente para ver los restos de Mischa. Resultaba extrañamente reconfortante ver que la pequeña conservaba todos los dientes de leche, así se disipaba una horrible visión. Sacó una hoja de laurel de la tina y la tiró al aire.

De las joyas que estaban sobre la estufa escogió un broche que recordaba haber visto prendido en el pecho de su madre: una cinta de Moebius engarzada de diamantes. Le quitó el lazo del collar a un camafeo y ató el broche en el lugar en que Mischa había llevado un lazo en el pelo.

En una suave loma orientada hacia el este y que se cernía sobre el refugio de caza excavó una tumba y la cubrió con todas las flores silvestres que encontró. Colocó la tina en la fosa y la cubrió con tejas de la casa.

Se quedó a los pies de la improvisada sepultura. Al oír la voz de Hannibal, César levantó la cabeza del suelo.

—Mischa, nos consuela saber que Dios no existe. Que no estarás esclavizada en el Cielo, obligada a besarle el culo al Creador por los siglos de los siglos. Lo que tienes es mejor que el paraíso. Posees el bendito olvido. Te extraño a diario.

Hannibal rellenó el foso y aplanó la tierra con las manos. Cubrió la tumba con agujas de pino, diversas hojas y ramitas hasta que la sepultura se confundió con el resto del mantillo.

En un pequeño claro a cierta distancia de allí, Dortlich se encontraba sentado, amordazado y atado a un árbol. Hannibal y César acudieron a su encuentro.

El muchacho se acomodó en el suelo y examinó el contenido de la mochila de Dortlich. Un mapa y las llaves de un coche, un abrelatas del ejército, un bocadillo envuelto en un estuche de plástico, una manzana, una muda de calcetines y una billetera. De esta última sacó un documento de identidad y lo comparó con las placas de identificación del refugio de caza.

—Herr… Dortlich. En el nombre de mi difunta familia y el mío, quiero agradecerle su presencia aquí el día de hoy. Significa mucho para nosotros y para mí, especialmente, contar con usted. Me alegro de tener la oportunidad de hablar en condiciones sobre el hecho de que se comiera a mi hermana.

Le arrancó la mordaza y Dortlich empezó a hablar de inmediato.

—Soy policía local, me habían informado del robo de este caballo —aclaró Dortlich—. Eso es lo único que buscaba por aquí. Di que devolverás el caballo y lo olvidaremos todo.

Hannibal sacudió la cabeza.

—Recuerdo su cara. La he visto muchas veces. Y su mano sobre nosotros, con esa telilla de pellejo entre los dedos, tentando a ver cuál de los dos estaba más gordo. ¿Recuerda el agua de la tina borboteando sobre la estufa?

—No. De la guerra sólo recuerdo haber pasado frío.

—¿Tenía pensado comerme a mí hoy, herr Dortlich? Si tiene la merienda aquí mismo —Hannibal analizó el contenido del bocadillo—. Pero ¡cuánta mayonesa, herr Dortlich!

—No tardarán en salir a buscarme —advirtió Dortlich.

—Nos palpó los brazos —Hannibal le palpó los brazos—. Nos palpó las mejillas, herr Dortlich —dijo, y le pellizcó los cachetes—. Le llamo «herr», pero no es usted alemán, ni lituano, ni ruso ni nada, ¿verdad? Es usted ciudadano de sí mismo, ciudadano de Dortlich. ¿Sabe dónde están los otros? ¿Mantienen el contacto?

—Todos muertos, todos muertos en la guerra.

Hannibal le sonrió y desató el nudo de su hatillo. Estaba lleno de setas.

—En París, las morchellas cónicas están a cien francos los cien gramos, ¡y éstas habían crecido en un tocón! —se levantó y caminó hacia el caballo.

Dortlich se retorció intentando zafarse de sus ataduras cuando Hannibal se distrajo con otra cosa.

En la amplia grupa de César había una bobina de cuerda. El muchacho ató el cabo suelto al rendaje del arnés. El otro extremo estaba atado con un nudo de soga. Soltó cuerda y acercó el nudo a Dortlich. Abrió el bocadillo de su cautivo, engrasó la cuerda con la mayonesa y le aplicó una generosa capa de esta crema en el cuello.

Estremeciéndose para soltarse las manos, Dortlich gritó:

—¡Queda uno vivo! ¡En Canadá! ¡Grentz! ¡Busca su identificación ahí! Yo podría testificar.

—¿Para qué, herr Dortlich?

—Para lo que tú quisieras. Yo no lo hice, pero diré que lo presencié.

Hannibal ajustó el nudo al cuello de Dortlich y lo miró a la cara.

—¿Parezco molesto con usted? —regresó a donde estaba el caballo.

—Es el único, Grentz, se fue en un barco de refugiados que zarpó de Bremerhaven, yo podría hacer una declaración jurada…

—Bueno, entonces, ¿está dispuesto a cantar?

—Sí, cantaré.

—Entonces cantemos para Mischa, herr Dortlich. Usted conoce esta canción. A Mischa le encantaba —volvió la grupa del caballo hacia Dortlich—. No quiero que veas esto —susurró al oído del animal y rompió a cantar—: *Ein Männlein steht im Walde ganz still und stumm…* —Chasqueó los dedos al oído de César y lo condujo hacia delante—. Cante para relajarse, herr Dortlich. *Es hat von lauter Purpur ein Mäntlein um.*

El cautivo retorcía el cuello en la grasienta soga al tiempo que observaba cómo la cuerda iba desenrollándose sobre la hierba.

—No está cantando, herr Dortlich.

Dortlich abrió la boca y cantó gritando de forma desentonada:

—*Sagt, wer mag das Männlein sein.*

Y cuando cantaron juntos *«Das da steht im Wald allein…»*, la cuerda se levantó del suelo, corcoveó un poco, y Dortlich gritó:

—¡Porvik! ¡Se llamaba Porvik! Lo llamábamos Cazuelas. Lo mataron en el refugio de caza. Tú lo encontraste.

Hannibal detuvo el caballo y regresó hasta donde estaba Dortlich, se agachó y lo miró a la cara.

—Átalo, ata el caballo, una abeja podría darle un picotazo.

—Sí, la hierba está llena de abejas —Hannibal echó un vistazo a las placas—. ¿Milko?

—No lo sé, no lo sé, lo juro.

—Y ahora llegamos a Grutas.

—No lo sé, no lo sé. Suéltame y testificaré contra Grentz. Lo encontraremos en Canadá.

—Un par de versos más, herr Dortlich.

Hannibal tiró del caballo hacia delante, el rocío destellaba perlado en la cuerda, que estaba casi a ras del suelo.

—*Das da steht im Wald allein...*

—¡Es Kolnas! ¡Kolnas tiene tratos con él! —soltó Dortlich en un grito asfixiado.

El muchacho dio una palmadita al caballo y regresó para agacharse frente a Dortlich.

—¿Dónde está Kolnas?

—En Fontainebleau, cerca de la place Fontainebleau, en Francia. Tiene una cafetería. Me comunico con él dejándole mensajes. Es la única forma de contactar con él —Dortlich miró a Hannibal directamente a los ojos—. Te juro por Dios que ella estaba muerta. De todas formas hubiera muerto, lo juro.

Sin dejar de mirarlo a la cara, Hannibal chasqueó con la lengua al caballo. La cuerda se tensó y el rocío salió disparado de los pelillos de la cuerda cuando ésta se levantó. El grito estrangulado de Dortlich se acalló cuando Hannibal aulló su canción en la cara del ahorcado.

Das da steht im Wald allein,
Mit dem purpurroten Mäntelein.

Se oyó un crujido seco y la salpicadura de una arteria latiente. La cabeza de Dortlich siguió atada a la soga en su recorrido de unos seis metros y quedó mirando al cielo.

Hannibal silbó y el caballo se detuvo con las orejas echadas hacia atrás.

—*Mit dem purpurroten Mäntelein,* sí señor.

Hannibal tiró el contenido de la mochila de Dortlich al suelo y cogió las llaves del coche y el carnet de identidad. Fabricó un tosco espetón con ramitas verdes y se tentó los bolsillos en busca de cerillas.

Mientras el fuego ardía hasta reducir la leña a provechosas ascuas, Hannibal dio la manzana de Dortlich a César. Sacó los arreos al caballo para que no enganchara la maleza y lo llevó al camino que conducía al castillo. Se abrazó al cuello del animal y le dio una palmada en la grupa.

—Vete a casa, César, vete a casa.

El caballo conocía el camino.

CAPÍTULO 44

Una neblina baja se posó sobre el desnudo y estéril sendero del tendido eléctrico, y el sargento Svenka ordenó a su conductor que redujera la marcha del camión por miedo a chocar con un tocón. Miró el mapa y comprobó el código de una torre de conducción eléctrica que sostenía el pesado tendido de cables de alta tensión.

—Aquí.

Las huellas de las ruedas del coche de Dortlich seguían en la distancia, pero había permanecido estacionado allí y había dejado un charco de aceite en el suelo.

De la parte trasera del camión salieron unos cuantos policías y un grupo de perros: dos alsacianos enormes y de color negro, ansiosos por adentrarse en el bosque, y un flemático sabueso. El sargento Svenka entregó a los canes la camisa del pijama de franela de Dortlich para que lo olfatearan, y luego partieron todos a la búsqueda. Bajo el cielo de nubes bajas, los árboles parecían grises por las sombras de silueta poco definida y la neblina que cubría el claro. Los perros se arremolinaban en torno al refugio de caza, el sabueso buscaba por el perímetro, entraba y salía corriendo del bosque, cuando uno de los policías gritó desde los árboles. Como los demás no lo oyeron enseguida, usó su silbato.

La cabeza de Dortlich estaba sobre un tocón y tenía un cuervo posado encima. Cuando los agentes se acercaron, el pajarraco salió volando y se llevó con él lo que pudo levantar.

El sargento Svenka respiró hondamente y sirvió de ejemplo a los hombres al encaminarse hacia la cabeza de Dortlich. Le faltaban las mejillas, cercenadas con un corte limpio, y se le veía la dentadura por ambos lados. Tenía la boca abierta y la placa de identificación encajada entre los dientes.

Encontraron la hoguera y el espetón. El sargento Svenka tocó las cenizas del hoyo. Estaban frías.

—Una brocheta. De mejillas y morchellas cónicas —dijo.

CAPÍTULO 45

El inspector Popil caminó desde el cuartel general del Quai des Orfèvres hasta la Place des Vosges con una fina carpeta bajo el brazo. Cuando se detuvo en un bar para tomarse un café rápido, olfateó un calvados recién servido en la barra de servicio y deseó que ya fuera de noche.

Popil iba de aquí para allá sobre el tramo de gravilla al tiempo que miraba hacia las ventanas de lady Murasaki. Las finas cortinas estaban echadas. De vez en cuando, las delgadas telas se movían con la corriente.

La portera de día, una anciana griega, lo reconoció.

—Madame me espera —anunció Popil—. ¿Ha pasado por aquí el joven?

La anciana sintió el estremecimiento de sus imaginarias antenas de portera y dio una respuesta firme.

—No lo he visto, señor, pero es que he estado fuera, he tenido unos días libres —dejó pasar a Popil apretando el botón del interfono.

Lady Murasaki estaba reclinada en su baño aromático. Había cuatro gardenias flotando en el agua y varias naranjas. El kimono favorito de su madre tenía unas gardenias bordadas. Ahora estaba hecho cenizas. Mientras se dejaba llevar por los recuerdos formó una onda en la superficie del agua con la que se recolocaron las flores. Su madre fue la única que se mostró comprensiva cuando contrajo matrimonio con Robert

Lecter. Las cartas ocasionales de su padre remitidas desde Japón todavía la hacían estremecerse. En lugar de una flor prensada o alguna hierba aromática, su nota más reciente contenía una ramita carbonizada de Hiroshima.

—¿Quién ha llamado a la puerta? —sonrió mientras pensaba «Hannibal», y estiró una mano para alcanzar el kimono. Pero él siempre llamaba o enviaba una nota antes de llegar, y tocaba el timbre antes de usar la llave. Sin embargo, no se oyó el traqueteo de la llave en la cerradura, sólo el timbre una vez más.

Lady Murasaki salió de la bañera y se envolvió a toda prisa con el batín de algodón. Miró por la cerradura. Popil. Popil en el ojo de la cerradura.

Ella había compartido unos cuantos almuerzos con el inspector. El primero, en Le Pré Catelan, en el Bois de Boulogne, fue bastante tenso, pero los demás habían tenido lugar en Chez Paul, cerca del lugar de trabajo de Popil, y ambos se habían sentido más cómodos y relajados. También le enviaba invitaciones a cenar, siempre con una nota, una de ellas con un haiku que contenía excesivas referencias estacionales. No obstante, ella había declinado esas últimas invitaciones, también por escrito.

Lady Murasaki abrió la puerta. Llevaba el pelo recogido en un moño alto y los delicados pies descalzos.

—Inspector.

—Perdóneme por presentarme sin previo aviso, aunque antes había llamado…

—He oído el teléfono.

—Desde el baño, imagino.

—Pase.

Ella siguió su mirada y se dio cuenta de que él observaba de inmediato las armas colocadas ante la armadura: la daga *tanto*, la espada corta, la espada larga y el machete de guerra.

—¿Hannibal?

—No está aquí.

Lady Murasaki era hermosa, pero también era la eterna cazadora. Se quedó con la espalda apoyada en la repisa de la chimenea, con las manos ocultas en las mangas del kimono, permitiendo que la presa se acercara a ella. El impulso de Popil fue moverse para atraer a la pieza de caza.

Se situó detrás de un diván y acarició el tapizado.

—Tengo que encontrarle. ¿Cuándo le vio por última vez?

—¿Hace cuántos días fue? Cinco. ¿Qué problema hay?

Popil se colocó cerca de la armadura. Acarició la superficie lacada de un cofre.

—¿Sabe dónde está?

—No.

—¿Dijo algo que indicara dónde podría haber ido?

Indicar… Lady Murasaki miró a Popil. En ese momento tenía los lóbulos enrojecidos. Se movía y preguntaba sin dejar de toquetearlo todo. Le gustaba cambiar de texturas, tocar algo terso y luego algo con pelusilla. Lady Murasaki también se había fijado en esa manía en la mesa. Áspero y terso. Como la parte superior y la inferior de la lengua. Ella sabía que podía electrizarlo evocando esa imagen y desviar la sangre que le irrigaba el cerebro.

Popil rodeó una maceta. Cuando la miró a través del follaje, ella le sonrió y logró interrumpir la serie de mecánicos movimientos.

—Está de excursión. No estoy segura de dónde ha ido.

—Sí, de excursión —repitió Popil—. Ha salido a cazar criminales de guerra. Eso creo.

La miró a la cara.

—Lo siento, pero tengo que enseñarle esto.

Popil puso sobre la mesita del té una foto borrosa todavía húmeda y retorcida por el Thermofax de impresión por calor de la embajada soviética. En ella se veía la cabeza de Dortlich en el tocón y la policía a su alrededor con dos alsacianos y un sabueso. La otra foto de Dortlich era de una identificación policial soviética.

—Lo encontraron en el bosque que pertenecía a la familia de Hannibal antes de la guerra. Sé que el muchacho estaba en los alrededores. Cruzó la frontera polaca un día antes.

—¿Por qué tiene que ser Hannibal? Este hombre debe de tener muchos enemigos, usted ha dicho que era un criminal de guerra.

Popil empujó la foto de la identificación para acercarla más hacia ella.

—Éste es el aspecto que tenía en vida —Popil sacó un retrato de su carpeta, el primero de una serie—. Éste es el dibujo que le hizo Hannibal y que colocó en la pared de su cuarto —la mitad de la cara estaba diseccionada, la otra mitad era sin duda el rostro de Dortlich.

—Nadie le ha invitado a entrar en su habitación.

De repente Popil se enfadó.

—Su serpiente doméstica ha matado a un hombre. Y seguramente no es el primero, como bien sabe usted mejor que yo. Aquí hay otro —dijo, y sacó otros dibujos—. Éste estaba en su habitación, y éste, y este otro. Esta cara es de los juicios de Núremberg, la recuerdo. Todos han huido y lo matarán si pueden.

—¿*Y* la policía soviética?

—Están haciendo preguntas en Francia, pero con discreción. Un nazi como Dortlich en la policía del pueblo es una vergüenza para los soviéticos. Ahora tienen su historial en la RDA, lo envió la Stasi.

—Si cogen a Hannibal…

—Si lo cogen en el este, lo fusilarán. Si escapa, podrían dejar que el caso cayera en el olvido y llegarían a darle carpetazo si mantiene la boca cerrada.

—¿Permitiría que el caso se olvidara?

—Si llega a Francia irá a la cárcel. Podría perder la cabeza.

Popil dejó de moverse. Se quedó como alicaído, con los hombros hundidos. Se metió las manos en los bolsillos.

Lady Murasaki sacó las suyas de las mangas.

—Y a usted la deportarían —dijo Popil—. Eso me entristecería. Me gusta verla.

—¿Le importa sólo lo que ve, inspector?

—¿Qué me dice de Hannibal? Haría cualquier cosa por él, ¿verdad?

Ella estuvo a punto de decir algo, alguna ocurrencia que la protegiera, pero se limitó a responder:

—Sí.

Hizo una pausa.

—Ayúdelo. Ayúdame, Pascal —jamás había pronunciado el nombre de pila del inspector.

—Haz que venga a mí.

CAPÍTULO 46

El río Essonne, de superficie lisa y aguas oscuras, pasaba por el almacén y por debajo de la negra casa flotante amarrada al muelle que estaba junto al Vert-le-Petit. Las ventanas de sus achaparradas cabinas estaban cubiertas con cortinas. Había cables de teléfono y de electricidad que llegaban hasta el barco. Las hojas de las plantas de la cubierta lucían húmedas y brillantes.

Las escotillas de cubierta estaban abiertas. Un chillido salió de una de ellas. Por una de las portillas inferiores apareció el rostro de una mujer, agonizante y con una mejilla pegada al cristal. Una manaza la apartó de golpe y corrió la cortina de un tirón. Nadie vio nada.

La bruma formaba aureolas borrosas en torno a las luces del muelle, pero justo encima relucían unas cuantas estrellas cuyo brillo atravesaba la calina. Su fulgor era demasiado tenue y transparente para distinguirlas con claridad.

Calle arriba, un guardia apostado junto a una puerta apuntó su farol hacia una furgoneta con el letrero CAFÉ DE L'ESTE y al reconocer a Petras Kolnas le hizo una señal para que se dirigiera al aparcamiento rodeado con alambre de espino.

Kolnas atravesó a toda prisa el almacén donde un trabajador estaba borrando con pintura las marcas de un rótulo: ECONOMATO MILITAR DEL EJÉRCITO DE ESTADOS UNIDOS, NEUILLY. El almacén estaba abarrotado de cajas, y Kolnas las apartó a manotazos para salir hacia el muelle.

Un guardia estaba sentado junto a la pasarela del barco en una mesa hecha con una caja de madera. Comía una salchicha con su navaja y fumaba al mismo tiempo. Se limpió las manos con un pañuelo, pues se disponía a iniciar su ronda. En ese momento reconoció a Kolnas y lo dejó pasar con un movimiento de la cabeza.

Kolnas no solía reunirse con los demás, tenía una vida propia. Se paseaba por la cocina de su restaurante con un cuenco, picoteándolo todo, y había ganado peso desde el fin de la guerra.

Zigmas Milko, enjuto como siempre, lo condujo hasta la cabina.

Vladis Grutas estaba en un sofá de piel mientras una mujer con un moratón en la mejilla le hacía la pedicura. Parecía apocada y era demasiado vieja para la trata de blancas. Grutas levantó la vista con una expresión complacida y abierta que a menudo era señal de carácter. El capitán del barco jugaba a los naipes sobre la mesa de cartas de navegación con un matón barrigudo llamado Mueller, antiguo miembro de la Brigada Dirlewanger de las SS, cuyos tatuajes carcelarios le cubrían la parte trasera del cuello y las manos, y ascendían por debajo de las mangas hasta perderse de vista. Cuando Grutas volvió su mirada de ojos claros hacia los jugadores, éstos guardaron las cartas y abandonaron la cabina.

Kolnas no perdió el tiempo con las cortesías de rigor.

—Dortlich tenía su placa de identificación encajada entre los dientes. Hay que ver qué bueno es el acero alemán, no se fundió ni ardió. El chico también habrá encontrado tu placa, la mía, la de Milko y la de Grentz.

—Pero tú ordenaste a Dortlich que limpiara el refugio de caza hace cuatro años —dijo Milko.

—Se limitaría a removerlo todo con su tenedor de pícnic, ¡jodido vago! —se lamentó Grutas. Empujó a la mujer de un puntapié, ni se molestó en mirarla, y ella se apresuró a salir de la cabina.

—¿Dónde está? ¿Dónde está ese maldito mocoso que ha matado a Dortlich? —preguntó Milko.

Kolnas se encogió de hombros.

—Estudia en París. No sé cómo consiguió el visado. Lo ha utilizado para entrar. No hay noticias de que haya salido. No saben dónde está.

—¿Y si acude a la policía? —preguntó Kolnas.

—¿Con qué pruebas? —preguntó Grutas—. ¿Recuerdos de su infancia, pesadillas infantiles, viejas placas de identificación?

—Dortlich podría haberle contado que me llamaba por teléfono para ponerse en contacto contigo —advirtió Kolnas.

Grutas se encogió de hombros.

—El chico se convertirá en un hueso duro de roer.

Milko soltó un gruñido.

—¿Un hueso duro de roer? Yo diría que ya lo ha sido para Dortlich. Matar a Dortlich no debe de haber sido fácil, seguramente le disparó por la espalda.

—Ivanov me debe una —dijo Grutas—. El servicio de seguridad de la embajada soviética averiguará el paradero del pequeño Hannibal y nosotros nos encargaremos del resto. Así que Kolnas no tendrá que preocuparse.

Unos gritos ensordecidos y el ruido de una serie de golpes llegaron de algún otro lugar del barco. Los hombres no se inmutaron lo más mínimo.

—Svenka sustituirá a Dortlich —comentó Kolnas para demostrar que no estaba preocupado.

—¿Nos interesa? —preguntó Milko.

Kolnas volvió a encogerse de hombros.

—Es necesario que esté de nuestro lado. Svenka trabajó con Dortlich durante dos años. Tiene nuestras cosas. Es el único vínculo que nos queda con los cuadros. Además, él mantiene contacto con los deportados, puede escoger a los que tengan mejor pinta para entregarlos a la Comisión de Personas Desplazadas de Bremerhaven. Y nosotros los recogemos allí.

Asustado por el potencial del Plan Pleven para rearmar Alemania, Iósif Stalin estaba purgando Europa del Este con deportaciones en masa. Los atestados trenes salían con una frecuencia semanal con destino a la muerte en los campos de concentración de Siberia, y a la miseria en los campos de refugiados del oeste. Los desesperados deportados suponían un buen suministro de mujeres y niños para Grutas. Permanecía detrás de sus mercancías. Conseguía la morfina a través de los médicos alemanes. A cambio de ella, él suministraba transformadores para los electrodomésticos que se vendían en el mercado negro, y aplicaba los «correctivos» necesarios para que su mercancía humana funcionara como era de esperar.

Grutas permaneció un momento meditabundo.

—¿Estuvo ese tal Svenka en el frente? —no creían que alguien que no hubiera estado en el frente del este pudiera ser verdaderamente útil.

Kolnas se encogió de hombros.

—Por teléfono parecía joven. Dortlich tenía un par de encargos.

—Nos desharemos de todo cuanto antes. Es demasiado pronto para vender, pero tenemos que librarnos de ello. ¿Cuándo volverá a llamar?

—El viernes.

—Dile que lo haga ahora mismo.

—Querrá salir. Querrá los papeles.

—Podemos llevarlo a Roma. No sé si nos interesa tenerlo por aquí. Prométele lo que sea, ¿de acuerdo?

—El arte se vende muy bien —comentó Kolnas.

—Vuelve a tu restaurante, Kolnas. Sigue alimentando gratis a los monigotes uniformados y ellos seguirán haciendo la vista gorda y rompiendo tus cartillas de racionamiento falsas. Trae unos profiteroles la próxima vez que vengas por aquí con tus lloriqueos.

—Se las arreglará—dijo Grutas a Milko cuando Kolnas se había marchado.

—Eso espero —respondió Milko—. No me apetece nada dirigir un restaurante.

—¡Dieter! ¿Dónde está Dieter? —Grutas golpeó la puerta de una cabina de la cubierta inferior y la abrió de golpe.

Dos mujeres jóvenes y asustadas estaban sentadas en sus catres, ambas encadenadas por la muñeca a la estructura de tubos metálicos del poltrón. Dieter, de veinticinco años, agarró a una de las jóvenes por un mechón de pelo.

—Les has amoratado la cara y les has partido el labio, ya no me darán mucho dinero por ellas —dijo Grutas—. Y ésa, de momento, es sólo mía.

Dieter soltó a la mujer y rebuscó una llave entre los diversos objetos que llevaba en los bolsillos.

—¡Eva!

La mujer de más edad entró en la cabina y se quedó de pie junto a la pared.

—Limpia a ésa. Mueller la llevará a la casa —dijo Dieter.

Grutas y Milko cruzaron el almacén en dirección al coche. En una zona delimitada por una cuerda había una serie de cajones de embalaje con el letrero CASA. Grutas localizó entre los electrodomésticos un refrigerador de fabricación inglesa.

—Milko, ¿sabes por qué los ingleses beben la cerveza caliente? Porque tienen neveras de la marca Lucas. No las quiero en mi casa. Yo quiero Kelvinator, Frigidaire, Magnavox, Curtis-Mathis. Lo quiero todo fabricado en América —Grutas levantó la tapa de un piano de pared y tocó unas notas—. Es un piano de casa de putas. No lo quiero. Kolnas me ha encontrado un Bösendorfer. El mejor. Milko, recógelo en París… cuando vayas a encargarte de ese otro asunto.

CAPÍTULO 47

Como sabía que él no acudiría a su encuentro hasta que estuviera perfectamente aseado, lo esperó en su cuarto. Él jamás la había invitado a ese lugar, pero ella no fisgoneó. Miró los dibujos de las paredes y las ilustraciones médicas que llenaban media habitación. Se tumbó en la cama baja al estilo japonés situada justo debajo del alero. Sobre una balda estrecha colgada justo enfrente de la cama había un cuadro oculto por un pañuelo de seda con unas garzas reales bordadas. Lady Murasaki se tumbó de costado y levantó la mano para alcanzar el pañuelo de seda. Descubrió debajo su maravilloso cuerpo desnudo en la bañera del palacio; era un dibujo hecho a lápiz y carboncillo y coloreado con pasteles. La obra estaba firmada con el trazo de Eternidad en Ocho Trazos y el carácter japonés de «flor acuática» dibujado con el «estilo hierba» y no del todo correcto.

Lo contempló durante largo rato, luego volvió a cubrirlo y cerró los ojos mientras recordaba un poema de Akiko Yosano:

En las notas de mi koto *hay otro*
profundo y misterioso tono,
un sonido que procede
del interior de mi seno.

Poco después del amanecer del segundo día, oyó unos pasos en la escalera. Oyó la llave en la cerradura y vio a Hannibal de pie en la puerta, malhumorado y cansado, con el macuto colgado de una mano.

Lady Murasaki se levantó.

—Hannibal, necesito oír tu corazón —le dijo—. El corazón de Robert se apagó. Tu corazón se detuvo en mis sueños —se acercó a él y apoyó la oreja sobre su pecho—. Hueles a humo y a sangre.

—Tú hueles a jazmín y a té verde. Hueles a paz.

—¿Estás herido?

—No.

Lady Murasaki tenía la cara sobre las placas de identificación chamuscadas que Hannibal llevaba colgadas al cuello. Ella las separó de la camisa.

—¿Se las has quitado a los muertos?

—¿A qué muertos te refieres?

—La policía soviética conoce tu identidad. El inspector Popil vino a verme. Si acudes a él te ayudará.

—Esos hombres no están muertos. Están vivitos y coleando.

—¿Están en Francia? Pues entrégalos al inspector Popil.

—¿Entregarlos a la policía francesa? ¿Por qué? —sacudió la cabeza—. Mañana es domingo, ¿estoy en lo cierto?

—Sí, domingo.

—Acompáñame mañana. Te recogeré. Quiero que le eches un vistazo a un animal y me digas si debería temer a la policía francesa.

—El inspector Popil…

—Cuando veas al inspector Popil, dile que tengo una carta para él —Hannibal sacudía la cabeza.

—¿Dónde te bañas?

—En la ducha esterilizante del laboratorio —respondió—. Voy para allá ahora.

—¿Quieres comer algo?

—No, gracias.

—Entonces, duerme —dijo lady Murasaki—. Te acompañaré mañana. Y todos los días.

CAPÍTULO 48

La moto de Hannibal era una BMW de motor bicilíndrico bóxer que el ejército alemán había abandonado en su retirada. La había repintado con pulverizador negro, tenía los manillares bajos y un asiento trasero. Lady Murasaki iba sentada detrás. Con su cinta en el pelo y las botas de cuero tenía cierto aire de bohemia parisina. Se cogía a Hannibal con las manos ligeramente posadas sobre sus costillas.

La lluvia había caído durante la noche, pero el pavimento estaba limpio y seco gracias a la soleada mañana. El firme proporcionaba un buen agarre cuando se inclinaban para tomar las curvas que recorrían el bosque de Fontainebleau, avanzando a toda velocidad sobre las sombras alargadas de las hileras de árboles y los rayos de sol. La atmósfera era gélida en las hondonadas, pero el aire les acariciaba el rostro con su calidez al cruzar los claros abiertos.

El ángulo de inclinación de una curva se siente de forma muy marcada en el asiento trasero de una moto, y Hannibal notó que ella intentaba rectificar la postura durante los primeros kilómetros, pero al final le cogió el truco. Los últimos cinco grados de inclinación eran una verdadera prueba de fe para lady Murasaki, hasta que su peso se fundió con el de Hannibal en su trepidante recorrido por el bosque. Pasaron junto a un seto lleno de madreselva; el aire tenía un aroma dulzón, tanto que ella pudo saborearlo en los labios. Alquitrán caliente y madreselva.

El Café de L'Este se encontraba en la orilla occidental del Sena, a casi un kilómetro de Fontainebleau, y tenía una agradable panorámica del bosque en la otra orilla del río.

El motor de la moto se apagó y empezó a emitir ruiditos a medida que se enfriaba. Cerca de la entrada a la terraza del café había un aviario; los pájaros de su interior eran escribanos hortelanos, la especialidad secreta del café. Las leyes que regulaban el consumo de esas aves variaban a diario. En el menú aparecían como alondras. El hortelano es un buen cantor, y los del restaurante estaban disfrutando de la luz del sol.

Hannibal y lady Murasaki se detuvieron un rato a contemplarlos.

—Son tan pequeños… tan hermosos… —comentó ella con el ánimo todavía exaltado por el viaje.

Hannibal apoyó la frente en la jaula. Los pajarillos volvieron la cabeza para mirarlo moviendo los ojos de un lado para otro. Su canto era la lengua báltica que Hannibal había escuchado en el bosque de su infancia.

—Son como nosotros —dijo—. Huelen que están cocinando a sus congéneres y, aun así, intentan cantar. Vamos.

Tres cuartos de las mesas de la terraza estaban ocupadas. Había una mezcla de atuendos dominicales de ciudad y de campo, personas que disfrutaban de un almuerzo temprano. El camarero les encontró un sitio.

En la mesa contigua todos los hombres habían pedido hortelanos. Cuando los pajarillos asados llegaron a la mesa, los comensales se inclinaron sobre el plato y se taparon la cabeza con la servilleta para conservar todo el aroma.

Hannibal olfateó el vino de la mesa de al lado y supo que sabía a corcho. Los miró de forma inexpresiva, absorto, mientras los comensales se lo bebían de todas formas.

—¿Quieres una copa de helado?

—Perfecto.

Hannibal entró en el restaurante. Se detuvo delante de la pizarra de las especialidades del día mientras leía el letrero de la licencia del restaurante colgado junto a la caja registradora.

En el pasillo había una puerta con el cartel de PRIVÉ. No había nadie por allí cerca, la puerta no estaba cerrada con llave. Hannibal la abrió y descendió por la escalera que conducía al sótano. En un cajón medio abierto había un lavaplatos de fabricación estadounidense. Se agachó para leer la etiqueta del cajón de embalaje.

Hercule, el pinche de cocina, bajó por la escalera con una cesta de servilletas sucias.

—¿Qué está haciendo aquí? Esto es privado.

Hannibal se volvió y habló en inglés.

—Bueno, ¿dónde está? En la puerta dice retrete, ¿no? He bajado y aquí no hay más que un sótano. El váter, chaval, el meadero, el baño, ¿dónde está? Respóndeme en inglés. ¿Entiendes lo que significa váter? Dímelo rápido, estoy a punto de hacérmelo encima.

—*Privé, privé!* —Hercule señaló al final de la escalera, arriba—. *Toilette!* —y cuando llegaron arriba le hizo un gesto en la dirección correcta.

Hannibal regresó a la mesa cuando servían los helados.

—Kolnas está utilizando el nombre de Kleber. Eso dice en la licencia del restaurante. Monsieur Kleber con residencia en la rue Juliana. ¡Ahhh, mira eso!

Petras Kolnas llegó a la terraza con su familia, todos vestidos de domingo para acudir a la iglesia.

Las conversaciones que tenían lugar alrededor de Hannibal se convirtieron en un sordo sonsonete mientras observaba a Kolnas, hasta que la visión se le nubló y se llenó de puntitos negros.

El traje nuevo de Kolnas era de velarte negro, y llevaba un broche de los rotarios en la solapa. Su esposa y sus dos hijos eran guapos, con aspecto alemán. Al sol, el vello pelirrojo y el bigote de Kolnas relucían como las cerdas de un jabalí verrugoso. El dueño del restaurante fue hacia la caja registradora. Levantó a su hijo y lo sentó en un taburete de la barra.

—Kolnas el Próspero —dijo Hannibal—. El *restauranteur.* El glotón. Ha venido para ver cómo va la caja de camino a la iglesia. ¡Qué aspecto tan pulcro!

El encargado agarró el libro de reservas que se encontraba junto al teléfono y lo abrió para que Kolnas lo revisara.

—Recuérdenos en sus oraciones, *monsieur* —dijo el encargado.

Kolnas hizo un gesto de asentimiento. Ocultando el movimiento de los comensales con su orondo cuerpo, se sacó una Webley de 11 milímetros de la pretina. Escogió unas cuantas monedas brillantes de la caja y las limpió con su pañuelo. Entregó una al niño sentado en el taburete.

—Ésta es la ofrenda que harás en la iglesia, guárdatela en el bolsillo.

Se agachó y le dio la otra moneda a su hijita.

—Aquí tienes tu ofrenda, *liebchen*. No te la metas en la boca. ¡Guárdala bien en el bolsillo!

Algunos bebedores que se encontraban en la barra entablaron conversación con Kolnas; además, había algunos clientes a los que debía saludar. Enseñó a su hijo cómo dar un buen apretón de manos. Su hija le soltó la pernera del pantalón y gateó entre las mesas. Estaba adorable con sus volantes, su sombrerito de encaje, su collar y sus pendientes de bebé; los clientes la miraban sonriendo.

Hannibal cogió la cereza que coronaba su copa de helado y la puso al borde de la mesa. La niña se acercó para cogerla y estiró la manita, con el dedo pulgar y el índice listos para juntarse y agarrarla. Hannibal tenía la mirada vidriosa. Sacó la punta de la lengua y le cantó a la niña:

—*Ein Männlein steht im Walde ganz still und stumm*, ¿te sabes esta canción?

Mientras la niña se comía la cereza, Hannibal le metió algo en el bolsillo.

—*Es hat von lauter Purpur ein Mäntlein um.*

De pronto, Kolnas apareció junto a la mesa. Levantó a su hija en brazos.

—No conoce esa canción.

—Usted debería conocerla, no tiene pinta de francés.

—Ni usted tampoco, *monsieur* —respondió Kolnas—. Yo mismo no supondría que usted y su esposa son franceses. Aunque ahora todos somos franceses.

Hannibal y lady Murasaki observaron cómo Kolnas metía a su familia en un Citroën con tracción delantera.

—Qué niños tan encantadores —comentó ella—. La niña es preciosa.

—Sí —afirmó Hannibal—. Llevaba la pulsera de Mischa.

En lo más alto del altar de la iglesia del Redentor había una representación bastante sangrienta de Cristo crucificado, un cuadro del siglo XVII robado en Sicilia. Debajo del Cristo colgante, el sacerdote alzó el cáliz de la Santa Eucaristía.

—Tomad y comed todos de él —dijo—, pues éste es mi cuerpo entregado por vosotros… Tomad y bebed todos de él, pues éste es el cáliz de mi sangre, sangre de la alianza nueva y eterna, derramada por vosotros para el perdón de los pecados. Haced esto en conmemoración mía.

Kolnas, que llevaba a sus hijos en brazos, tomó la hostia con la boca y regresó al banco junto a su esposa. Los feligreses que hacían cola avanzaron arrastrando los pies y luego se pasó el cepillo. Kolnas susurró algo al oído de su hijo. El niño sacó una moneda del bolsillo y la puso en el recipiente de las limosnas.

—Katerina… —le susurró Kolnas a su hija, que algunas veces se mostraba reticente a desprenderse de su donativo.

La niñita se tocó el bolsillo y puso en el cepillo una placa de identificación chamuscada con el nombre de Petras Kolnas. Su padre no la vio hasta que el monaguillo cogió la chapa de la bandeja y se la devolvió, esperando con una sonrisa paciente que Kolnas sustituyera la identificación por una moneda.

CAPÍTULO 49

En el balcón de lady Murasaki había un cerezo en flor plantado en una maceta que se alzaba sobre la mesa, los zarcillos más bajos acariciaron a Hannibal en el pelo cuando se sentó junto a ella. Por encima del hombro de lady Murasaki el Sacré-Cœur iluminado por los focos pendía en el cielo nocturno como una gota de luna.

Ella tañía el alargado y elegante *koto* e interpretaba el tema de Michio Miyagi *El mar en primavera.* Tenía el pelo suelto y la luz de la lámpara le caldeaba la piel. Miraba fijamente a Hannibal mientras tocaba.

Era difícil saber qué estaba pensando, una cualidad que a Hannibal le parecía refrescante. Con el paso de los años había aprendido cómo comportarse con ella, no con precaución, sino con cariño.

El ritmo de la música iba ralentizándose. La última nota sonó acallada. Un grillo *suzumushi* respondió al koto desde su jaula. Lady Murasaki metió una rodaja de pepino entre los barrotes, y el grillo tiró de ella hacia el interior. Era como si ella pudiera ver a través de Hannibal, más allá de él, como si estuviera mirando a una montaña en lontananza. Entonces él sintió que la atención que le dedicaba lo envolvía mientras pronunciaba unas palabras que le resultaban conocidas.

—Te observo y el grillo canta al son de mi corazón.

—Mi corazón salta al verla, *milady*, porque usted le enseñó a cantar —respondió él.

—Entrégalos al inspector Popil. A Kolnas y a los demás.

Hannibal se terminó el *sake* y dejó el vasito.

—Es por los hijos de Kolnas, ¿verdad? Estás haciendo grullas para los niños.

—Estoy haciendo grullas para tu alma, Hannibal. Te has dejado arrastrar al lado oscuro.

—No me he dejado arrastrar. Cuando no podía hablar, nadie me arrastró al silencio, el silencio me aprisionó.

—Cuando saliste del silencio, viniste a mí y me hablaste. Te conozco, Hannibal, y no ha resultado fácil conseguirlo. Te has dejado arrastrar al lado oscuro, pero también te has dejado arrastrar hasta mí.

—Por el puente de los sueños.

El *koto* emitió un ruidito distorsionado cuando ella lo dejó. Le tendió una mano a Hannibal. Él se puso a sus pies, el cerezo le hizo cosquillas en la mejilla, y ella lo guio hasta el baño. El agua echaba vapor. Las velas ardían junto a la bañera. Lo invitó a sentarse sobre el *tatami*. Estaban uno frente al otro, arrodillados, cara a cara, separados sólo por treinta centímetros.

—Hannibal, ven conmigo a Japón. Podrías hacer prácticas en una clínica privada de la casa de campo de mi padre. Hay mucho que hacer. Allí estaríamos juntos —se inclinó para acercarse más a él. Lo besó en la frente—. En Hiroshima, las plantas crecen verdes y resurgen de las cenizas hacia la luz —le acarició la cara—. Si tú eres tierra calcinada, yo seré la lluvia cálida.

Lady Murasaki tomó una naranja de un cuenco que estaba junto a la bañera. La abrió con las uñas y presionó su perfumada mano en los labios de Hannibal.

—Una caricia real es mejor que el puente de los sueños —con un vasito de *sake* vuelto del revés ahogó la llama de la vela que tenían al lado, y dejó la mano en la vela más tiempo de lo necesario.

Empujó la naranja con un dedo y la hizo rodar sobre las baldosas hasta que cayó a la bañera. Puso la mano en la sien de Hannibal y lo besó en la boca. Fue un beso de capullo de flor que se abría de par en par.

Posó la frente en los labios de Hannibal, le desabrochó la camisa. Él la sostuvo por los brazos y miró su rostro encantador, su luminosidad. Estaban cerca y lejos, como una lámpara entre dos espejos.

La bata de ella cayó. Ojos, pechos, puntos de luz en sus caderas, simetría de simetrías, Hannibal se quedó sin aliento.

—Hannibal, prométemelo.

Él la apretó contra su cuerpo y cerró los ojos con todas sus fuerzas. Los labios de lady Murasaki, su aliento en el cuello de Hannibal, su respiración cavernosa, su clavícula. Su clavícula... Los platillos de la balanza de san Miguel.

El muchacho veía la naranja flotar en la bañera. Durante un instante fue el cráneo del cervatillo que chocaba contra la tina de agua hirviendo, chocando con los latidos de su corazón, como si, aun muerto, siguiera desesperado por escapar. Los condenados encadenados bajo su pecho marchaban por su diafragma hacia el infierno debajo de la balanza. Esternohioideo, omohioideo, tirohiodeo, yugulaaar, améeen.

Había llegado la hora y ella lo sabía.

—Hannibal, prométemelo.

Un latido, y él respondió.

—Ya se lo prometí a Mischa.

Permaneció sentada junto a la bañera hasta que oyó que la puerta de entrada se cerraba. Se puso la bata y se ató el cordón con delicadeza. Se llevó las velas del baño y las colocó ante las fotografías de su altar. Las llamas iluminaron las caras de los muertos del presente y la armadura vigilante, y en la máscara de Date Masamune, lady Murasaki vio a los muertos del futuro.

CAPÍTULO 50

El doctor Dumas colgó el batín del laboratorio en el perchero y abrochó el último botón con sus regordetas manos de piel rosada. También tenía las mejillas sonrosadas, y su pelo rubio le chisporroteaba por la electricidad estática, ese mismo chisporroteo en su ropa lo acompañaba durante todo el día. Irradiaba una suerte de alegría sobrenatural que le duraba todo el día. En el laboratorio quedaban un par de estudiantes limpiando sus puestos de disección.

—Hannibal, mañana por la mañana necesitaré para la clase en el anfiteatro un sujeto con la cavidad torácica abierta, las costillas a la vista y los vasos pulmonares principales inyectados con tinte de color, así como las arterias cardíacas principales. Sospecho, por el color que tiene, que el número ochenta y ocho murió por oclusión coronaria. Sería práctico poder verlo —comentó con alegría—. Inyecta de amarillo la arteria descendente izquierda y la circunfleja. Si hay una obstrucción tendrás que pinchar por ambos lados. Te he dejado unas notas. Te espera un montón de trabajo. Si quieres le diré a Graves que se quede a ayudarte.

—Trabajaré solo, profesor Dumas.

—Imaginaba que dirías eso. Buenas noticias: Albin Michel ha recibido los primeros grabados. ¡Podremos verlos mañana! Me muero por echarles un vistazo.

Hacía unas semanas, Hannibal había entregado sus dibujos al editor de la rue Huygens. Al ver el nombre de la calle pensó en el señor Jakov y en el *Tratado de la luz,* de Christiaan Huygens.

Después de aquella visión, se sentó en los Jardines de Luxemburgo durante una hora, contemplando los barquitos de juguete del estanque, desenrollando mentalmente una voluta metálica de un arriate floral con forma de semicírculo. Bien podía decirse que los dibujos del nuevo texto de anatomía eran obra de Lecter y Jakov.

El último estudiante salió del laboratorio. El edificio quedó vacío y a oscuras, salvo por las intensas luces que utilizaba Hannibal para trabajar en el laboratorio de anatomía. Tras apagar la sierra eléctrica, los únicos sonidos que se oyeron fueron el tenue gemido del viento en las chimeneas, el traqueteo de los instrumentos semejante al cricrí de un grillo y la réplica de los borboteos en el lugar donde se calentaban los tintes para las inyecciones.

Hannibal pensó en el individuo que iba a estudiar, un hombre fornido de mediana edad. Tenía el cuerpo envuelto salvo en la parte del tórax abierto y con las costillas separadas como las cuadernas de un barco. Allí estaban las zonas que el doctor Dumas quería mostrar durante el transcurso de su clase, en la que haría la última incisión y extraería un pulmón. Para realizar su dibujo, Hannibal necesitaba ver la cara posterior del pulmón, que quedaba oculta en el interior del cadáver. El muchacho recorrió el pasillo hasta el museo de anatomía en busca de una referencia visual; iba encendiendo las luces a medida que avanzaba.

Zigmas Milko, sentado en un camión al otro lado de la calle, alcanzaba a ver el interior de la facultad de medicina a través de sus altas ventanas y seguía el recorrido de Hannibal por el vestíbulo. Milko llevaba una palanqueta oculta en la manga de su chaqueta, la pistola y un silenciador en el bolsillo.

Cuando Hannibal encendió las luces del museo, Milko pudo ver que los bolsillos del batín no estaban abultados, no parecía que fuera armado. Salió del museo con un tarro de cristal en la mano y las luces fueron apagándose progresivamente cuando regresó al laboratorio de anatomía. En ese momento, el laboratorio era la única estancia iluminada; las ventanas, cubiertas por la escarcha, y la claraboya relucían.

La misión de Milko se limitaba a mantenerse al acecho, pero por si acaso decidió fumarse primero un cigarrillo, si es que el observador de la embajada le había dejado alguno antes de escabullirse. Cualquiera hubiera dicho que el muy berzotas jamás había visto un cigarrillo de los buenos. ¿Se había llevado el paquete entero? Maldita sea, quedaban al menos quince Lucky Strike. Concentrarse en el asunto que tenía entre manos, conseguir más cigarrillos americanos en la sala de baile. Relajarse, frotarse contra las chicas de la barra con el tubo del silenciador metido en el bolsillo delantero del pantalón, mirarlas a la cara cuando sientan su dureza; recoger el piano de Grutas por la mañana…

Ese chico mató a Dortlich. Milko recordó que Dortlich, con una barra metida en la manga, se había astillado un diente intentando encender un cigarrillo.

—*Scheisskopf,* deberías haber salido con nosotros —le dijo a Dortlich, dondequiera que estuviera, en el infierno seguramente.

Milko llevaba como tapadera una escalera negra junto con una cubeta para el almuerzo, cruzó la calle y se puso a cubierto entre los setos que se encontraban frente a la facultad de medicina. Plantó el pie en el primer escalón y murmuró:

—A la mierda con la granja —había sido su mantra para entrar en acción desde que se había escapado de casa a los doce años.

Hannibal acabó de poner las inyecciones intravenosas de tintura y esbozó su obra con lápices de colores en una mesa de dibujo que se encontraba junto al cadáver; de vez en cuando miraba el pulmón conservado en alcohol dentro del tarro. Unos cuantos papeles pegados a la mesa se levantaron ligeramente con un golpe de aire y volvieron a su sitio. Hannibal alzó la vista del dibujo, miró hacia el pasillo, en dirección a la corriente, y terminó de colorear una vena.

Milko cerró la ventana del museo de anatomía tras él, se quitó las botas con sigilo y, en calcetines, se arrastró entre las vitrinas de cristal. Avanzó por la hilera dedicada al sistema digestivo y se detuvo cerca de un par de pies zopos conservados en un tarro. La sala tenía la luz justa para avanzar sin chocar con algo. No le habría gustado tener que disparar en ese lugar y esparcir esa mierda por todas partes. Se levantó el cuello de la camisa cuando sintió la corriente de aire en la nuca. Centímetro a centímetro fue asomando la cara al pasillo y miró con el rabillo del ojo por encima del tabique nasal, sin mover la cabeza, para que la oreja no le quedara al aire.

Hannibal abrió bien las narinas, concentrado sobre la mesa de dibujo, y la luz de trabajo destelló con un reflejo rojizo en sus ojos.

Al mirar hacia el pasillo y por la puerta del laboratorio, Milko vio al muchacho: estaba de espaldas y se movía alrededor del cadáver con su enorme aguja hipodérmica para inyectar los tintes. Estaba un poco lejos para disparar, pues el silenciador le tapaba parcialmente la visión. No quería asustarlo, tener que perseguirlo por todas partes y tirarlo todo. Dios sabía qué podía caerle encima, alguno de esos asquerosos fluidos quizá.

Milko hizo ese pequeño reajuste emocional que solemos hacer antes de matar.

Hannibal dejó de ser visible. Milko sólo veía una mano sobre la mesa de dibujo, dibujando, dibujando, borrando algo pequeño...

De repente, el muchacho soltó el lápiz, salió al pasillo y encendió la luz. Milko volvió a meterse en el museo, pero la luz volvió a apagarse. Milko se asomó por el umbral de la puerta. Hannibal estaba trabajando sobre el cadáver tapado.

Milko oyó la sierra de las autopsias. Cuando volvió a echar un vistazo no vio al muchacho. «Estará dibujando otra vez. ¡Joder! Entra ahí y dispárale. Y dile que salude a Dortlich cuando llegue al infierno.» Avanzó por el pasillo dando grandes zancadas en calcetines, sigiloso en su recorrido sobre el suelo de piedra y sin perder de vista la mano sobre la mesa de dibujo.

Milko levantó la pistola, entró por la puerta y vio la mano y la manga, y el batín apoyado en la silla. ¿Dónde estaba el resto? Hannibal se acercó por detrás del hombre armado, le clavó la aguja llena de alcohol en el cuello, lo agarró cuando le cedieron las piernas y se le pusieron los ojos en blanco, y lo posó en el suelo.

Lo primero es lo primero. Hannibal volvió a poner en su sitio la mano del cadáver y la adhirió con un par de puntadas rápidas a la piel.

—Lo siento —se disculpó con el muerto—. Incluiré un agradecimiento más en tu carta.

Le quemaba, tosía, Milko sintió el frío en la cara al recuperar la conciencia, la habitación le daba vueltas, pero al final dejó de moverse. Empezó a lamerse los labios y escupió. Le caía agua sobre el rostro.

Hannibal dejó el cántaro de agua fría en el borde de la piscina de cadáveres y se sentó mirando a su enemigo con actitud dialogante. Milko llevaba puesto el arnés con cadenas utilizado para levantar cadáveres. Estaba sumergido hasta el cuello en el formol de la piscina. Los demás ocupantes se apiñaban a su alrededor, lo miraban con sus ojos nublados por el líquido de embalsamamiento y él apartaba con los hombros sus manos apergaminadas.

Hannibal registró la billetera de Milko. Se sacó del bolsillo una placa de identificación y la colocó junto al carnet de identidad de Milko sobre el borde de la piscina.

—Zigmas Milko. Buenas noches.

Milko tosió y resopló.

—Ya lo hemos hablado. Te he traído dinero. Hagamos un trato. Queremos que te quedes el dinero. Lo he traído. Deja que te lleve hasta él.

—Parece un plan estupendo. Ha matado a tanta gente, Milko... A muchos más que a todos estos. ¿Los siente en la piscina, a su alrededor? Ése que está a sus pies es un niño muerto en un incendio. Mayor que mi hermana y asado de vuelta y vuelta.

—Yo no quiero lo mismo que tú.

Hannibal se puso un guante de goma.

—Quiero escuchar lo que tiene que decir sobre cómo se comió a mi hermana.

—Yo no lo hice.

Hannibal sumergió a Milko en el fluido de embalsamamiento. Pasado un largo rato, tiró de la cadena y volvió a levantarlo, le echó agua en la cara y le anegó los ojos.

—No vuelva a decir eso —advirtió Hannibal.

—Todos nos sentíamos mal, muy mal —respondió Milko en cuanto pudo hablar—. Teníamos las manos congeladas y los pies gangrenados. No importa lo que hiciéramos, lo hicimos para sobrevivir. Grutas fue rápido, ella no… A ti te dejamos con vida, nosotros…

—¿Dónde está Grutas?

—Si te lo digo, ¿me dejarás llevarte hasta el dinero? Es mucho, en dólares. Y hay mucho más, podemos chantajearlos con lo que yo sé, con tus pruebas.

—¿Dónde está Grentz?

—En Canadá.

—Correcto. Al fin la verdad. ¿Dónde está Grutas?

—Tiene una casa cerca de Milly-la-Forêt.

—¿Cómo se llama ahora?

—Tiene una empresa llamada Satrug.

—¿Ha vendido mis cuadros?

—Una vez, para comprar un montón de morfina, pero no más. Podemos recuperarlos.

—¿Ha probado usted la comida del restaurante de Kolnas? Los helados no están mal.

—Tengo el dinero en el camión.

—¿Últimas palabras? ¿Una oración de despedida?

Milko abrió la boca con la intención de decir algo y Hannibal soltó la pesada tapa de la piscina con un ruido metálico. Entre la tapa y la superficie del líquido para embalsamar quedó una ranura de menos de dos centímetros y medio para respirar. El muchacho salió de la habitación mientras el prisionero aporreaba la cubierta de la piscina como una langosta en una cacerola. Hannibal cerró la puerta al salir; los burletes de goma chirriaron contra la pintura de la pared.

El inspector Popil permaneció junto a la mesa de trabajo de Hannibal contemplando su dibujo.

El muchacho alargó la mano para tirar del cordón del enorme ventilador y la máquina se puso en marcha con un traqueteo.

Popil levantó la vista en dirección a ese ruido. Hannibal no sabía qué otra cosa podía haber oído. La pistola de Milko se encontraba entre los pies del cadáver, debajo de la sábana.

—Inspector Popil —Hannibal levantó una jeringuilla de tinte y preparó una dosis—. Si me disculpa un momento, tengo que utilizar esto antes de que vuelva a endurecerse.

—Has matado a Dortlich en el bosque de tu familia.

A Hannibal no se le demudó el rostro. Limpió la punta de la jeringuilla.

—Tenía la cara comida —añadió Popil.

—Yo sospecharía de los cuervos. En ese bosque abundan. En cuanto el perro se despistaba, te los encontrabas posados en su cuenco de la comida.

—Esos cuervos se prepararon una brocheta.

—¿Se lo ha comentado a lady Murasaki?

—No. El canibalismo... En el frente del este hubo algunos casos, y en más de una ocasión cuando tú eras niño —Popil le dio la espalda y se quedó mirándolo en el reflejo del cristal de la vitrina de enfrente—. Pero eso ya lo sabes, ¿verdad? Estabas allí. Y estabas en Lituania hace cuatro días. Entraste con un visado legal y saliste por otro lado. ¿Cómo? —Popil no esperó a que le respondiera—. Yo te diré cómo: compraste la documentación a un falsificador de Fresnes, y eso es un delito.

En la sala de la piscina, la pesada tapa se levantó ligeramente y los dedos de Milko asomaron por el borde. Apretó los labios contra la tapa para absorber el centímetro de aire que entraba por la angosta ranura, se atragantó con un trago de líquido de embalsamamiento, presionó la cara contra el hueco del borde de la tapa e inspiró entre toses.

En el laboratorio de anatomía, mirando la espalda de Popil, Hannibal ejerció cierta presión en el pulmón del cadáver y se produjo un satisfactorio resoplido ahogado seguido por una pedorreta.

—Lo siento —se disculpó—. Es algo que suelen hacer los muertos —se volvió hacia el quemador Bunsen que tenía debajo de una retorta para aumentar el borboteo.

—El dibujo no es del rostro de ese cadáver. Es la cara de Vladis Grutas. Como las que hay en tu habitación. ¿También has matado a Grutas?

—Desde luego que no.

—¿Lo has encontrado?

—Si lo encontrara, le doy mi palabra de que se lo haría saber.

—¡No te burles de mí! ¿Sabes que decapitó con una sierra al rabino de Kaunas? ¿Que acribilló a niños gitanos en el bosque? ¿Sabes que escapó de Núremberg justo cuando una testigo tragó ácido? Cada pocos años encuentro su asqueroso rastro y lo pierdo. Si sabe que estás persiguiéndolo, te matará. ¿Fue él quien aniquiló a tu familia?

—Mató a mi hermana y se la comió.

—¿Tú lo presenciaste?

—Sí.

—¿Testificarías?

—Por supuesto.

Popil observó a Hannibal durante largo rato.

—Hannibal, en Francia, si te condenan por asesinato acabarás con la cabeza en una cesta. Deportarían a lady Murasaki. ¿La amas?

—Sí, ¿y usted?

—En los archivos de Núremberg tienen fotografías de Grutas. Si los soviéticos las ponen en circulación, si lo encuentran, la Sûreté tiene a alguien con quien podríamos hacer un canje.

Si lo cogemos, necesitaré tu declaración. ¿Existe alguna otra prueba?

—Marcas de dientes en los huesos.

—Si no te presentas en mi despacho mañana, ordenaré que te detengan.

—Buenas noches, inspector.

En la sala de la piscina, la manaza de granjero de Milko con forma de pala vuelve a meterse en el tanque, la tapa se cierra con fuerza, y a un rostro apergaminado que tiene delante le recita su oración de despedida: «A la mierda con la granja».

La noche había caído. Hannibal trabajaba solo en el laboratorio de anatomía. Estaba a punto de finalizar el dibujo, dibujaba junto al cuerpo. En el mostrador había un grueso guante de goma lleno de líquido y atado por la muñeca. El guante estaba encima de un vaso de decantación lleno de pólvora. Al lado había un reloj con temporizador en marcha.

Hannibal tapó la libreta de dibujo con una hoja de papel cebolla. Envolvió el cadáver y lo llevó hasta el aula del anfiteatro. En el museo de anatomía recogió las botas de Milko y las colocó junto a su ropa sobre una camilla próxima al horno crematorio, también puso allí el contenido de sus bolsillos: una navaja, unas llaves y una billetera. Esta última llevaba dinero y la goma del borde de un condón que Milko enseñaba en la penumbra a las mujeres para engañarlas. Hannibal sacó el dinero. Abrió la puertecilla del horno. La cabeza de Milko estaba en las llamas. Parecía el piloto ardiendo del Stuka. El muchacho tiró las botas dentro y una de ellas golpeó en la nuca del cadáver y se perdió de vista en el fondo del crematorio.

CAPÍTULO 51

Un camión militar de cinco toneladas con la capota de lona nueva estaba estacionado en la calle de enfrente del laboratorio de anatomía y obstaculizaba la mitad de la acera. Resultaba sorprendente que no tuviera una multa en el parabrisas. Hannibal probó las llaves de Milko en la puerta del conductor, y ésta se abrió. Había un sobre con papeles metido en el parasol del conductor. Los revisó a toda velocidad.

Una rampa en la parte trasera del camión le permitió cargar su moto, que estaba estacionada en el arcén. Condujo el camión hasta Porte de Montempoivre, cerca del Bois de Vincennes, y lo dejó aparcado en las proximidades de las vías del tren. Metió las matrículas del vehículo en el hueco de debajo del asiento.

Hannibal Lecter estaba sentado en su moto, en el huerto de una ladera, desayunando unos deliciosos higos africanos que había encontrado en el mercado de la rue de Buci, acompañados de una loncha de jamón de Westfalia. Divisaba la carretera a los pies de la colina y, a medio kilómetro de allí, la entrada del hogar de Vladis Grutas.

Las abejas del huerto eran muy escandalosas y una gran cantidad de ellas estuvo zumbando alrededor de los higos hasta que Hannibal los cubrió con un pañuelo. García Lorca, que en ese momento disfrutaba de un renovado éxito en París, decía que el corazón era un huerto. Hannibal empezó a reflexionar sobre esa imagen poética e imaginó, como suelen hacer los jóvenes, la redondez de los melocotones y las peras. De pronto, el camión del carpintero pasó por la carretera de abajo y abrió la verja de la casa de Grutas.

Hannibal levantó los prismáticos de su padre.

La casa de Vladis Grutas era una mansión de la Bauhaus, construida en 1938, en plena campiña y con vistas al río Essonne. La habían abandonado durante la guerra y, como era una construcción sin aleros, sus níveas paredes estaban cubiertas de manchas oscuras de humedad. La totalidad de la fachada y uno de los laterales estaba encalado de un blanco cegador, todavía quedaba un andamiaje montado en las paredes que seguían sin pintar. Los alemanes habían utilizado la casa como cuartel general del estado mayor durante la ocupación y habían añadido medios de protección a la estructura.

La casa, un cubo de cristales y cemento, estaba protegida por un enorme vallado de cadenas y alambre de espino que cubría la totalidad de su perímetro. La entrada contaba con una garita de vigilancia de cemento que parecía un fortín. Una ranura que hacía las veces de ventana en la parte frontal de la garita suavizaba su adusto aspecto con una jardinera llena de flores. A través de la ventana, una ametralladora podía disparar, apartando las flores con el cañón, al otro lado de la carretera.

Dos hombres salieron de la garita, uno rubio y el otro moreno y cubierto de tatuajes. Utilizaron un espejo sujeto por un mango alargado para mirar por debajo del camión. Los carpinteros tuvieron que descender del vehículo y enseñar sus documentos de identidad. Se produjo un intercambio de explicaciones y gesticulación de manos. Al final, los guardias dejaron pasar el vehículo.

Hannibal avanzó con la moto hasta un soto de árboles y aparcó entre la maleza. Desconectó el sistema de arranque con un trozo de cable que había escondido detrás de los platinos y puso una nota en el asiento donde decía que se había ido en busca de recambios. Caminó durante media hora hacia la carretera nacional e hizo dedo para regresar a París.

El muelle de carga de Instrumentos Gabrielle se encontraba en la rue de Paradis, entre un comercio de instalaciones luminosas y una tienda de reparación de cristales. Al realizar su última tarea de la jornada, los mozos del almacén cargaron un piano de media cola en el camión de Milko, junto con un taburete en un embalaje aparte. Hannibal firmó la factura como Zigmas Milko y pronunció el nombre entre dientes mientras lo escribía.

Los camiones propiedad de la compañía de instrumentos iban llegando al almacén al final del día. Hannibal observó a la mujer que bajó del asiento del conductor de uno de los camiones. El mono no le quedaba nada mal, y no dejaba de hacer aspavientos afrancesados. Entró en el edificio y salió unos minutos después vestida con unos pantalones abombachados y una blusa; llevaba el mono doblado en el brazo. Lo metió en la alforja de una pequeña motocicleta. Se dio cuenta de que Hannibal la estaba mirando y volvió su delgado rostro andrógino hacia él. Sacó un cigarrillo y Hannibal se lo encendió.

—*Merci, monsieur*... Zippo —era una típica francesa, vivaracha, tenía la mirada inquieta y exageraba sus gestos al fumar.

Los cuerpos que iban de aquí para allá en el muelle de carga se tensaron para escuchar la conversación de los jóvenes, pero sólo oyeron la risa de la chica. Miró a Hannibal a la cara y hablaron hasta que, poco a poco, la coquetería afectada de la francesa se desvaneció; parecía fascinada por el chico, casi hipnotizada. Caminaron juntos hacia un bar.

Mueller se encargaba de la vigilancia en la garita con un alemán llamado Gassmann que había terminado hacía poco la instrucción en la Legión Extranjera. Mueller intentaba convencerlo para que se hiciera un tatuaje cuando el camión de Milko se acercó por el camino de entrada.

—Atención, que alguien llame al médico de la gonorrea, Milko ha vuelto de París —dijo Mueller.

Gassmann tenía mejor vista.

—Ése no es Milko.
Salió de la garita.
—¿Dónde está Milko? —preguntó Mueller a la mujer que iba al volante.
—¿Y yo qué sé? Me ha pagado por traeros este piano. Ha dicho que llegaría dentro de un par de días. Anda, utiliza esos músculos tan espectaculares para sacar mi moto de la parte trasera.
—¿Quién te ha pagado?
—Monsieur Zippo.
—Querrás decir monsieur Milko.
—Sí, eso, Milko.
Un camión de suministros se detuvo detrás del de cinco toneladas y esperó. El proveedor estaba furioso, tamborileaba con los dedos sobre el volante.
Gassmann levantó la puerta de la parte trasera del camión. Vio un piano en un cajón de embalaje y un cajón más pequeño con una indicaciones: *POUR LA CAVE* y PARA LA BODEGA: CONSÉRVESE EN LUGAR FRÍO. La moto estaba atada a las barras laterales del camión. Había una rampa en el interior, pero era más fácil bajar la motocicleta a pulso.
Mueller se acercó para ayudar a Gassmann con la descarga. Miró a la chica.
—¿Quieres beber algo?
—Aquí no —respondió ella al tiempo que pasaba una pierna sobre la moto.
—Tu moto suena a pedorreta —le gritó Mueller mientras se alejaba.
—Me parece que tus tiernas palabras la han conquistado —comentó el otro alemán con sorna.

El afinador de pianos era un hombre esquelético con abismos oscuros entre los dientes y una sonrisa como la de Lawrence Welk. Cuando terminó de afinar el negro Bösendorfer, se puso su antiguo frac y su pajarita blanca, y salió para sentarse al piano mientras los invitados de Grutas iban llegando. Las notas sonaban quebradizas al rebotar contra el suelo de baldosas y las infinitas vidrieras de la casa. Las baldas de cristal y acero de las estanterías próximas al piano zumbaban con el si bemol, hasta que el intérprete apartó los libros, entonces zumbaron con el si. Mientras afinaba el instrumento había utilizado una silla de la cocina, pero no quería sentarse en ella para tocar.

—¿Dónde voy a sentarme? ¿Dónde está el taburete del piano? —preguntó a la doncella, quien a su vez preguntó a Mueller. Éste le encontró una silla de la altura correcta pero con apoyabrazos—. Tendré que tocar con los codos levantados —se quejó el afinador.

—Cierra la puta boca y toca como los americanos —ordenó Mueller—. El señor quiere un cóctel al estilo americano, con las mismas canciones y todo.

El bufé del cóctel se sirvió a treinta invitados, viejos pecios hundidos en la guerra. Estaba Ivanov, de la embajada soviética, con un atuendo demasiado elegante para ser un funcionario. El ruso hablaba con un sargento primero norteamericano que llevaba la contabilidad del Economato Militar de Estados Unidos en Neuilly. El sargento iba vestido de paisano, con un traje de lino a cuadros de un color que resaltaba el angioma en forma de araña que tenía a un lado de la nariz. El obispo, llegado desde Versalles, iba en compañía del monaguillo que le hacía la manicura.

Bajo la despiadada luz del fluorescente, el traje negro del religioso tenía un verde irisado como de rosbif, según observó Grutas al besarle el anillo. Intercambiaron unas cuantas palabras sobre sus respectivos conocidos en Argentina. La atmósfera de la sala estaba cargada de Vichy.

El pianista trató de ganarse a la multitud con su risa de esqueleto e intentó tocar algunas melodías de Cole Porter. El inglés era su cuarta lengua, y en algunas ocasiones se veía obligado a improvisar.

«Night and day, you are the sun. Only you binis *the moon, you are the on.»*

El sótano estaba prácticamente a oscuras. Una única bombilla refulgía cerca de la escalera. El sonido de la música llegaba apagado desde la planta de arriba.

Una de las paredes del sótano estaba cubierta con una estantería de vinos. Cerca de ella había toda una serie de cajones, algunos de ellos abiertos y con virutas de serrín desparramadas a su alrededor. En el suelo había un fregadero nuevo de acero inoxidable, junto a una máquina de discos Rock-Ola Luxury con los últimos discos de la época y un montón de cartuchos de monedas para meter en la máquina. Junto a la pared forrada de estanterías para botellas de vino se veía un cajón de embalaje con la etiqueta *POUR LA CAVE* y PARA LA BODEGA: CONSÉRVESE EN LUGAR FRÍO. La madera del cajón produjo un ligero crujido.

El pianista añadía algún que otro fortísimo para lanzarse a versos inciertos: *«Whether me or you depart, no matter darling I'm apart, I think of you Night and Dayyyy»*.

Grutas se paseaba entre sus invitados e iba estrechando manos. Con un discreto gesto de la cabeza convocó a Ivanov en la biblioteca. Era una habitación de modernidad austera, con una mesa de escritorio sobre caballetes, estanterías de acero y cristal y una escultura de inspiración picassiana de Anthony Quinn, titulada *La lógica es una dama que se esconde.* Ivanov observó la pieza.

—¿Le gusta la escultura? —preguntó Grutas.

—Mi padre era conservador en San Petersburgo; cuando todavía existía San Petersburgo, claro.

—Si quiere puede tocarla —lo invitó Grutas.

—Gracias. ¿Los aparatos para Moscú?

—Sesenta frigoríficos que viajan en el tren de Helsinki en este preciso instante. Todos Kelvinator. ¿Y qué tiene usted para mí? —Grutas no pudo evitar chasquear los dedos.

Al oír aquel chasquido impaciente, Ivanov se dedicó a examinar con detenimiento las nalgas de piedra.

—No hay ningún expediente del chico en la embajada —dijo por fin—. Consiguió el visado para Lituania ofreciéndose a escribir un artículo para *L'Humanité.* Se suponía que debía tratar sobre lo bien que ha funcionado la colectivización desde que requisaron los terrenos de pasto a su familia y lo encantados que estaban los granjeros de trasladarse a la ciudad y construir una depuradora. Es un aristócrata que apoya la revolución con sus argumentos.

Grutas resopló por la nariz.

Ivanov colocó una foto sobre el escritorio y la empujó hacia Grutas. En ella se veía a lady Murasaki y a Hannibal en el exterior del edificio de apartamentos donde vivían.

—¿De cuándo es esta foto?

—De ayer por la mañana. Milko estaba con mi hombre cuando la tomó. El chico Lecter es estudiante, trabaja de noche, duerme en la facultad de medicina. Mi hombre puso a Milko al corriente de todo... Yo no quiero saber más de este asunto.

—¿Cuándo fue la última vez que vio a Milko?

Ivanov levantó la vista con brusquedad.

—Ayer. ¿Ocurre algo?

Grutas se encogió de hombros.

—Seguramente no. ¿Quién es la mujer?

—Es su madrastra, o algo parecido. Es hermosa —dijo Ivanov, y deslizó su mano por los glúteos de piedra.

—¿Tiene un culo como éste?

—No lo creo.

—¿La policía francesa ha metido las narices?

—Un inspector llamado Popil.

Grutas apretó los labios y durante un instante pareció olvidar que Ivanov estaba en la sala.

Mueller y Gassmann miraron a la multitud. Estaban cogiendo los abrigos y vigilando que ningún invitado robara nada. En la habitación que hacía las veces de guardarropa, Mueller tiró de la banda elástica de la pajarita de Gassmann hasta separársela del cuello, le dio media vuelta y la soltó de golpe.

—¿Puedes hacerla girar como una pequeña hélice y volar como un hada? —preguntó Mueller.

—Vuelve a hacerlo y creerás haber puesto la mano en el pomo de la puerta del infierno —le advirtió Gassmann—. Mira qué pinta tienes… ¡Métete la camisa por dentro! ¿Es que nunca has servido en una casa?

Tuvieron que ayudar al proveedor del *catering* a recoger. Cuando llevaron una mesa plegable al sótano, no vieron, oculto bajo la escalera, un grueso guante de goma colgado sobre un plato con pólvora y una mecha que llegaba hasta una lata que antes contenía tres kilos de manteca. Una reacción química se ralentiza a medida que la temperatura desciende. El sótano de Grutas estaba cinco grados más frío que la facultad de medicina.

CAPÍTULO 52

La doncella estaba sacando el pijama de seda de Grutas cuando la llamaron para que llevara más toallas.

A la empleada no le gustaba llevar toallas al baño de su señor, pero siempre la llamaba para hacerlo. Debía entrar, aunque no debía mirar. El baño de Grutas estaba cubierto de baldosas blancas y accesorios de acero, con una gran bañera de pie, una sauna con puertas de cristal esmerilado y, al lado, una ducha.

Grutas estaba inclinado en la bañera. La mujer raptada que se había traído del barco le afeitaba el pecho con una maquinilla de las que se utilizaban en la cárcel; la cuchilla estaba asegurada con un cierre. La mujer tenía la mejilla hinchada. La doncella no quiso cruzar la mirada con ella.

Como una cámara insonorizada, la ducha era completamente blanca y lo suficientemente grande para cuatro personas. Su curiosa acústica hacía reverberar hasta el más leve crujido. Hannibal oyó el roce de su pelo al apoyar la cabeza en la baldosa del blanco plato de la ducha en el que estaba tendido. Cubierto por un par de toallas blancas, era casi invisible desde la sauna a través de la puerta de cristal esmerilado. Bajo las toallas oía su propia respiración. Era como estar envuelto en la alfombra con Mischa. En lugar del cálido perfume del pelo de su hermanita en la cara, olía el tufo de la pistola, del aceite para engrasarla y de los cartuchos de bronce y cordita.

Oía la voz de Grutas, pero todavía no le había visto la cara salvo a través de los prismáticos. Su forma de hablar no había cambiado: con la sorna sin gracia que antecede a un golpe.

—Caliéntame el albornoz de felpa —ordenó Grutas a la doncella—. Después quiero tomar un baño de vapor. Enciéndelo.

Ella descorrió la puerta de la sauna y abrió la válvula. En la cámara, blanca por completo, las únicas notas de color las ponían la esfera del temporizador y el termómetro. Tenían el aspecto de indicadores del tablón de mandos de un barco, con números lo bastante grandes como para verse a pesar del vapor. El minutero del temporizador ya se movía en torno a la esfera hacia la manecilla roja.

Grutas tenía las manos detrás de la cabeza. Llevaba tatuado bajo el brazo el rayo doble de las SS. Se pellizcó el bíceps e hizo bailar el emblema nazi.

—¡Pam! *Donnerwetter!* —se rio cuando la mujer raptada se estremeció y se alejó—. Nooo, no voy a pegarte más. Ahora me gustas. Voy a arreglarte los dientes con una dentadura que podrás dejar en un vaso junto a la cama, para que no moleste.

Hannibal salió del sauna entre una nube de vapor, con la pistola en alto y apuntando al corazón de Grutas. En la otra mano llevaba una botella de alcohol metílico.

La piel de Grutas chirrió contra la bañera cuando se levantó. La mujer se apartó de él antes de darse cuenta de que tenía a Hannibal justo detrás.

—Me alegro de que estés aquí —dijo Grutas. Miró la botella con la esperanza de que Hannibal estuviera borracho—. Siempre he tenido la sensación de que te debía algo.

—Ya he hablado de eso con Milko.

—¿Y bien?

—Encontró una solución.

—¡El dinero, por supuesto! Lo envié con él y él te lo dio, ¿verdad? ¡Bien!

Hannibal habló con la mujer sin bajar la vista para mirarla.

—Moja la toalla en la bañera. Vete al rincón, cúbrete la cara con la toalla y quédate ahí sentada. Vamos. Mójala en la bañera.

La mujer empapó la toalla en el agua y se retiró a un rincón.

—Mátalo —dijo ella.

—He esperado tanto para verte la cara… —empezó a decir Hannibal—. Le he puesto tu cara a todos los desgraciados a los que he herido. Te imaginaba más fuerte.

La doncella entró en la habitación con el albornoz. A través de la puerta entreabierta vio el cañón y el silenciador de la pistola. Se alejó de la habitación dando marcha atrás, arrastrando las zapatillas sobre la moqueta con sigilo.

Grutas se fijó en el arma. Era la pistola de Milko. Tenía una recámara encajada sobre el cañón que se utilizaba con el silenciador. Si no sabía cómo usarla, el pequeño Lecter podría pegar un solo tiro. De ser así, tendría que empezar a trastear con la pistola.

—¿Has visto las cosas que tengo en esta casa, Hannibal? ¿Las oportunidades de la guerra? Estás acostumbrado a las cosas bonitas, y puedes tenerlas. ¡Estamos vivos! Somos los Nuevos Hombres, Hannibal. Tú, yo, la flor y nata, ¡siempre saldremos a flote! —levantó montones de espuma en la mano para ilustrar la imagen de la flotación, para que el pequeño Lecter se acostumbrara a su balanceo.

—Las placas de identificación no flotan —Hannibal tiró la placa de Grutas a la bañera y se hundió como una piedra—. El alcohol sí flota —tras decirlo, lanzó la botella y ésta se rompió contra las baldosas, por encima de Grutas, y lo duchó con su apestoso fluido; los cristales hechos añicos cayeron en su pelo. Hannibal se sacó del bolsillo el mechero Zippo para prender a Grutas. Cuando lo abrió para encenderlo, Mueller lo encañonó con una pistola en la sien.

Gassmann y Dieter agarraron a Hannibal por los brazos. Mueller empujó el cañón de la pistola del muchacho hacia el techo, se la quitó de la mano y se la metió en el cinto.

—Nada de disparos —dijo Grutas—. No quiero que rompáis las baldosas. Quiero hablar con él un rato. Luego puede morir en la bañera, como su hermana —salió del baño y se quedó de pie con una toalla atada a la cintura. Hizo un gesto hacia la mujer raptada, que en ese momento estaba desesperada por complacerlo. Salpicaba con agua de Seltz su cuerpo afeitado mientras él giraba sobre sí mismo con los brazos extendidos.

—¿Sabes qué sensación da el agua gaseosa? —preguntó Grutas—. Sientes que estás renaciendo. Ahora estoy como nuevo, en un nuevo mundo en el que no hay sitio para ti. No puedo creer que hayas matado a Milko tú solo.

—Alguien me echó una mano —aclaró Hannibal.

—Ponedlo sobre la bañera y rajadlo cuando os lo ordene.

Los tres esbirros forcejearon por tirar a Hannibal al suelo y le pusieron la cabeza y el cuello sobre la bañera. Mueller sostenía una navaja automática. Colocó su filo sobre la garganta del chico.

—Míreme, conde Lecter, mi príncipe, vuelva la cabeza y míreme, estire bien el pescuezo y se desangrará pronto. Así no le dolerá durante tanto tiempo.

A través de la puerta de la sauna, Hannibal vio cómo se movía la manecilla del temporizador.

—Responde a esto —dijo Grutas—: Si la niña hubiera estado muriéndose de hambre, ¿no habrías hecho conmigo lo mismo que yo hice con ella? Porque tú la querías, ¿verdad?

—Por supuesto.

Grutas sonrió y pellizcó a Hannibal en la mejilla.

—Pues ahí lo tienes. Amor. Yo me amo con la misma intensidad. Jamás te pediría disculpas. Perdiste a tu hermanita en la guerra —Grutas eructó y rio—. Ese eructo es mi comentario. ¿Buscas compasión? La encontrarás en el diccionario, entre «colitis» y «cómplice». Rájalo, Mueller. Esto es lo último que oirás en tu vida: te diré lo que *tú* has hecho para seguir vivo. Tú…

La explosión hizo temblar el baño y la pila salió disparada de la pared, el agua escapaba a borbotones de las tuberías y las luces se apagaron. Empezó la escaramuza en la oscuridad. Tirados en el suelo, Mueller, Gassmann y Dieter se apoyaron sobre Hannibal y se enredaron con la mujer. A Gassmann se le clavó la navaja en el brazo y empezó a gritar y a blasfemar. Hannibal le dio a alguien un codazo bien fuerte en la cara y se levantó. Un cañón destelló en la oscuridad cuando una pistola se disparó en la habitación embaldosada; unos fragmentos de porcelana se le clavaron en la cara. Un humo denso brotaba de la pared. Una pistola resbaló sobre las baldosas, y Dieter fue tras ella. Grutas levantó el arma, la mujer se abalanzó sobre él con las uñas apuntándole a la cara y él le disparó dos veces en el pecho. Se levantó sin soltar el arma. Hannibal golpeó con la toalla húmeda en los ojos de Grutas. Dieter se subió a la espalda de Hannibal; el muchacho se tiró hacia atrás, sobre su captor, sintió el impacto de los riñones de Dieter contra el borde de la bañera y notó que lo soltaba. Antes de que pudiera levantarse, Mueller lo interceptó, intentó meterle los rechonchos pulgares bajo la barbilla. Hannibal le dio un cabezazo en la cara, metió la mano entre ambos y encontró la pistola que Mueller llevaba en el cinto; apretó el gatillo con el arma todavía metida en los pantalones de Mueller, el alemán se alejó rodando por el suelo mientras aullaba, y Hannibal se apartó con la pistola. Avanzó despacio por la habitación a oscuras, pero aceleró su paso en cuanto salió al pasillo lleno de humo. Levantó el balde de la doncella que estaba a la entrada del baño y echó a correr cuando oyó un estallido a sus espaldas.

El guardia de la entrada había salido de la garita y estaba a medio camino de la puerta delantera.

—¡Traiga agua! —le gritó Hannibal. Le pasó el cubo y salió corriendo—. ¡Iré por la manguera! —corrió cuanto pudo hacia el camino de entrada y atajó por entre los árboles. Oyó gritos a sus espaldas. Ascendió por la colina hasta el huerto. La rápida ignición buscaba la mecha en la oscuridad.

Compresión liberada… Un toque de gas… Rugido del motor, un poco de estárter, un nuevo rugido. La BMW se despertó gruñendo y Hannibal salió disparado de la maleza por un sendero abierto entre los árboles; se le desprendió un tubo de escape al darse un topetazo contra un tocón y salió a la carretera, a todo gas, en la oscuridad. La pieza suelta iba rozando el pavimento y dejaba una estela de chispas.

Los bomberos estuvieron hasta bien entrada la noche apagando los rescoldos del sótano de la casa de Grutas, lanzando agua hasta en el último rincón que quedaba entre las paredes. El dueño de la casa estaba en el jardín; el humo y el vapor se alzaban hacia el cielo nocturno, a sus espaldas. Él miraba en dirección a París.

CAPÍTULO 53

La estudiante de enfermería era pelirroja y tenía los ojos castaños, más o menos del mismo color que los de Hannibal. Cuando él se puso detrás de la fuente del pasillo de la facultad de medicina para dejar que ella bebiera primero, la muchacha acercó su cara a la de Hannibal y lo olfateó.

—¿Cuándo has empezado a fumar?

—Estoy intentado dejarlo —respondió él.

—¡Tienes las cejas quemadas!

—Un descuido al usar el mechero.

—Si eres descuidado con el fuego no deberías cocinar —dijo ella, se mojó el pulgar y le peinó las cejas—. Mi compañera de habitación y yo vamos a preparar estofado esta noche, sobrará…

—Gracias. De verdad. Pero ya tengo un compromiso.

En su nota a lady Murasaki le preguntaba si podía visitarla. Para complementar el mensaje encontró una rama de glicinias, marchitas, en consonancia con su súplica de una disculpa. La nota de invitación de lady Murasaki iba acompañada con dos ramitas: una de mirto de color verde claro y otra de pino con una piña diminuta. El pino no se envía a la ligera. Estremecedoras e ilimitadas son las posibilidades de ese árbol.

El *poissonnier* de confianza de lady Murasaki no le falló. Le había reservado cuatro erizos perfectos conservados en agua de mar de su Bretaña natal. En el puesto contiguo, el pastelero preparaba unos panecillos dulces empapados en leche y prensados entre dos platos. Lady Murasaki pasó por Fauchon para comprar un pastel de pera y por último compró una redecilla de naranjas.

Con los brazos cargados de bolsas, hizo un alto delante de la floristería. No, Hannibal sin duda alguna le llevaría flores.

Hannibal le llevó flores. Tulipanes, lilas de Casablanca y helechos componían un esbelto arreglo floral apoyado en el asiento trasero de su moto. Dos chicas que cruzaban la calle le dijeron que las flores parecían la cola de un gallo. Él les guiñó el ojo cuando el semáforo se puso en verde y se alejó atronando con su moto y con el pecho henchido de satisfacción.

Aparcó en el callejón que estaba junto al edificio de lady Murasaki y dobló la esquina hasta llegar a la entrada con las flores. Estaba saludando con la mano al conserje cuando Popil y dos policías rechonchos salieron por una puerta y lo detuvieron. El inspector agarró las flores.

—No son para usted —dijo Hannibal.

—Estás detenido —anunció Popil.

Cuando Hannibal estuvo esposado, el inspector se metió las flores bajo el brazo.

En su despacho del Quai des Orfèvres, Popil dejó a Hannibal solo y lo hizo esperar durante media hora para que respirase el ambiente de una comisaría de policía. Cuando regresó a su despacho, observó que el joven se había entretenido en disponer las flores a modo de arreglo en una jarra de agua que había sobre el escritorio de Popil.

—¿Qué le parece?

El inspector le golpeó con una cachiporra corta de goma y Hannibal se doblegó.

—¿Y esto qué te parece? —preguntó Popil.

El policía más corpulento se mantenía bien pegado a la espalda de Popil y se quedó frente a Hannibal.

—Responde a todas las preguntas: te he preguntado que qué te parece.

—Es más sincero que su apretón de manos. Y al menos el garrote está limpio.

Popil sacó de un sobre dos placas de identificación atadas con un trozo de cuerda.

—Encontradas en tu cuarto. Estos dos fueron condenados *in absentia* en Núremberg. Una pregunta: ¿dónde están?

—No lo sé.

—¿No quieres verlos colgados? El verdugo los cuelga al estilo inglés, aunque no con la fuerza suficiente como para arrancarles la cabeza. No tensa mucho la soga, por eso rebotan muchísimo. Eso tendría que gustarte.

—Inspector, jamás tendrá ni la más remota idea de mis gustos.

—La justicia nunca te ha importado, querías matarlos con tus propias manos.

—A usted le ocurre algo similar, ¿verdad, inspector? Siempre los contempla mientras mueren. Eso le gusta. ¿Cree que podemos hablar a solas? —se sacó del bolsillo una nota manchada de sangre envuelta en papel celofán—. Tengo una carta de Louis Ferrat para usted.

Popil hizo un gesto para que los policías salieran de la habitación.

—Cuando despojé a Louis de sus ropas, encontré esta nota para usted en un bolsillo —leyó en voz alta el texto que quedaba justo por encima del pliegue—: «Inspector Popil, ¿por qué me atormenta con preguntas que usted mismo no respondería? Lo vi en Lyon» y dice más cosas —Hannibal le pasó la nota a Popil—. Puede desdoblarla del todo, si quiere, ya está seca. No huele.

Cuando Popil la desplegó, la nota se desintegró en parte y oscuros fragmentos cayeron al suelo. Cuando terminó de leerla se sentó sosteniendo el papel a la altura de la sien.

—¿Alguno de sus familiares se despidió de usted desde el trenecito? —preguntó Hannibal—. ¿Estaba usted dirigiendo el tráfico en la garita ese día?

Popil echó la mano hacia atrás.

—No le conviene hacer eso —advirtió Hannibal con toda tranquilidad—. Si supiera algo, ¿por qué iba a contárselo? Es una pregunta razonable, inspector. Usted podría haberles conseguido el permiso para huir a Argentina.

Popil cerró los ojos y volvió a abrirlos.

—Pétain fue siempre mi héroe. Mi padre y mis tíos lucharon a sus órdenes en la Gran Guerra. Cuando llegó al nuevo gobierno, nos dijo: «Mantened la ley y el orden hasta que derroquemos a los alemanes. Vichy salvará a Francia». Por aquel entonces ya éramos policías; nuestra misión parecía la misma.

—¿Ayudó usted a los alemanes?

El inspector se encogió de hombros.

—Yo mantenía la ley y el orden. Puede que eso les haya ayudado. Sin embargo, un día vi uno de sus trenes. Deserté del cuerpo y descubrí la Resistencia. No confiaron en mí hasta que maté a un miembro de la Gestapo. Los alemanes mataron a ocho habitantes del pueblo como represalia. Tenía la sensación de haberlos matado con mis propias manos. ¿Qué clase de guerra era ésa? Luchamos en Normandía, ocultos entre los matorrales, haciendo sonar los *clickers* para reconocernos entre nosotros —sacó de su mesa una cajita de latón con una pequeña lengüeta—. Ayudamos a los Aliados a entrar por las cabezas de playa —hizo sonar el artilugio apretando la lengüeta dos veces—. Doble cricrí significa «soy de los tuyos, no dispares». No me importa Dortlich. Ayúdame a encontrarlos. ¿Cómo estás buscando a Grutas?

—A través de familiares en Lituania, por los contactos de mi madre con la iglesia.

—Podría retenerte por la documentación falsa, me basta con la declaración del falsificador. Si te dejo marchar, ¿me juras que me contarás todo lo que averigües? ¿Me lo juras por Dios?

—¿Por Dios? Claro, se lo juro por Dios. ¿Tiene una Biblia? —Popil tenía un ejemplar del *Pensamientos* en la librería. Hannibal lo cogió—. O podemos utilizar su Pascal, Pascal.

—¿Lo jurarías por la vida de lady Murasaki?

Hannibal agarró el grillo de latón y lo chasqueó dos veces.

Popil levantó las placas de identificación y el muchacho las recuperó.

Cuando Hannibal salió del despacho entró el ayudante de Popil. El inspector señaló en dirección a la ventana. Cuando Hannibal salió del edificio, un policía vestido de paisano lo siguió.

—Sabe algo. Tiene las cejas chamuscadas. Averigua si se han producido incendios en la Île-de-France en estos últimos tres días —ordenó Popil—. Cuando nos lleve hasta Grutas, quiero que lo interrogues acerca del carnicero que fue asesinado cuando él era niño.

—¿Por qué el carnicero?

—Es un crimen de juventud, Étienne, un crimen pasional. No quiero que lo condenen, quiero un alegato por enajenación mental. En un psiquiátrico podrían estudiar su caso y descubrir en qué se ha convertido.

—¿Qué cree usted que es?

—El niño Hannibal murió en 1945 a la intemperie, en la nieve, intentando salvar a su hermana. Su corazón se apagó con la muerte de Mischa. ¿En qué se ha convertido? Todavía no hay una palabra para describirlo. A falta de un término mejor, lo llamaremos «monstruo».

CAPÍTULO 54

En el edificio de lady Murasaki en la Place des Vosges, la cabina de la portera estaba a oscuras, y la puerta holandesa de dos hojas, con la parte superior de cristal esmerilado, cerrada. Hannibal entró en el edificio con su llave y subió por la escalera corriendo.

En el interior de la cabina, la portera, sentada en su silla, tenía el correo distribuido sobre la mesa, delante de ella, ordenado en montones, por inquilinos, como si estuviera jugando al solitario. Tenía el cable de un candado para bicicleta hundido en la tierna carne del cuello, y le colgaba la lengua.

Hannibal llamó a la puerta de lady Murasaki. Oyó el sonido del teléfono en el interior. Le parecía como un extraño chillido. La puerta se abrió lentamente cuando metió la llave en la cerradura. Corrió por el apartamento sin dejar de mirar por todas partes. Cuando abrió la puerta del dormitorio de su amada se estremeció, aunque la habitación estaba vacía. El teléfono sonaba sin parar. Hannibal levantó el auricular.

En la cocina del Café de L'Este, los hortelanos de una jaula esperaban a ser marinados en Armagnac y escaldados en la gran cacerola de agua hirviendo que se encontraba al fuego. Grutas agarró a lady Murasaki por el cuello y le acercó la cara a la olla hirviente. Con la otra mano sostenía el auricular. La mujer tenía las manos atadas a la espalda.

Cuando Grutas oyó la voz de Hannibal al otro lado del teléfono, habló:

—Sigamos con nuestra conversación… ¿Quieres volver a ver a la japo con vida? —preguntó.

—Sí.

—Escucha bien y adivina si todavía conserva las mejillas.

¿Qué se oía de fondo además de la voz de Grutas? ¿Agua hirviendo? Hannibal no sabía si ese sonido era real; oía agua hirviendo en sueños.

—Háblale a tu joven follador.

Lady Murasaki suplicó:

—Querido, no… —antes de que la alejaran del teléfono de un manotazo, ella intentó zafarse de Mueller y ambos acabaron tropezando con la jaula de hortelanos. Los pájaros empezaron a piarse entre sí y armaron un tremendo alboroto.

Grutas habló a Hannibal.

—Querido… has matado a dos hombres por tu hermana y has volado mi casa por los aires. Te ofrezco un trueque de vidas. Tráelo todo aquí, las placas de identificación, el pequeño inventario de Cazuelas… hasta la última puta cosa. Me apetece hacerla chillar.

—¿Dónde…?

—¡Cierra el pico! En el kilómetro treinta y seis de la carretera a Tribardou hay una cabina de teléfonos. Preséntate allí al amanecer y recibirás una llamada. Si no vas, recibirás sus mejillas por correo. Si veo a Popil, o a cualquier policía, recibirás su corazón en un paquete postal. Quizá puedas usarlo en tus estudios, para hurgar en sus cavidades y ver si encuentras tu cara dentro. ¿Una vida por otra?

—Una vida por otra —respondió Hannibal.

La comunicación se cortó.

Dieter y Mueller llevaron a lady Murasaki a una furgoneta aparcada en la entrada de la cafetería. Kolnas cambió la matrícula del vehículo de Grutas.

Grutas abrió la parte trasera del camión y sacó un fusil automático Dragunov. Se lo entregó a Dieter.

—Kolnas, trae el tarro de cristal —Grutas quería que lady Murasaki lo oyera. La miraba con lascivia mientras daba órdenes—. Llévate el coche. Mátalo dentro de la cabina —ordenó a Dieter. Le pasó el tarro—. Lleva sus huevos al barco que está al sur de Nemours.

Hannibal no quería mirar por la ventana; el hombre de Popil vestido de paisano seguía vigilando. Entró en la habitación. Se sentó en la cama durante un instante con los ojos cerrados. Los sonidos de fondo que había oído durante la llamada hacían eco en su cabeza. *Ese piar… El dialecto báltico del hortelano.*

Las sábanas de lady Murasaki eran de lino con perfume de lavanda. Las apretó con los puños, se las llevó a la cara, luego las arrancó de la cama y las hundió a toda prisa en la bañera. Colocó en el salón una cuerda de tender la ropa y colgó de ella un kimono, puso en el suelo un ventilador de movimiento oscilatorio y lo encendió. El aparato giraba con lentitud, y movía el kimono y su sombra, que se proyectaba sobre las cortinas transparentes.

De pie, frente a la armadura de samurái, levantó la daga *tanto* y fijó la vista en la máscara de Date Masamune.

—Si puedes ayudarla, hazlo.

Se colocó el acollador y se metió la daga por la parte trasera del cuello de la camisa. Retorció y ató las sábanas mojadas como un reo con intenciones suicidas. Cuando hubo terminado, la improvisada cuerda colgaba de la barandilla de un balcón que se encontraba a unos cuatro metros del pavimento del callejón.

Se tomó su tiempo para descender. Cuando soltó la sábana, dio un interminable salto, como a cámara lenta. Las plantas de los pies se le resintieron al impactar contra el pavimento y rodó por el suelo.

CAPÍTULO 55

En el aviario a la entrada del Café de L'Este, los hortelanos se agitaban y piaban, inquietos bajo la brillante luz de la luna. El toldo del patio estaba recogido y las sombrillas cerradas. El salón comedor estaba a oscuras, pero todavía se veía luz en la cocina y en la barra.

Hannibal vio a Hercule fregando el suelo del bar. Kolnas estaba sentado en la barra con un libro de cuentas. Hannibal se mantuvo agazapado en la oscuridad, puso en marcha la moto y salió sin encender los faros.

El último medio kilómetro en dirección a la casa de la rue Juliana lo recorrió a pie. Un Citroën Deux Chevaux estaba estacionado en el camino de entrada; en el asiento del conductor un hombre daba las últimas caladas a un cigarrillo. Hannibal permaneció en cuclillas y alejado del coche, mirando la colilla y las chispas que salpicaban la calle. El hombre se arrellanó en el asiento y reclinó la cabeza. Tal vez se disponía a echar una cabezadita.

Desde un seto justo a la salida de la cocina, Hannibal veía el interior de la casa. Madame Kolnas pasó por delante de la ventana hablando con una persona demasiado baja para que pudiera verla desde donde estaba. Las ventanas con mosquitero estaban abiertas y dejaban entrar la cálida brisa nocturna. La puerta de la cocina daba al jardín. La daga *tanto* penetró sin problema por la redecilla y levantó el pestillo. Hannibal se limpió los zapatos en el felpudo y entró en la casa. El reloj de la cocina era muy ruidoso. Oyó el agua correr y salpicar en el baño. Pasó por delante de la puerta de ese cuarto y se quedó pegado a la pared para que el suelo no crujiera. Oyó a madame Kolnas hablarle a un niño en el baño.

La puerta de al lado estaba entornada. Hannibal vio las estanterías con juguetes y un enorme elefante de felpa. Se asomó a la habitación. Camitas iguales. Katerina Kolnas estaba dormida en la que le quedaba más cerca. Tenía la cabeza vuelta hacia un lado, con el dedo pulgar pegado a la frente. Hannibal podía distinguir su pulso en la sien, oía sus latidos. La pequeña llevaba la pulserita de Mischa. Hannibal pestañeó por la suave luz de la lámpara. Oyó la voz de madame Kolnas procedente del pasillo: pequeños sonidos audibles a pesar de los fuertes rugidos que le atronaban en la cabeza.

—Vamos, cielo, es hora de secarse —dijo madame Kolnas.

La casa flotante de Grutas, oscura como una profecía, estaba amarrada en el muelle y oculta entre una espesa niebla. Grutas y Mueller llevaron a lady Murasaki atada y amordazada por la pasarela y por la escalerilla que estaba detrás de la cabina. Grutas abrió la puerta de su particular sala de curas en la cubierta inferior. Había una silla en el centro con una sábana ensangrentada extendida debajo.

—Siento que su habitación no esté lista del todo —dijo Grutas—. Llamaré al servicio de habitaciones. ¡Eva!

Recorrió la pasarela hasta la cabina contigua y abrió la puerta de golpe. Tres mujeres encadenadas a sus catres lo miraron con odio en la cara. Eva estaba recogiendo sus bártulos.

—Ven aquí.

Eva entró en la sala de curas y se detuvo donde Grutas no pudiera alcanzarla. Levantó la sábana ensangrentada y extendió una sábana limpia bajo la silla. Empezó a retirar la tela manchada de sangre, pero Grutas dijo:

—Déjala ahí. Déjala arrugada donde ella pueda verla.

Grutas y Mueller ataron a lady Murasaki a la silla.

Grutas despidió a Mueller. Se tumbó en un diván pegado a la pared, con las piernas estiradas, frotándose los muslos.

—¿Tienes idea de lo que te ocurrirá si no me haces gozar? —preguntó Grutas.

Lady Murasaki cerró los ojos. Notó que el barco se estremecía y empezaba a desplazarse.

Hercule entró y salió dos veces de la cafetería con los cubos de basura. Desató la bicicleta y se fue montado en ella.

Su luz trasera todavía era visible cuando Hannibal se coló por la puerta de la cocina. Llevaba un objeto pesado en una bolsa manchada de sangre.

Kolnas entró en la cocina con su libro de contabilidad. Abrió la portezuela del horno de leña, metió un par de recibos y los acercó al fuego.

Detrás de él, Hannibal dijo:

—Herr Kolnas rodeado de cuencos.

Kolnas se volvió y vio a Hannibal apoyado contra la pared, sostenía un vaso de vino en una mano y una pistola en la otra.

—¿Qué quieres? El restaurante está cerrado.

—Kolnas en el cielo de los cuencos. Rodeado de cuencos. ¿Lleva su placa de identificación, herr Kolnas?

—Mi apellido es Kleber, soy ciudadano francés y voy a llamar a la policía.

—Deje que la llame yo —Hannibal dejó el vaso y levantó el auricular—. ¿Le importa si llamo también a la Comisión de Crímenes de Guerra? Yo pago la llamada.

—Que te den. Llama a quien te dé la gana. Llámalos si quieres, de veras, o ya lo haré yo. Tengo la documentación en regla y tengo amigos.

—Yo tengo niños. Los tuyos.

—¿Qué quieres decir con eso?

—Que los tengo a los dos. He ido a tu casa en la rue Juliana. He entrado en la habitación del elefante gigante de felpa y me los he llevado.

—Mientes.

—«Coged a la niña, de todas formas va a morir», eso es lo que dijiste, ¿recuerdas?, mientras perseguías a Grutas con tu cuenco.

»Te he traído un regalito para el horno —Hannibal se puso detrás de él y tiró a la mesa su bolsa ensangrentada—. Podemos cocinar juntos, como en los viejos tiempos —tiró el nomeolvides de Mischa sobre la mesa de la cocina. La joya rodó en círculos durante largo rato antes de detenerse y caer.

Kolnas soltó una risilla nerviosa. Durante un instante no pudo tocar la bolsa sin que le temblaran las manos, pero al final la desgarró, sacó el papel ensangrentado que estaba en su interior y un montón de carne y huesos.

—Es un trozo de ternera, herr Kolnas, y un melón. Los he comprado en Les Halles. Pero ¿entiende ahora lo que se siente?

Kolnas se abalanzó sobre la mesa con las manos ensangrentadas en busca de la cara de Hannibal, pero quedó tumbado sobre el mueble y Hannibal lo derribó. Le golpeó con la pistola en la cabeza, sin hacer demasiada fuerza, y Kolnas quedó inconsciente.

El rostro de Hannibal manchado de sangre recordaba a una de las diabólicas caras de sus sueños. Le tiró agua a Kolnas en la cara hasta que abrió los ojos.

—¿Dónde está Katerina, qué le has hecho? —preguntó Kolnas.

—Está a salvo, herr Kolnas. Vivita y coleando con sus sonrosadas mejillas intactas. Se le ve el pulso en la sien. Se la devolveré cuando me entregue a lady Murasaki.

—Si lo hago, soy hombre muerto.

—No. Detendrán a Grutas, y yo olvidaré su cara. Conseguirá llegar hasta ella por el bien de sus hijos.

—¿Cómo sé que están vivos?

—Le juro por el alma de mi hermana que los oirá hablar. Están sanos y salvos. Ayúdeme o lo mataré y dejaré que su hija muera de hambre. ¿Dónde está Grutas? ¿Dónde está lady Murasaki?

Kolnas tragó saliva y se atragantó por la sangre que tenía en la boca.

—Grutas tiene una casa flotante, un barco en el canal, va cambiando de ubicación. Está en el canal de Loing, al sur de Nemours.

—¿El nombre del barco?

—*Christabel.* Me lo has jurado, ¿dónde están mis hijos?

Hannibal levantó a Kolnas. Se acercó al teléfono que estaba junto a la caja registradora, marcó un número y le pasó a Kolnas el auricular.

Durante un instante, el afligido padre no reconoció la voz de su mujer, y luego:

—¿Astrid? ¡Astrid! Ve a ver a los niños, ¡déjame hablar con Katerina! ¡Hazlo ya!

Mientras Kolnas escuchaba la voz dormida y confusa de la niña recién despertada, se le demudó el rostro. Primero sintió alivio y luego desconcierto mientras movía la mano hacia la pistola que tenía en el estante de debajo de la caja registradora. Hundió los hombros.

—Me ha engañado, herr Lecter.

—Mantengo mi palabra. Le perdonaré la vida por el bien de sus…

Kolnas se volvió empuñando la gran Webley, pero Hannibal le dio un manotazo, la pistola cayó a un lado, Hannibal clavó la daga en el cogote de Kolnas y la punta del arma blanca asomó por la coronilla.

El auricular del teléfono quedó colgando del cable. Kolnas cayó de bruces al suelo. Hannibal lo rodó hacia un lado y se quedó sentado durante un instante en la silla de la cocina, mirándolo. Su víctima tenía los ojos abiertos, empezaban a ponérsele vidriosos. Hannibal le colocó un cuenco sobre la cara.

Llevó la jaula de los hortelanos al exterior y la abrió. Tuvo que coger al último y lanzarlo al cielo iluminado por la brillante luna. Abrió la puerta del aviario e hizo ruidos para que las criaturas escaparan. Formaron una bandada y giraron en círculo, eran una masa de pequeñas sombras que entraba y salía del patio; ascendieron para probar el viento y se perdieron en el firmamento en dirección a la estrella polar.

—Volad —dijo Hannibal—. El Báltico está en esa dirección. Quedaos allí durante toda la estación.

CAPÍTULO 56

A través de la noche infinita un único punto de luz se proyectaba en los campos oscuros de la Île-de-France: una moto en marcha y Hannibal tumbado sobre el depósito de la gasolina. Tras dejar la carretera de asfalto al sur de Nemours y siguiendo un antiguo camino de sirga de cemento y gravilla por el canal de Loing, se llegaba a un único carril que la vegetación había invadido por ambos arcenes. Hannibal tuvo que zigzaguear al pasar a toda velocidad entre un grupo de vacas y sintió que una le daba un coletazo. Dio un viraje brusco y se salió del camino; la gravilla traqueteó bajo los guardabarros y la moto regresó a la vía, cabeceó, recuperó el equilibrio y volvió a tomar velocidad.

Las luces de Nemours se iban atenuando a sus espaldas, lo único que se veía era campo, por delante sólo había oscuridad, los detalles de la gravilla y las finas briznas de hierba se mostraban insistentes ante el faro, y la negrura iba engullendo el haz amarillo. Hannibal se preguntó si habría llegado demasiado al sur siguiendo el canal, ¿habría dejado el barco atrás?

Se paró y apagó las luces para tomar una decisión en la oscuridad. La moto se estremecía entre sus piernas.

Mucho más adelante, en la negrura de la noche, parecía que dos pequeñas viviendas se movían al unísono por la pradera, eran casas flotantes sólo visibles en las orillas del canal de Loing.

En la casa flotante de Vladis Grutas se disfrutaba de una maravillosa quietud mientras avanzaba hacia el sur y producía una suave honda a ambos lados del canal. Las vacas dormían en los campos de ambas orillas. Mueller estaba curándose los puntos de los muslos sentado en una silla de lona en la cubierta de proa; tenía una escopeta apoyada contra la barandilla de la escalera de cámara que le quedaba a la espalda. En la popa, Gassmannn abrió un armarito y sacó un par de defensas forradas de lona.

Trescientos metros más atrás, Hannibal disminuyó la marcha, la BMW avanzaba traqueteando y las briznas de hierba le raspaban las espinillas. Se detuvo y sacó los prismáticos de su padre de las alforjas. No podía leer el nombre del barco en la oscuridad.

Sólo se veían las luces del barco en movimiento y el brillo de detrás de las cortinas. En ese tramo el canal era demasiado ancho para hacer un salto seguro a la cubierta.

Desde la orilla podría haber golpeado con la pistola al capitán, que estaba al timón —seguramente podría haberlo apartado de allí—, pero habría saltado la alarma y él habría tenido que enfrentarse a todos a la vez al abordar la nave. Podrían aparecer por ambos lados al mismo tiempo. Distinguía una escalera en la popa y una especie de saliente oscuro en la proa que seguramente era otra entrada a la cubierta inferior.

La luz de la bitácora refulgía en el interior del puente de mando próximo a la popa, pero no logró ver si había alguien dentro. Necesitaba adelantarlos. El camino de sirga discurría muy cerca del agua y los campos eran demasiado abruptos para atajar por ellos.

Hannibal adelantó al barco por el camino, y sintió un cosquilleo en el costado de su cuerpo que quedaba en dirección a la embarcación. Echó una mirada furtiva a la nave. Gassmann, en la popa, sacaba unas defensas forradas de lona de un armario. Hannibal miró hacia arriba cuando los adelantó con la moto. Las polillas revoloteaban en el luminoso cielo que cubría la cabina.

Hannibal adoptó una velocidad moderada. Un kilómetro más adelante vio las luces de un coche que cruzaba el canal.

El Loing se estrechaba hasta llegar a una esclusa que tenía la anchura justa para acoger dos barcos con la misma manga que el de Grutas. La esclusa estaba integrada en un puente de piedra, y las compuertas ascendentes estaban encajadas en el arco del viaducto. Tras pasar el puente, el recinto de la esclusa era como una caja, no mucho más alargado que el *Christabel.*

Hannibal giró a la izquierda por el puente, por si el capitán del barco estaba mirándolo, y avanzó unos cien metros. Apagó las luces, dio media vuelta y retrocedió por el viaducto; metió la moto entre unos matorrales del arcén. Avanzó a pie en la oscuridad.

En la orilla del canal había unos cuantos botes de remos colocados boca abajo. Hannibal estaba sentado en el suelo entre ellos y con los ojos entrecerrados miraba por encima de los cascos de las embarcaciones al barco que se aproximaba; todavía le faltaba medio kilómetro para llegar hasta él. Estaba muy oscuro. Oía una radio de una casa pequeña situada al final del puente, seguramente era la vivienda del vigilante de la esclusa. Se metió la pistola en la chaqueta y se la abotonó.

Las pequeñas luces de posición del barco vigilante se acercaron muy lentamente: la luz roja de babor apuntaba en dirección a él, y detrás de ésta asomaba la alta luz blanca de un mástil plegable sobre la cabina. El barco tendría que detenerse y descender un metro en la esclusa. Hannibal permaneció junto al canal, rodeado de hierba. Estaban muy a principios del año para que cantaran los grillos.

Esperaba mientras la nave se aproximaba poco a poco, poco a poco. Tenía tiempo para pensar. Parte de lo que había hecho en la cafetería de Kolnas resultaba desagradable de recordar. Había sido difícil perdonarle la vida incluso durante tan poco tiempo, hubiera sido de mal gusto dejar que hablara. Revivió el temblor que había sentido en la mano cuando la hoja de la *tanto* penetró en el cráneo de Kolnas. Fue más placentero que con Milko. Buenas cosas de las que disfrutar: la prueba pitagórica con las baldosas, y arrancarle la cabeza a Dortlich. Tenía muchas expectativas de futuro, entre ellas, invitar a lady Murasaki a estofado de liebre en el restaurante Champs de Mars. Hannibal estaba tranquilo; el corazón le latía a setenta y dos pulsaciones por minuto.

La oscuridad bañaba la orilla de la esclusa, y el cielo estaba despejado y preñado de estrellas. Cuando el barco penetrara en la esclusa la luz del mástil se situaría justo entre los astros. Todavía no había tocado las estrellas más bajas cuando el mástil se dobló, la luz descendió como un astro caído del cielo describiendo un arco descendente. Hannibal vio el fulgor del filamento en el gran reflector del barco y se tiró al suelo de golpe cuando la luz proyectó su haz y pasó por encima de él hacia las puertas de la esclusa. La bocina del barco resonó en la oscuridad. Una luz emergió de la cabaña del vigilante del paso fluvial y, en menos de un minuto, el hombre había salido y avanzaba colocándose los tirantes del pantalón. Hannibal enroscó el silenciador en la pistola de Milko.

Vladis Grutas salió por la escalera de proa y se quedó en cubierta. Se estiró y lanzó una colilla al agua. Dijo algo a Mueller y puso la escopeta en la cubierta, entre las macetas, para que el guarda de la esclusa no la viera, y volvió a bajar.

Gassmann, que estaba en popa, sacó las guardas y preparó su cabo. Las puertas ascendentes de la esclusa estaban abiertas. El vigilante se metió en su cabaña, junto al canal, y encendió las luces de los bolardos de ambos extremos de la esclusa. El barco se deslizó bajo el puente y entró en el recinto del paso fluvial; el capitán invirtió la marcha del motor para detenerse. Al oír el motor, Hannibal salió corriendo en cuclillas hacia el puente y se detuvo bajo la baranda de piedra.

Miró hacia abajo, observó el barco mientras pasaba, echó un vistazo a la cubierta y las claraboyas. Durante un instante vio a lady Murasaki atada a una silla.

Al barco le costó unos diez minutos igualar el nivel del agua con la corriente descendente; las pesadas puertas se abrieron con gran estruendo, Gassmann y Mueller recogieron los cabos. El guarda de la esclusa regresó a su casa. El capitán aceleró el motor al máximo y el agua borboteó detrás del barco.

Hannibal intentó abrir la puerta de la escalera de cámara. Cerrada.

El capitán se asomó por la timonera.

—¿Gassmann?

Hannibal se agachó junto al cuerpo tirado en popa, le palpó la cintura. Gassmann no iba armado. Hannibal tendría que pasar por la timonera para avanzar, y Mueller estaba en la proa. Siguió adelante por el lado de estribor. El capitán salió de la timonera por babor y vio a Gassmann allí tirado, su cabeza goteaba sangre sobre los imbornales.

Hannibal se escabulló a toda velocidad y se quedó agazapado junto a las cabinas de la cubierta inferior.

Se dio cuenta de que el barco estaba en punto muerto y corrió al oír el clic de una pistola a su espalda; la bala impactó contra un montante y los fragmentos de plomo le aguijonearon el hombro. Se volvió y vio que el capitán se agachaba detrás de la cabina de popa. Cerca de la escalerilla de proa vio fugazmente una mano y un brazo tatuados que se hacían con una escopeta de detrás de las macetas. Hannibal disparó sin resultado. Sintió el brazo húmedo y caliente. Avanzó agachado entre las dos cabinas centrales y salió hacia el lado de babor, corriendo en cuclillas, y se levantó junto a la cabina de proa. Mueller estaba agachado en la cubierta de proa y se levantó al oír a Hannibal, meneó la escopeta, el cañón golpeó con la esquina de la escalerilla, volvió a menearse, y Hannibal le disparó cuatro veces en el pecho lo más rápido que pudo; la escopeta abrió un orificio irregular en la madera que estaba junto a la puerta de la escalerilla. Mueller se tambaleó y se miró el pecho, se desplomó de espaldas y murió sentado contra la barandilla. La puerta de la escalerilla estaba abierta. Hannibal bajó y cerró con llave.

En la cubierta de popa, el capitán, agachado junto al cuerpo de Gassmann, rebuscaba las llaves en el bolsillo.

Hannibal recorría a toda prisa el estrecho pasillo de la cubierta inferior. Miró en la primera cabina: vacía, no había más que camas plegables y cadenas. Abrió de golpe la segunda puerta, vio a lady Murasaki atada a la silla y corrió hacia ella. Grutas, apostado detrás de la puerta, disparó al muchacho por la espalda. La bala le perforó la piel entre los omóplatos y cayó al suelo boca arriba, un charco de sangre se extendió bajo su cuerpo.

Grutas sonrió y se acercó a él. Le puso la pistola justo debajo de la barbilla y lo golpeó con la culata. Apartó la pistola de Hannibal de una patada. Cogió un estilete que llevaba en el cinturón y le pinchó en las piernas. Hannibal no las movió.

—Te han disparado en la columna, mi pequeño *Männlein* —dijo Grutas—. ¿No sientes las piernas? ¡Qué pena! No sentirás nada cuando te corte los huevos —Grutas sonrió a lady Murasaki—. Con el pellejo te haré un monedero para que metas las propinas.

Hannibal abrió los ojos.

—¿Puedes ver? —Grutas meneó la alargada y fina cuchilla frente a la cara de Hannibal—. ¡Fabuloso! Mira esto —Grutas se puso de pie frente a lady Murasaki y pasó la punta casi por debajo de su mejilla, sin tocarle la piel—. Puedo dar un poco de color a sus mejillas —situó el estilete en la parte trasera de la silla, junto a la cabeza de lady Murasaki—. Puedo abrir nuevos lugares para el sexo.

Lady Murasaki permanecía en silencio. Tenía los ojos clavados en Hannibal. El muchacho apretó los dedos, se llevó la mano ligeramente hacia la cabeza. Su mirada pasó de lady Murasaki a Grutas y de nuevo volvió a ella. Lady Murasaki levantó la vista para mirar a Grutas; a la turbación de su mirada se sumaba la angustia. Podía ser tan bella como ella quisiera. Grutas se inclinó y la besó con fuerza, le cortó los labios al apretarlos contra sus propios dientes, aplastó su cara contra ella, con su rudo e inexpresivo rostro palideciendo, con sus claros ojos clavados en ella mientras la manoseaba por debajo de la blusa.

Hannibal se llevó la mano a la parte trasera del cuello, sacó la daga *tanto* del cuello de la camisa; estaba ensangrentada, doblada y tenía una hendidura como consecuencia del balazo de Grutas.

Grutas parpadeó, tenía la cara convulsa por la agonía, se le combaron los tobillos y sintió que se le desgarraba un tendón. Lady Murasaki, atada por los pies, le pateó la cabeza. Él intentó levantar su pistola, pero Hannibal agarró el cañón, le dio la vuelta hacia arriba, el arma se disparó y Hannibal le hizo un tajo en la muñeca; la pistola cayó y se deslizó por el suelo. Grutas se arrastró hacia la escopeta ayudándose con los codos, luego se puso de rodillas, caminó a gatas, cayó y volvió a levantarse apoyándose en los codos, como un animal al que le han partido la columna en la carretera. Hannibal cortó la cuerda que tenía atada a lady Murasaki por los brazos y ella desclavó el estilete del respaldo de la silla para cortar la atadura de los tobillos y correr hacia el rincón, junto a la puerta. Hannibal, con la espalda ensangrentada, apartó de un tajo a Grutas del arma.

Grutas se detuvo y quedó arrodillado cara a cara con Hannibal. Lo invadió una espeluznante sensación de calma. Levantó la vista y miró al muchacho con sus claros ojos árticos.

—Hemos navegado juntos rumbo a la muerte —sentenció Grutas—. Tú, yo, la madrastra a la que te beneficias y los hombres a los que has matado.

—No eran hombres.

—¿A qué sabía Dortlich? ¿A pescado? ¿También te comiste a Milko?

Lady Murasaki habló desde el rincón.

—Hannibal, si Popil coge a Grutas, puede que no te arresten. Hannibal, no me abandones. Entrégalo a Popil.

—Se comió a mi hermana.

—Y tú también —dijo Grutas—. ¿Por qué no te suicidas?

—No, eso es mentira.

—Oh, sí que lo hiciste. El amable Cazuelas te dio de comer su carne en el caldo. Tendrías que matar a todos los que lo saben, ¿verdad? Ahora que tu chica lo sabe, también tendrías que matarla a ella.

Hannibal se lleva las manos a las orejas mientras sujeta el cuchillo ensangrentado. Se vuelve hacia lady Murasaki y busca su rostro, se acerca a ella y la aprieta contra su pecho.

—No, Hannibal, eso es mentira —dijo ella—. Entrégalo a Popil.

Grutas se arrastró hacia el arma sin parar de hablar.

—Te la comiste, medio inconsciente, lamías la cuchara con gula.

Hannibal gritó en dirección al techo:

—¡Nooooo!

Y corrió hacia Grutas con el cuchillo levantado, pisó la escopeta y le hizo un tajo con forma de M a lo largo y ancho del rostro mientras gritaba:

—¡Eme de Mischa! ¡Eme de Mischa! ¡Eme de Mischa!

Grutas retrocedió a rastras pero Hannibal siguió abriéndole tajos más grandes en forma de M.

Oyó un chillido a su espalda. Un tiro en la bruma roja. Hannibal sintió el cañón del arma estallar sobre su cabeza. No sabía si le habían dado. Se volvió. El capitán estaba detrás de él, de espaldas a lady Murasaki, el mango del estilete estaba tras su clavícula, la punta le atravesaba la aorta; el arma de fuego cayó de entre los dedos del capitán y él se desplomó sobre el suelo.

Hannibal se tambaleaba, su rostro era una máscara teñida de rojo. Lady Murasaki cerró los ojos. Estaba temblando.

—¿Te han dado? —preguntó Hannibal.

—No.

—Te amo, lady Murasaki —le dijo, y se acercó a ella.

Ella abrió los ojos y apartó sus manos ensangrentadas.

—¿Qué queda en ti que sea amable? —preguntó, y se alejó corriendo de la cabina, subió la escalerilla y se lanzó de cabeza al canal desde la pasarela.

El barco chocó suavemente contra la orilla.

En el *Christabel,* Hannibal estaba solo con los muertos, cuyos ojos iban poniéndose vidriosos a toda velocidad. Mueller y Gassmann están en la cubierta inferior, a los pies de ambas escalerillas. Grutas, con la piel cubierta de espigas de color carmesí, yace en la cabina donde murió. Todos ellos tienen en los brazos un lanzador Panzerfaust, como una muñeca cabezona. Hannibal sacó del armario de las armas el último Panzerfaust y lo arrastró hasta la sala de máquinas; su rápido misil antitanque quedó a medio metro del depósito de gasolina. Del aparejo de tierra del barco cogió un rezón y ató el cabo en torno al gatillo montado en la parte superior del Panzerfaust. Se quedó en cubierta con el gancho del rezón en la mano mientras el barco avanzaba palmo a palmo, golpeando con suavidad contra el borde de piedra del canal. Desde la cubierta vio unas luces de linterna en el puente. Oyó gritos y el ladrido de un perro.

Tiró el gancho al agua. El cabo serpenteó con lentitud por el costado mientras Hannibal saltaba a la orilla y salía corriendo hacia el campo. No echó la vista atrás. Cuando estaba a cuatrocientos metros de distancia se produjo la explosión. Sintió la onda de choque en la espalda y la presión le recorrió el cuerpo acompañada del estruendo. Un fragmento de metal aterrizó en el campo que quedaba a su espalda. El barco ardía con furia en el canal y una columna de chispas se elevó al cielo en forma de espiral. Explosiones sucesivas propulsaron los tablones en llamas hacia el firmamento cuando las cargas de los demás Panzerfaust detonaron.

A un kilómetro y medio de distancia, Hannibal vio los fogonazos de las luces de los coches de policía que llegaban a la esclusa. No volvió atrás. Caminó campo traviesa y lo encontraron al amanecer.

CAPÍTULO 57

Durante los meses cálidos, a la hora del desayuno, las ventanas orientadas hacia el este del cuartel general de la policía estaban abarrotadas de jóvenes agentes que albergaban la esperanza de ver a Simone Signoret tomando café en su balcón de la cercana place Dauphin.

El inspector Popil trabajaba en su mesa sin levantar la vista, ni siquiera cuando alguien le avisó de que las puertas del balcón de la artista estaban abriéndose, y permaneció imperturbable pese a los murmullos cuando salió el ama de llaves a regar las plantas.

Tenía la ventana abierta y oía las voces lejanas de la manifestación comunista que tenía lugar en el Quai des Orfèvres y el pont Neuf. Los manifestantes eran en su mayoría estudiantes que coreaban: «Liberad a Hannibal, liberad a Hannibal». Llevaban pancartas donde se leía MUERTE AL FASCISMO y exigían la inmediata liberación de Hannibal Lecter, quien se había convertido en una celebridad menor. Se habían publicado cartas editoriales en su defensa en *L'Humanité* y *Le Canard Enchaîné,* y en *Le Canard* salía una foto de los restos en llamas del naufragado *Christabel* con el titular: CANÍBALES A LA PARRILLA.

En *L'Humanité* también salió publicado un conmovedor artículo plagado de recuerdos de infancia y destinado a ensalzar los beneficios de la colectivización del propio puño y letra de Hannibal, sacado a hurtadillas de prisión y en el que animaba a sus camaradas comunistas. Lo habría escrito con la misma prestancia para las publicaciones de extrema derecha, pero los derechistas no estaban de moda y no podían manifestarse para liberarlo.

Popil tenía delante el memorando del fiscal en el que le solicitaba pruebas irrefutables contra Hannibal Lecter. Con el espíritu de justo castigo, *l'épuration sauvage,* que se conservaba de la guerra, el cargo por asesinato de fascistas y criminales de guerra tendría que haber sido inapelable, pero aun así sería impopular desde el punto de vista político.

El asesinato del carnicero Paul Momund se había producido hacía años y la única prueba era el olor a aceite de clavo, según señaló el abogado de la acusación. ¿Ayudaría en algo detener a lady Murasaki? ¿Era posible que se hubiera confabulado con alguien? Eso preguntaba el fiscal. El inspector Popil le desaconsejó detener a la viuda del conde Lecter.

La circunstancias exactas que rodeaban a la muerte del restaurador Kolnas, o al «restaurador criptofascista y extraperlista Kolnas», como lo llamaban en los periódicos, no podían concretarse. Sí, tenía un orificio de causa desconocida en la coronilla, y la lengua y parte del paladar agujereados. Había disparado una pistola, como había probado el test balístico de la parafina.

Los hombres muertos en el barco del canal habían quedado reducidos a sebo y hollín. Se sabía que eran secuestradores y que se dedicaban a la trata de blancas. ¿Acaso no habían recuperado una furgoneta con dos mujeres secuestradas, gracias a un número de matrícula que les había facilitado la señora Murasaki?

Hannibal no tenía antecedentes. Era el primero de su promoción en la facultad de medicina.

El inspector Popil se miró el reloj y recorrió el pasillo hasta la sala de vistas número 3; era la mejor sala de interrogatorios, porque le entraba algo de luz y habían cubierto las pintadas con una buena capa de pintura blanca. Un vigilante hacía guardia en la puerta. Popil le hizo un gesto de asentimiento y él descorrió el cerrojo para dejarlo entrar. Hannibal estaba sentado frente a una mesa vacía en el centro de la habitación.

Tenía el tobillo encadenado a una pata de la mesa y las muñecas a una anilla de la superficie.

—Quítele el hierro —ordenó Popil al guardia.

—Buenos días, inspector —le saludó Hannibal.

—Ella está aquí —le informó Popil—. El doctor Dumas y el doctor Rufin regresarán después de comer —y salió de la habitación.

Hannibal pudo levantarse cuando lady Murasaki entró.

La puerta se cerró y ella se apoyó con una mano en su superficie.

—¿Puedes dormir? —le preguntó ella.

—Sí. Duermo bien.

—Chiyo me ha pedido que te desee buena suerte. Dice que es muy feliz.

—Me alegro.

—Su joven enamorado se ha licenciado y se han prometido en matrimonio.

—No podría alegrarme más por ella.

Silencio.

—Juntos fabrican *scooters,* motos pequeñas, en sociedad con dos hermanos. Han fabricado seis. Ella espera que tengan éxito.

—Seguro que sí. Yo mismo me compraré una.

Las mujeres reconocen el escrutinio visual antes que los hombres, forma parte de sus habilidades para la supervivencia, y reconocen el deseo de inmediato. También reconocen su ausencia. Ella percibió el cambio en Hannibal. Faltaba algo en su mirada.

Pensó en los versos de su antepasada Murasaki Shikibu y los pronunció en voz alta:

Las aguas turbulentas
se congelan deprisa.
Bajo el cielo despejado
la luz de la luna y la sombra
menguan y fluyen.

Hannibal respondió con palabras del príncipe Genji:

Los recuerdos del amor antiguo
se amontonan como la nieve,
conmovedores como los patos mandarines
que flotan juntos mientras duermen.

—No —dijo lady Murasaki—. No. Ahora sólo queda hielo. Se ha terminado. ¿Se ha terminado?

—Eres la persona que más me atrae del mundo —afirmó Hannibal con gran sinceridad.

Ella agachó la cabeza y salió de la habitación.

En el despacho de Popil, lady Murasaki se reunió con el doctor Rufin y con el doctor Dumas y hablaron con gran franqueza. El doctor Rufin cogió las manos a lady Murasaki.

—¿Está diciéndome que los sentimientos de Hannibal podrían haberse congelado para siempre? —dijo ella.

—¿Usted lo ha notado? —preguntó Rufin.

—Yo le amo, pero no puedo recuperarlo —se afligió lady Murasaki—. ¿Puede hacerlo usted?

—Jamás podría —respondió Rufin.

Ella se fue sin pasar a ver a Popil.

Hannibal trabajaba como voluntario en el dispensario de la cárcel y solicitó al tribunal que lo dejaran regresar a la facultad de medicina. La doctora Claire DeVrie, jefa del recién creado Laboratorio Forense de la policía, una mujer joven y atractiva, consideró que Hannibal era muy útil para poner en marcha una unidad para el análisis cualitativo compacto y la identificación de toxinas con un mínimo de reactivos y material de laboratorio. Escribió una carta para recomendar su reinserción.

El doctor Dumas, cuya constante vitalidad irritaba a Popil más allá de lo indecible, envió una enérgica carta de recomendación de Hannibal en la que explicaba que el Centro Médico Johns Hopkins de Baltimore, en Estados Unidos, después de ver sus dibujos para el nuevo texto de anatomía, le ofrecía una beca de estancia como residente. El doctor Dumas apelaba directamente a la ética del inspector.

Tres semanas después, pese a las objeciones de Popil, Hannibal salió del Palacio de Justicia y regresó a su habitación sobre la facultad de medicina. El inspector no se despidió de él, simplemente un guardia le llevó su ropa.

En su cuarto durmió muy bien. Por la mañana llamó al apartamento de la Place des Vosges y descubrió que el teléfono de lady Murasaki estaba desconectado. Fue al lugar y entró con su propia llave. El piso estaba vacío salvo por el teléfono. Junto a él había una carta para Hannibal. Estaba pegada a la ramita calcinada de Hiroshima que el padre de lady Murasaki le había enviado a su hija.

La carta decía: «Adiós, Hannibal. Debo irme a casa».

Tiró la ramita quemada al Sena cuando iba de camino a su cena. En el restaurante Champs de Mars tomó un espléndido estofado de liebre regado y condimentado con vino financiado con el dinero que Louis le había dejado para que pagara unas misas en su memoria. Acalorado por el alcohol, decidió que, para ser justo, debería leer algunas oraciones en latín para Louis y tal vez cantar alguna melodía popular, pues pensó que sus oraciones serían tan efectivas como las que hubiera podido comprar en Saint-Sulpice.

Cenó a solas, pero no se sentía solo.

Hannibal había entrado en el largo invierno de su corazón. Durmió a pierna suelta y no recibió visitas en sueños como el resto de los mortales.

III

Me entregaría al diablo gustoso, ¡si el diablo no fuera yo mismo!

J. W. von Goethe, *Fausto*

CAPÍTULO 58

A Svenka le parecía que el padre de Dortlich no iba a morirse jamás. El viejo respiraba y respiraba, dos años respirando mientras el ataúd envuelto en una lona alquitranada esperaba sobre unos caballetes en el abarrotado piso de Svenka. Ocupaba casi todo el salón. Esto provocaba numerosas quejas de la mujer que vivía con Svenka, la que señalaba que la superficie redondeada del ataúd no permitía que lo usara como aparador. Tras unos meses empezó a almacenar en su interior las latas de conservas que Svenka sustraía a base de extorsión a las personas que regresaban de Helsinki en los transbordadores.

En dos años de purgas asesinas ordenadas por Iósif Stalin, tres compañeros funcionarios de Svenka habían muerto fusilados y otros cuatro ahorcados en la cárcel de Lubianka.

Svenka comprendió que había llegado la hora de marcharse. Las obras de arte eran suyas y no iba a abandonarlas. No había heredado todos los contactos de Dortlich, pero podía conseguir documentación de calidad. No contaba con contactos dentro de Suecia, pero tenía un montón en los barcos que viajaban entre Riga y Suecia que podían encargarse de los paquetes en cuanto las naves estuvieran en alta mar.

Lo primero era lo primero.

El domingo por la mañana, a las seis y cuarenta y cinco, la doncella Bergid apareció en la puerta del edificio de apartamentos de Vilna donde vivía el padre de Dortlich. Iba con la cabeza descubierta para no tener aspecto de ir a la iglesia y llevaba un voluminoso bolso con el velo y la Biblia en el interior.

Hacía unos diez minutos que se había marchado cuando, desde su cama, el padre de Dortlich oyó los pasos de una persona más corpulenta que Bergid subiendo por la escalera. En la puerta del piso se oyó un clic y un rasguño cuando alguien forzó el seguro del cerrojo.

Con un esfuerzo, el padre de Dortlich se incorporó sobre las almohadas.

La puerta del exterior rechinó como si la hubieran abierto de golpe. El viejo rebuscó en el cajón de su mesilla de noche y sacó una Luger. Debilitado por el esfuerzo, levantó la pistola con ambas manos y la metió bajo la sábana.

Cerró los ojos hasta que la puerta de su habitación se abrió.

—¿Está durmiendo, herr Dortlich? Espero no molestarle —dijo el sargento Svenka; iba vestido de civil y llevaba el pelo engominado.

—Ah, es usted —la expresión del viejo era tan feroz como de costumbre, aunque irradiaba cierta debilidad gratificante.

—He venido en nombre de la Policía y la Fraternidad de Aduanas —dijo Svenka—. Estábamos limpiando un armario y hemos encontrado más objetos personales de su hijo.

—No los quiero. Quédenselos —dijo el viejo—. ¿Ha roto la cerradura?

—Como nadie abría la puerta, entré. Pensé en dejar la caja si no había nadie en casa. Tengo las llaves de su hijo.

—Él nunca ha tenido llave.

—Es su llave maestra.

—Entonces puede cerrar cuando salga.

—El teniente Dortlich me ha contado algunos detalles sobre su… situación y sus últimas voluntades. ¿Las ha escrito ya? ¿Tiene los papeles? La Fraternidad siente la responsabilidad de procurar que sus deseos se cumplan a rajatabla.

—Sí —respondió el padre de Dortlich—. Lo firmé ante notario. He enviado una copia a Klaipeda. No será necesario que hagan nada.

—Sí, sí que lo será. Al menos una cosa —el sargento Svenka dejó la caja.

Sonrió mientras se acercaba a la cama, levantó un cojín de una silla, se colocó a un lado con la rapidez de un arácnido para ponérselo en la cara al viejo, se subió a horcajadas sobre él en la cama, sujetándole los hombros con las rodillas, y se tumbó, juntando los codos, con todo su peso sobre el cojín. ¿Cuánto tardaría? El viejo no la palmaba.

Svenka sintió que algo duro le presionaba la entrepierna; la sábana se levantó como una tienda de campaña debajo de él y la Luger se disparó. Svenka sintió el ardor de la piel y el fuego en su interior y cayó de espaldas, el viejo levantó la pistola y disparó a través de la sábana, se disparó en el pecho y en la barbilla, el cañón se inclinó hacia abajo y el último tiro fue a darle al pie. El corazón del viejo latía cada vez más deprisa, más deprisa… y se detuvo. El reloj de su habitación marcó las siete y él alcanzó a oír las cuatro primeras campanadas.

CAPÍTULO 59

La nieve sobre el paralelo cincuenta cubría la altiva frente del hemisferio, el este de Canadá, Islandia, Escocia y Escandinavia. La nieve caía en ráfagas sobre Grisslehamn, en Suecia. Y también había nieve que caía al mar cuando el transbordador que llevaba el ataúd llegó a puerto.

El capitán dejó un carro de cuatro ruedas a los hombres de la funeraria, los ayudó a cargar el ataúd encima, y los empujó un poco para que pudieran pasar la rampa hacia el muelle donde esperaba el camión.

El padre de Dortlich murió sin parientes cercanos, pero había expresado su última voluntad con claridad. La Asociación de Trabajadores Marinos y Fluviales de Klaipeda se encargó de hacerla realidad.

El reducido cortejo fúnebre hasta el cementerio estaba formado por el coche de la funeraria, una furgoneta con seis hombres de la misma empresa, y un coche que llevaba a dos parientes ancianos.

El problema no era que hubieran olvidado al padre de Dortlich, sino que gran parte de sus amigos de la infancia habían fallecido y pocos familiares seguían con vida. Era el hijo mediano de un disidente, y su entusiasmo por la revolución de Octubre lo había distanciado de la familia. El hijo de unos constructores de buques había vivido como un vulgar marinero. Toda una ironía, según pensaban los dos parientes que viajaban tras el coche fúnebre bajo la nieve que caía a última hora de la tarde.

El mausoleo de la familia Dortlich era de granito gris con un crucifijo grabado sobre la puerta y una elegante cantidad de vidrio de color en las ventanas del triforio; eran sólo placas coloreadas, sin imágenes.

El guardián del cementerio, un trabajador concienzudo, había barrido el caminito hasta la puerta del mausoleo y también los escalones. Sintió el frío gélido de la enorme llave de hierro a pesar de los mitones y utilizó ambas manos para hacerla girar, el seguro chirrió en la cerradura. Los hombres de la funeraria abrieron las enormes puertas de doble hoja e introdujeron el ataúd. Los parientes hicieron algunos comentarios en voz baja sobre el emblema del sindicato comunista que había en la tapa de la caja y que quedaría a la vista en el mausoleo.

—Considérenlo una despedida fraternal de quienes le deseaban lo mejor —dijo el director de pompas fúnebres, y tosió tapándose la boca con el guante. Era un ataúd bastante lujoso para ser de un comunista, pensó, y se planteó pedir un aumento de sus honorarios.

El guardián tenía en el bolsillo un tubo de grasa de litio. Lo derramó sobre la piedra para que la base del ataúd se deslizara mejor cuando lo metieran en el nicho. Los portadores lo agradecieron, pues no podían levantar el ataúd y les bastó con empujar de un lado.

Los miembros de la comitiva intercambiaron una mirada. Nadie se ofreció para rezar, así que cerraron la puerta y volvieron a toda prisa a los coches, entre ráfagas de nieve y viento. Sobre su lecho de obras de arte, el padre de Dortlich yace quieto y menguado mientras su corazón se va helando.

Las estaciones pasan. Las voces llegan distantes desde los caminos de grava del exterior. Los colores del vidrio se borran por la acumulación del polvo. Las hojas revolotean y se posan sobre la nieve, y vuelta a empezar. Los cuadros, esas imágenes tan familiares para Hannibal Lecter, están envueltos en la oscuridad como las espirales del recuerdo.

CAPÍTULO 60

Con la brisa suave de la mañana, enormes y aterciopelados copos de nieve caen sobre el río Lièvre, en Quebec, y se posan ligeros como plumas sobre los alféizares de la tienda de accesorios para caza, pesca y taxidermia Caribú.

Enormes copos como plumas caen sobe el pelo de Hannibal Lecter mientras sube por el camino arbolado hacia la cabaña de troncos. Está abierta al público. Oye el himno de Canadá procedente de una radio de la trastienda cuando un partido de *hockey* de un instituto está a punto de empezar. Trofeos de cabezas de animales cubren las paredes. Un alce está en la parte más alta y, justo debajo, dispuestos como a imitación de las imágenes de la Capilla Sixtina, hay cuadros vivientes con zorros árticos y perdices nivales, ciervos de tierna mirada, linces y gatos monteses.

Sobre el mostrador hay una bandeja con pequeños compartimientos que contienen ojos de cristal para la práctica de la taxidermia. Hannibal deja su bolsa y hurga con un dedo entre los globos oculares. Encuentra un par de ojos azul celeste muy claro destinados a un ciervo y a un husky. Hannibal los levanta de la bandeja y los coloca uno junto al otro sobre el mostrador.

El propietario sale en ese momento. Bronys Grentz tiene la barba entrecana y se le están encaneciendo las sienes.

—¿Sí? ¿Puedo ayudarle?

Hannibal lo mira, mete la mano en la bandeja y encuentra un par de globos oculares iguales a los ojos castaño intenso de Grentz.

—¿Qué se le ofrece? —pregunta Grentz.
—He venido a recoger una cabeza —dice Hannibal.
—¿Cuál? ¿Tiene el resguardo?
—No la veo en la pared.
—Seguramente está en la trastienda.
Hannibal tiene una sugerencia que hacer.
—¿Puedo entrar? Le enseñaré cuál.
Hannibal coge su bolsa. Contiene algo de ropa, una cuchilla de carnicero y un delantal de plástico con la frase PROPIEDAD DEL CENTRO JOHNS HOPKINS.

Resultó interesante comparar el correo de Grentz y su agenda de direcciones con la lista de los Totenkopf más buscados que hicieron circular los británicos después de la guerra. Grentz tenía varios conocidos en Canadá, Paraguay y bastantes en Estados Unidos. Hannibal analizó los documentos con detenimiento en el tren, donde disfrutaba de un compartimiento privado, cortesía de la caja registradora de Grentz.

Antes de regresar a su puesto de residente en Baltimore, hizo un alto en el camino en Montreal, donde envió por correo la cabeza de Grentz a uno de los amigos taxidermistas con los que se carteaba y puso como remite el nombre y la dirección de otro de ellos.

No estaba destrozado por el odio hacia Grentz. No estaba destrozado por la rabia, ya no, ni atormentado por sus sueños. Estaba de vacaciones, y matar a Grentz había sido mejor que ir a esquiar.

El tren traqueteaba en dirección al sur, hacia Estados Unidos, tan cálido y bien amortiguado... Tan distinto al largo viaje en tren a Lituania que había hecho de niño.

Se bajaría en Nueva York para pasar la noche, se hospedaría en el Carlyle invitado por Grentz y vería una obra de teatro. Tenía entradas para *Crimen perfecto* y para *Picnic.* Decidió ver esta última porque los asesinos sobre el escenario no le convencían.

Estados Unidos le fascinaba: tanta abundancia de calor y electricidad; esos raros y anchos coches; los rostros americanos, francos pero no ingenuos, fáciles de interpretar. Con el tiempo utilizaría su pase como patrocinador artístico para quedarse entre bambalinas y mirar al público; sus rostros absortos brillando con las luces del escenario, y se dedicaría a interpretar esas caras, a interpretarlas hasta la saciedad.

Se hizo la oscuridad, y el camarero del vagón restaurante llevó una vela a su mesa. El Burdeos color sangre se estremecía ligeramente en la copa con el traqueteo del tren. Se despertó en una ocasión durante la noche, en una estación, y oyó a los trabajadores de la vía deshaciendo el hielo de la parte inferior con una manguera de vapor; grandes nubes vaporosas pasaban por su ventana empujadas por el viento. El tren retomó la marcha con una ligera sacudida y un suave deslizamiento, alejándose de las luces de la estación y dirigiéndose a la noche, rumbo al sur, a Estados Unidos. La visión desde su ventana quedó despejada y pudo ver las estrellas.

AGRADECIMIENTOS

Debo dar las gracias a la Brigade Criminelle de París, que me acogió en el mundo del Quai des Orfèvres y compartió conmigo tanto sus espeluznantes conocimientos como su excelente almuerzo.

Lady Murasaki es homónima de Murasaki Shikibu, quien escribió la primera gran novela del mundo, *La historia de Genji*. Nuestra lady Murasaki cita a Ono no Komachi y oye mentalmente un poema de Akiko Yosano. Su despedida de Hannibal es de *La historia de Genji*. Noriko Miyamoto me ayudó muchísimo con la literatura y la música.

Como verán, he tomado prestado el perro de S.T. Coleridge.

Para comprender mejor la Francia ocupada y el período de la posguerra, recurrí a las obras *Marianne in Chains* de Robert Gildea, *París después de la liberación* de Antony Beevor y Artemis Cooper, y *El saqueo de Europa* de Lynn H. Nicholas. También me fueron de utilidad las notables cartas de Mary Alsop dirigidas a Marietta Tree, recopiladas en *To Marietta from Paris, 1945-1960*.

Por último, dedico mi más sentido agradecimiento a Pace Barnes por su apoyo incondicional, su amor y su paciencia.

T. H.

Hannibal. El origen del mal de Thomas Harris
se terminó de imprimir en el mes de septiembre de 2023
en los talleres de Diversidad Gráfica S.A. de C.V.
Privada de Av. 11 #1 Col. El Vergel, Iztapalapa,
C.P. 09880, Ciudad de México.